U0949942

沈从文

沈从文的湘西故事

边城·长河

沈从文 著　卓雅 摄影

古吴轩出版社

图书在版编目（CIP）数据

边城·长河 / 沈从文著；卓雅摄影. -- 苏州：古吴轩出版社, 2021.5
（沈从文的湘西故事）
ISBN 978-7-5546-1688-8

Ⅰ. ①边… Ⅱ. ①沈… ②卓… Ⅲ. ①中篇小说—中国—现代②长篇小说—中国—现代 Ⅳ. ①I246.5

中国版本图书馆CIP数据核字（2020）第267034号

责任编辑：鲁林林
特约编辑：鞠　俊
装帧设计：鹏飞艺术　周　丹
责任校对：戴玉婷

书　　名：边城·长河
著　　者：沈从文
摄　　影：卓　雅
出版发行：古吴轩出版社
地址：苏州市八达街118号苏州新闻大厦30F　　邮编：215123
电话：0512-65233679　　传真：0512-65220750
出 版 人：尹剑峰
印　　刷：北京天恒嘉业印刷有限公司
开　　本：640×960　1/16
印　　张：23
字　　数：290千字
版　　次：2021年5月第1版　第1次印刷
书　　号：ISBN 978-7-5546-1688-8
定　　价：69.80元

如有印装质量问题，请与印刷厂联系。010-87331836

我的写作与水的关系

沈从文

在我一个自传里，我曾经提到过水给我的种种印象。檐溜，小小的河流，汪洋万顷的大海，莫不对于我有过极大的帮助，我学会用小小脑子去思索一切，全亏得是水，我对于宇宙认识得深一点，也亏得是水。

“孤独一点，在你缺少一切的时节，你就会发现原来还有个你自己。”这是一句真话。我有我自己的生活与思想，可以说是皆从孤独得来的。我的教育，也是从孤独中得来的。然而这点孤独，与水不能分开。

年纪六岁七岁时节，私塾在我看来实在是个最无意思的地方。我不能忍受那个逼窄的天地，无论如何总得想出方法到学校以外的日光下去生活。大六月里与一些同街比邻的坏小子，把书篮用草标各做下了一个记号，搁在本街土地堂的木偶身背后，就洒着手与他们到城外去，攒入高可及身的禾林里，捕捉禾穗上的蚱蜢，虽肩背为烈日所烤炙，也毫不在意。耳朵中只听到各处蚱蜢振翅的声音，全个心思只顾去追逐那种绿色黄色跳跃伶便的小生物，到后看看所得来的东西已尽够一顿午餐了，方到河滩边去洗濯，拾些干草枯枝，用野火来烧烤蚱蜢，把这些东西当饭吃。直到这些小生物完全吃尽后，大家于是脱光了身子，用大石压着衣裤，各自从悬崖高处向河水中跃

去。就这样泡在河水里，一直到晚方回家去，挨一顿不可避免的痛打。有时正在绿油油禾田中活动，有时正泡在水里，六月里照例的行雨来了，大的雨点夹着吓人的霹雳同时来到，各人匆匆忙忙逃到路坎旁废碾坊下或大树下去躲避，雨落得久一点，一时不能停止，我必一面望着河面的水泡，或树枝上反光的叶片，想起许多事情……所捉的鱼逃了，所有的衣湿了，河面溜走的水蛇，钉固在大腿上的蚂蟥，碾坊里的母黄狗，挂在转动不已大水车上的起花人肠子，因为雨，制止了我身体的活动，心中便把一切看见的经过的皆记忆温习起来了。

也是同样的逃学，有时阴雨天气，不能向河边走去，我便上山或到庙里去，在庙前庙后树林或竹林里，爬上了这一株，到上面玩玩后，又溜下来爬另外一株。若所爬的是竹子，必在上面摇荡一会，爬的是树木，便看看上面有无鸟巢或啄木鸟孵卵的孔穴。雨落大了，再不能做这种游戏时，就坐在楠木树下或庙门前石阶上看雨。既还不是回家的时候，一面看雨一面自然就需要温习那些过去的经验，这个日子方能发遣开去。雨落得越长，人也就越寂寞。在这时节想到一切好处也必想到一切坏处。那么大的雨，回家去说不定还得全身弄湿，不由得有点害怕起来，不敢再想了。我于是走到庙廊下去，为做丝线的人牵丝，为制棕绳的人摇绳车。这些地方每天照例有这种工人做工，而且这种工人照例又还是我很熟习的人。也就因为这种雨，无从掩饰我的劣行，回到家中时，我便更容易被罚跪在仓屋中。在那间空洞寂寞的仓屋里，听着外面檐溜滴沥声，我的想象力却更有了一种很好训练的机会。我得用回想与幻想补充我所缺少的饮食，安慰我所得到的痛苦。我因恐怖得去想一些不使我再恐怖的生活，我因孤寂又得去想一些热闹事情方不至于过分孤寂。

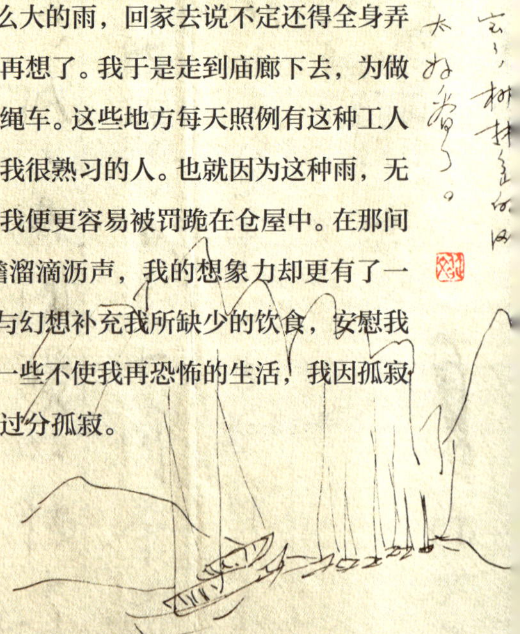

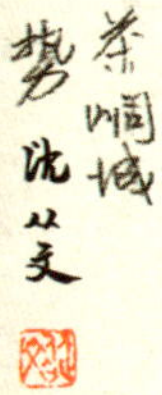

到十五岁以后，我的生活同一条辰河无从离开，我在那条河流边住下的日子约五年。这一大堆日子中我差不多无日不与河水发生关系。走长路皆得住宿到桥边与渡头，值得回忆的哀乐人事常是湿的。至少我还有十分之一的时间，是在那条河水正流与支流各样船只上消磨的。从汤汤流水上，我明白了多少人事，学会了多少知识，见过了多少世界！我的想象是在这条河水上扩大的。我把过去生活加以温习，或对未来生活有何安排时，必依赖这一条河水。这条河水有多少次差一点儿把我攫去，又幸亏它的流动，帮助我做着那种横海扬帆的远梦，方使我能够依然好好地在人世中过着日子！

再过五年，我手中的一支笔，居然已能够尽我自由运用了，我虽离开了那条河流，我所写的故事，却多数是水边的故事。故事中我最满意的文章，常用船上水上作为背景，我故事中人物的性格，全为我在水边船上所见到的人物性格。我文字中一点忧郁气氛，便因为被过去十五年前南方的阴雨天气影响而来。我文字风格，假若还有些值得注意处，那只因为我记得水上人的言语太多了。

再过五年后，我的住处已由干燥的北京移到一个明朗华丽的海边。海既那么宽泛无涯无际，我对人生远景凝眸的机会便较多了些。海边既那么寂寞，它培养了我的孤独心情。海放大了我的感情与希望，且放大了我的人格。

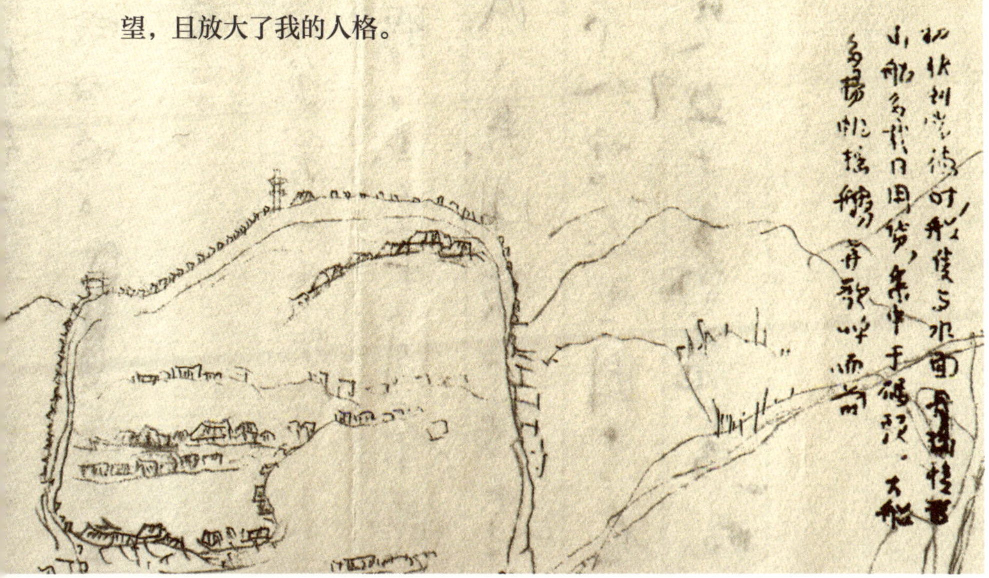

永恒的湘西和沈从文

黄永玉

八十年代表叔住崇文门期间，有一天他病了，我去看他，坐在他的床边，他握着我的手说：“多谢你邀我们回湘西，你看，这下就回不去了！”我说：“病好了，选一个时候，我们要认真回一次湘西，从洞庭湖或是常德、沅陵找两只木船，按你文章写过的老路子，一个码头一个码头再走一遍，写几十年来新旧的变化，我一路给你写生插图，弄它三两个月。”

他眼睛闪着光：“那么哪个弄菜弄饭呢？”我说可以找个厨子大师傅随行。

“把曾祺叫在一起，这方面他是个里手，不要再叫别人了。”

之后，表叔的病情加重，直到逝世；随之曾祺也去世了。

这点想法一直紧缠着我。我告诉过刘一友，也跟卓雅谈过，后来又跟吉首大学的游校长交流更具体的方案和计划，也都是说说而已，“自是人生长恨水长东”矣！

想想看，如果表叔的身体得到复元，三人舟行计划能够实现，可真算得上是最后一个别开生面的“沈从文行为艺术”了。真是可惜！

卓雅重掀波澜的意义就在这里，我希望有心人顺着这个有趣的命题多为永恒的湘西做点文章。

2009年9月9日于万荷堂

之後，表叔的病情加重，直到逝世；
隨之曾祺也去世了。

這點想法一直縈繞着我。我告訴過劉一友，也跟卓雅談過，後來又跟吉首大學的游校長和州長杜崇煙交換流更具體的方案和計劃，也都是說說而已，自是「人生長恨水長東」矣！

想想看，如果表叔的身體回到復元，三人舟行計劃能夠實現，可真算得上是「最後一個別開生面的「沈從文行為藝術」了。真是可惜！

卓雅重撿彼瀾的意義就在這裡，我希望有心人順着這個有趣的命題多為永恆的湘西做點文章。

二〇〇九年九月九日於萬荷堂

永恒的湘西和沈從文　黃永玉

八十年代表叔住崇文門期间，有一天他病了，我去看他，坐在他的床邊，他捉着我的手说：「多謝你邀我們回湘西，你看，這下就回不去了！」我说：「病好了，選一个時候，我们要認真回一次湘西，從洞庭湖或是常德、沅陵找兩隻木船，按你文章寫過的老路子，一个碼頭一个碼頭再走一遍，写幾十年来新舊的變化，我一路給你写生插圖，弄完三兩个月。」

他眼睛閃着光：「那麼哪个弄菜弄飯呢？」我说可以找个厨子大師傅隨行。

「把曾祺叫在一起，這方面他是个裡手，不要再叫别人了。」

目录

边城

这个人也许永远不回来了，

也许“明天”回来！

题记

对于农人与兵士，怀了不可言说的温爱，这点感情在我一切作品中，随处都可以看出。我从不隐讳这点感情。我生长于作品中所写到的那类小乡城，我的祖父、父亲以及兄弟，全列身军籍；死去的莫不在职务上死去，不死的也必然地将在职务上终其一生。就我所接触的世界一面，来叙述他们的爱憎与哀乐，即或这支笔如何笨拙，或尚不至于离题太远。因为他们是正直的、诚实的，生活有些方面极其伟大，有些方面又极其平凡，性情有些方面极其美丽，有些方面又极其琐碎——我动手写他们时，为了使其更有人性，更近人情，自然便老老实实地写下去。但因此一来，这作品或者便不免成为一种无益之业了。因为它对于在都市中生长教育的读书人说来，似乎相去太远了。他们的需要应当是另外一种作品，我知道的。

照目前风气说来，文学理论家、批评家及大多数读者，对于这种作品是极容易引起不愉快的感情的。前者表示“不落伍”，告给人中国不需要这类作品，后者“太担心落伍”，目前也不愿意读这类作品。这自然是真事。“落伍”是什么？一个有点埋性的人，也许就永远无法明白，但多数人谁不害怕“落伍”？我有句话想说：“我这本书不是为这种多数人而写的。”大凡念了三五本关于文学理论文学批评问题的洋装书籍，或同时还念过一大堆古典与近代世界名作的人，他们生活的经验，却常常不许可他们在“博学”之外，还知道一点点中国另外一个地方另外一种事情。因此这个作品即或与当前某种文学理论相符合，批评家便加以各种赞美，这种批评其实仍然不免成为作者的侮辱。他们既并不想明白这个民族真正的爱憎与哀乐，便无法说明这个作品的得失——这本书不是为他们而写的。至于文艺爱好者呢，或是大学生，或是中学生，分布于国内人口较密的都市中，常常很诚实天真地把一部分极可宝贵的时间，来阅读国内新近出版的文学书籍。他们为一些理论家、批评家、聪明出版家，以及习惯于说谎造谣的文坛消息家，同力协作造成一种习气所控制，所支配，他们的生活，同时又实在与这个作品所提到的世界相去太远了——他们不需要这种作品，这本书也就并不希望得到他们。理论家有各国出版物中的文学理论可以参证，不愁无话可说；批评家有他们欠了点儿小恩小怨的作家与作品，够他们去毁誉一世。大多数的读者，不问趣味如何，信仰如何，皆有作品可读。正因为关心读者大众，不是便有许多人，据说为读者大众，永远如陀螺在那里转变吗？这本书的出版，即或并不为领导多数的理论家与批评家所弃，被领导的多数读者又并不完全放弃它，但本书作者，却早已存心把这个“多数”放弃了。

我这本书只预备给一些“本身已离开了学校，或始终就无从接近学校，还认识些中国文字，置身于文学理论、文学批评，以及说谎造谣消息所达不到的那种职务上，在那个社会里生活，而且极关心全个民族在空间与时间下所有的好处与坏处”的人去看。他们真知道当前农村是什么，想知道过去农村有什么，他们必也愿意从这本书上同时还知道点世界一小角隅的农村与军人。我所写到的世界，即或在他们全然是一个陌生的世界，然而他们的宽容，他们向一本书去求取安慰与知识的热忱，却一定使他们能够把这本书很从容读下去的。我并不即此而止，还预备给他们一种对照的机会，将在另外一个作品里，来提到二十年来的内战，使一些首当其冲的农民，性格灵魂被大力所压，失去了原来的朴质、勤俭、和平、正直的型范以后，成了一个什么样子的新东西。他们受横征暴敛以及鸦片烟的毒害，变成了如何穷困与懒惰！我将把这个民族为历史所带走向一个不可知的命运中前进时，一些小人物在变动中的忧患，与由于营养不足所产生的“活下去”以及“怎样活下去”的观念和欲望，来作朴素的叙述。我的读者应是有理性，而这点理性便基于对中国现社会变动有所关心，认识这个民族的过去伟大处与目前堕落处，各在那里很寂寞地从事于民族复兴大业的人。这作品或者只能给他们一点怀古的幽情，或者只能给他们一次苦笑，或者又将给他们一个噩梦，但同时说不定，也许尚能给他们一种勇气同信心！

二十三年四月二十四日记

新题记

民十随部队入川，由茶峒过路，住宿二日，曾从有马粪城门口至城中二次，驻防一小庙中，至河街小船上玩数次。开拔日微雨，约四里始过渡，闻杜鹃极悲哀。是日翻上棉花坡，约高上二十五里，半路见路劫致死者数人。山顶堡寨已焚毁多日。民二十二至青岛崂山北九水路上，见村中有死者家人“报庙”行列，一小女孩奉灵幡引路。因与兆和约，将写一故事引入所见。九月至平结婚，即在达子营住处小院中，用小方桌在树荫下写第一章。在《国闻周报》发表。入冬返湘看望母亲，来回四十天，在家乡三天，回到北平续写。二十三年母亲死去，书出版时心中充满悲伤。二十年来生者多已成尘成土，死者在生人记忆中亦淡如烟雾，唯书中人与个人生命成一稀奇结合，俨若可以不死，其实作品能不死，当为其中有几个人在个人生命中影响，和几种印象在个人生命中影响。

从文　卅七年北平

这官路将近湘西边境到了一个地方名为“茶峒”的小山城时，有一小溪，溪边有座白色小塔，塔下住了一户单独的人家。

边城

一

由四川过湖南去，靠东有一条官路。这官路将近湘西边境到了一个地方名为“茶峒”的小山城时，有一小溪，溪边有座白色小塔，塔下住了一户单独的人家。

这人家只一个老人，一个女孩子，一只黄狗。

小溪流下去，绕山岨流，约三里便汇入茶峒的大河。人若过溪越小山走去，则只一里路就到了茶峒城边。溪流如弓背，山路如弓弦，故远近有了小小差异。小溪宽约二十丈，河床为大片石头做成。静静的河水即或深到一篙不能落底，却依然清澈透明，河中游鱼来去皆可以计数。小溪既为川湘来往孔道，水常有涨落，限于财力不能搭桥，就安排了一只方头渡船。这渡船一次连人带马，约可以载二十位搭客过河，人数多时则反复来去。渡船头竖了一枝小小竹竿，挂着一个可以活动的铁环，溪岸两端水槽牵了一段废缆，有人过渡时，把铁环挂在废缆上，船上人就引手攀缘那条缆索，慢慢地牵船过对岸去。船将拢岸了，管理这渡船的，一面口中嚷着“慢点慢点”，自己霍地跃上了岸，拉着铁环，于是人货牛马全上了岸，翻过小山不见了。渡头为公家所有，故过渡人不必出钱。有人心中不安，抓了

一把钱掷到船板上时，管渡船的必为一一拾起，依然塞到那人手心里去，俨然吵嘴时的认真神气：“我有了口粮，三斗米，七百钱，够了。谁要这个！”

但不成，凡事求个心安理得，出气力不受酬谁好意思，不管如何还是有人把钱的。管船人却情不过，也为了心安起见，便把这些钱托人到茶峒去买茶叶和草烟，将茶峒出产的上等草烟，一扎一扎挂在自己腰带边，过渡的谁需要这东西必慷慨奉赠。有时从神气上估

计那远路人对于身边草烟引起了相当的注意时，便把一小束草烟扎到那人包袱上去，一面说："不吸这个吗？这好的，这妙的，看样子不成材，巴掌大叶子，味道蛮好，送人也合式！"茶叶则在六月里放进大缸里去，用开水泡好，给过路人解渴。

管理这渡船的，就是住在塔下的那个老人。活了七十年，从二十岁起便守在这小溪边，五十年来不知把船来去渡了若干人。年纪虽那么老了，骨头硬硬的，本来应当休息了，但天不许他休息，他仿佛便不能够同这一分生活离开。他从不思索自己的职务对于本人的意义，只是静静地很忠实地在那里活下去。代替了天，使他在日头升起时，感到生活的力量，当日头落下时，又不至于思量与日头同时死去的，是那个伴在他身旁的女孩子。他唯一的朋友是一只渡船与一只黄狗，唯一的亲人便只那个女孩子。

女孩子的母亲，老船夫的独生女，十五年前同一个茶峒军人唱歌相熟后，很秘密地背着那忠厚爸爸发生了暧昧关系。有了小孩子后，这屯戍兵士便想约了她一同向下游逃去。但从逃走的行为上看来，一个违悖了军人的责任，一个却必得离开孤独的父亲。经过一番考虑后，屯戍兵见她无远走勇气，自己也不便毁去做军人的名誉，就心想：一同

左图：

活了七十年，从二十岁起便守在这小溪边，五十年来不知把船来去渡了若干人。

右图：

为了住处两山多篁竹，翠色逼人而来，老船夫随便给这个可怜的孤雏拾取了一个近身的名字，叫作"翠翠"。

去生既无法聚首，一同去死应当无人可以阻拦，首先服了毒。女的却关心腹中的一块肉，不忍心，拿不出主张。事情业已为做渡船夫的父亲知道，父亲却不加上一个有分量的字眼儿，只作为并不听到过这事情一样，仍然把日子很平静地过下去。女儿一面怀了羞惭，一面却怀了怜悯，仍守在父亲身边，待到腹中小孩生下后，却到溪边故意吃了许多冷水死去了。在一种奇迹中，这遗孤居然已长大成人，一转眼间便十三岁了。为了住处两山多篁竹，翠色逼人而来，老船夫随便给这个可怜的孤雏拾取了一个近身的名字，叫作“翠翠”。

翠翠在风日里长养着，故把皮肤变得黑黑的，触目为青山绿水，故眸子清明如水晶。自然既长养她且教育她，为人天真活泼，处处俨然如一只小兽物。人又那么乖，如山头黄麂一样，从不想到残忍事情，从不发愁，从不动气。平时在渡船上遇陌生人对她有所注意时，便把光光的眼睛瞅着那陌生人，作成随时皆可举步逃入深山的神气，但明白了面前的人无机心后，就又从从容容地在水边玩耍了。

老船夫不论晴雨，必守在船头。有人过渡时，便略弯着腰，两手缘引了竹缆，把船横渡过小溪。有时疲倦了，躺在临溪大石上睡着了，人在隔岸招手喊过渡，翠翠不让祖父起身，就跳下船去，很敏捷地替祖父把路人渡过溪，一切皆溜刷在行，从不误事。有时又和祖父黄狗一同在船上，过渡时与祖父一同动手牵缆索。船将近岸边，祖父正向客人招呼“慢点，慢点”时，那只黄狗便口衔绳子，最先一跃而上，且俨然懂得如何方为尽职似的，把船绳紧衔着拖船拢岸。

风日清和的天气，无人过渡，镇日长闲，祖父同翠翠便坐在门前大岩石上晒太阳。或把一段木头从高处向水中抛去，嗾使身边黄狗自岩石高处跃下，把木头衔回来。或翠翠与黄狗皆张着耳朵，听祖父说些城中多年以前的战争故事。或祖父同翠翠两人，各把小竹做成的竖笛，逗在嘴边吹着迎亲送女的曲子。过渡人来了，老船夫放下了竹管，独自跟到船边去，横溪渡人，在岩上的一个，见船开

有时过渡的是从川东过茶峒的小牛，是羊群，是新娘子的花轿，翠翠必争着做渡船夫，站在船头，懒懒地攀引缆索，让船缓缓地过去。

动时，于是锐声喊着：

“爷爷，爷爷，你听我吹——你唱！”

爷爷到溪中央便很快乐地唱起来，哑哑的声音同竹管声，振荡在寂静空气里，溪中仿佛也热闹了些。实则歌声的来复，反而使一切更寂静。

有时过渡的是从川东过茶峒的小牛，是羊群，是新娘子的花轿，翠翠必争着做渡船夫，站在船头，懒懒地攀引缆索，让船缓缓地过去。牛羊花轿上岸后，翠翠必跟着走，送队伍上山，站到小山头，目送这些东西走去很远了，方回转船上，把船牵靠近家的岸边。且独自低低地学小羊叫着，学母牛叫着，或采一把野花缚在头上，独自装扮新娘子。

茶峒山城只隔渡头一里路，买油买盐时，逢年过节祖父得喝一杯酒时，祖父不上城，黄狗就伴同翠翠入城里去备办节货。到了卖杂货的铺子里，有大把的粉条，大缸的白糖，有炮仗，有红蜡烛，莫不给翠翠一种很深的印象，回到祖父身边，总把这些东西说个半天。那里河边还有许多上行船，百十船夫忙着起卸百货。这种船只比起渡船来全大得多，有趣味得多，翠翠也不容易忘记。

二

茶峒地方凭水依山筑城，近山的一面，城墙俨然如一条长蛇，缘山爬去。临水一面则在城外河边留出余地设码头，湾泊小小篷船。船下行时运桐油、青盐、染色的五倍子。上行则运棉花、棉纱以及布匹、杂货同海味。贯串各个码头有一条河街，人家房子多一半着陆，一半在水，因为余地有限，那些房子莫不设有吊脚楼。河中涨了春水，到水脚逐渐进街后，河街上人家，便各用长长的梯子，一端搭在自家屋檐口，一端搭在城墙上，人人皆骂着嚷着，带了包袱、铺盖、米缸，从梯子上进城里去，等待水退时，方又从城门口出城。某一年水若来得特别猛一些，沿河吊脚楼必有一处两处为大水冲去，大家皆在城上头呆望，受损失的也同样呆望着，对于所受的损失仿佛无话可说，与在自然安排下，眼见其他无可挽救的不幸来时相似。涨水时在城上还可望着骤然展宽的河面，流水浩浩荡荡，随同山水从上流浮沉而来的有房子、牛、羊、大树。于是在水势较缓处，税关趸船前面，便常常有人驾了小舢板，一见河心浮沉而来的是一匹牲畜，一段小木，或一只空船，船上有一个妇人或一个小孩哭喊的声音，便急急地把船桨去，在下游一些迎着了那个目的物，把它用长绳系定，再向岸边桨去。这些诚实勇敢的人，也爱利，也仗义，同一般当地人相似。不拘救人救物，却同样在一种愉快冒险行为中，做得十分敏捷勇敢，使人见及不能不为之喝彩。

那条河水便是历史上知名的酉水，新名字叫作白河。白河下游到辰州与沅水汇流后，便略显浑浊，有出山泉水的意思。若溯流而上，则三丈五丈的深潭皆清澈见底。深潭中为白日所映照，河底小小白石

茶峒地方凭水依山筑城，近山的一面，城墙俨然如一条长蛇，缘山爬去。临水一面则在城外河边留出余地设码头，湾泊小小篷船。

这条河水的河面，在茶峒时虽宽约半里，当秋冬之际水落时，河床流水处还不到二十丈，其余只是一滩青石。

子，有花纹的玛瑙石子，全看得明明白白。水中游鱼来去，皆如浮在空气里。两岸多高山，山中多可以造纸的细竹，长年作深翠颜色，逼人眼目。近水人家多在桃杏花里，春天时只需注意，凡有桃花处必有人家，凡有人家处必可沽酒。夏天则晒晾在日光下耀目的紫花布衣裤，可以作为人家所在的旗帜。秋冬来时，人家房屋在悬崖上的，滨水的，无不朗然入目。黄泥的墙，乌黑的瓦，位置却永远那么妥帖，且与四围环境极其调和，使人迎面得到的印象，实在非常愉快。一个对于诗歌图画稍有兴味的旅客，在这小河中，蜷伏于一只小船上，作三十天的旅行，必不至于感到厌烦，正因为处处有奇迹可以发现，自然的大胆处与精巧处，无一地无一时不使人神往倾心。

白河的源流，从四川边境而来，从白河上行的小船，春水发时可以直达川属的秀山。但属于湖南境界的，茶峒算是最后一个水码头。这条河水的河面，在茶峒时虽宽约半里，当秋冬之际水落时，河床流水处还不到二十丈，其余只是一滩青石。小船到此后，既无从上行，故凡川东的进出口货物，皆由这地方落水起岸。出口货物俱由脚夫用桑木扁担压在肩膊上挑抬而来，入口货物也莫不从这地方成束成担的用人力搬去。

这地方城中只驻扎一营由昔年绿营屯丁改编而成的戍兵，及五百家左右的住户。（这些住户中，除了一部分拥有了一些山田同油坊，或放账屯油、屯米、屯棉纱的小资本家外，其余多数皆为当年屯戍来此有军籍的人家。）地方还有个厘金局，办事机关在城外河街下面小庙里，经常挂着一面长长的幡信。局长则住在城中。一营兵士驻扎老参将衙门，除了号兵每天上城吹号玩，使人知道这里还驻有军队以外，其余兵士皆仿佛并不存在。冬天的白日里，到城里去，便只见各处人家门前皆晾晒有衣服同青菜。红薯多带藤悬挂在屋檐下。用棕衣做成的口袋，装满了栗子、榛子和其他硬壳果，也多悬挂在檐口下。屋角隅各处有大小鸡叫着玩着。间或有什么男子，占据在自己屋前门限上锯木，或用斧头劈树，把劈好的柴堆到敞坪里去，一座一座如宝塔。又或可以见到几个中年妇人，穿了浆洗得极硬的蓝布衣裳，胸前挂有白布扣花围裙，躬着腰在日光下一面说话一面做事。一切总永远那么静寂，所有人民每个日子皆在这种不可形容的单纯寂寞里过去。一分安静增加了人对于“人事”的思索力，增加了梦。在这小城中生存的，各人自然也一定皆各在分定一份日子里，怀了对于人事爱憎必然的期待。但这些人想些什么？谁知道！住在城中较高处，门前一站便可以眺望对河以及河中的景致，船来时，远远地就从对河滩上看着无数纤夫。那些纤夫也有从下游地方，带了细点心、洋糖之类，拢岸时却拿进城中来换钱的。船来时，小孩子的想象，应当在那些拉船人一方面。大人呢，孵一窠小鸡，养两只猪，托下行船夫打副金耳环，带两丈官青布或一坛好酱油、一个双料的美孚灯罩回来，便占去了大部分做主妇的心了。

一切总永远那么静寂，所有人民每个日子皆在这种不可形容的单纯寂寞里过去。

这小城里虽那么安静和平，但地方既为川东商业交易接头处，故城外小小河街，情形却不同了一点。也有商人落脚的客店，坐镇不动的理发馆。此外饭店、杂货铺、油行、盐栈、花衣庄，莫不各有一种地位，装点了这条河街。还有卖船上檀木活车、竹缆与锅罐铺子，介绍水手职业吃码头饭的人家。小饭店门前长案上，常有煎得焦黄的鲤鱼豆腐，身上装饰了红辣椒丝，卧在浅口钵头里。钵旁大竹筒中插着大把朱红筷子，不拘谁个愿意花点钱，这人就可以傍了门前长案坐下来，抽出一双筷子到手上，那边一个眉毛扯得极细脸上擦了白粉的妇人就走过来问：“大哥，副爷，要甜酒？要烧酒？”男子火焰高一点的，谐趣的，对内掌柜有点意思的，必故意装成生气似的说：“吃甜酒？又不是小孩子，还问人吃甜酒！”那么，

男子火焰高一点的，谐趣的，对内掌柜有点意思的，必故意装成生气似的说："吃甜酒？又不是小孩子，还问人吃甜酒！"

酽冽的烧酒，从大瓮里用木滤子舀出，倒进土碗里，即刻就来到身边案桌上了。这烧酒自然是浓而且香的，能醉倒一个汉子的，所以照例也不会多吃。杂货铺卖美孚油及点美孚油的洋灯与香烛、纸张。油行屯桐油。盐栈堆四川火井出的青盐。花衣庄则有白棉纱、大布、棉花以及包头的黑绉绸出卖。卖船上用物的，百物罗列，无所不备，且间或有重至百斤以外的铁锚，搁在门外路旁，等候土顾问价的。专以介绍水手为事业，吃水码头饭的，则在河街的家中，终日大门必

因为商人的需要，水手的需要，这小小边城的河街，也居然有那么一群人，聚集在一些有吊脚楼的人家。

敞开着，常有穿青羽缎马褂的船主与毛手毛脚的水手进出，地方像茶馆却不卖茶，不是烟馆又可以抽烟。来到这里的，虽说所谈的是船上生意经，然而船只的上下，划船拉纤人大都有个一定规矩，不必作数目上的讨论。他们来到这里大多数倒是在“联欢”。以“龙头管事”作中心，谈论点本地时事，两省商务上情形，以及下游的“新闻”。邀会的，集款时大多数皆在此地，扒骰子看点数多少轮做会首时，也常常在此举行。真真成为他们生意经的，有两件事：买卖船只，买卖媳妇。

大都市随了商务发达而产生的某种寄食者，因为商人的需要，水手的需要，这小小边城的河街，也居然有那么一群人，聚集在一些有吊脚楼的人家。这种小妇人不是从附近乡下弄来，便是随同川军来湘流落后的妇人，穿了假洋绸的衣服，印花标布的裤子，把眉毛扯得成一条细线，大大的发髻上敷了香味极浓俗的油类。白日里无事，就坐在门口小凳子上做鞋子，在鞋尖上用红绿丝线挑绣双凤，或为情人水手挑绣花抱肚，一面看过往行人，消磨长日。或靠在临河窗口上看水手起货，听水手爬桅子唱歌。到了晚间，却轮流地接待商人同水手，切切实实尽一个妓女应尽的义务。

由于边地的风俗淳朴，便是做妓女，也永远那么浑厚，遇不相熟的主顾，做生意时得先交钱，数目弄清楚后，再关门撒野。人既相熟后，钱便在可有可无之间了。妓女多靠四川商人维持生活，但恩情所结，却多在水手方面。感情好的，互相咬着嘴唇咬着颈脖发了誓，约好了“分手后各人皆不许胡闹”，四十天或五十天，在船上浮着的那一个，同在岸上蹲着的这一个，便皆呆着打发这一堆日子，尽把自己的心紧紧缚定远远的一个人。尤其是妇人，情感真挚痴到无可形容，男子过了约定时间不回来，做梦时，就总常常梦船拢了岸，那一个人摇摇荡荡地从船跳板到了岸上，直向身边跑来。或日中有了疑心，则梦里必见男子在桅上向另一方面唱歌，却不理会自己。性格弱一点儿的，接着就在梦里投河吞鸦片烟；性格强一点儿的，便手执菜刀，直向那水手奔去。他们生活虽那么同一般社会疏远，但是眼泪与欢乐，在一种爱憎得失间，揉进了这些人生活里时，也便同另外一片土地另外一些年轻生命相似，全个身心为那点爱憎所浸透，见寒作热，忘了一切。若有多少不同处，不过是这些人更真切一点，也更近于糊涂一点罢了。短期的包定，长期的嫁娶，一时间的关门，这些关于一个女人身体上的交易，由于民情的淳朴，身当其事的不觉得如何下流可耻，旁观者也就从不用读书人的观念，加以指摘与轻视。这些人既重义轻利，又能守信自约，即便是娼妓，也常常较之讲道德知羞耻的城市中人还更可信任。

掌水码头的名叫顺顺，一个前清时便在营伍中混过日子来的人物，革命时在著名的陆军四十九标做个什长。同样做什长的，有因革命成了伟人名人的，有杀头碎尸的，他却带着少年喜事得来的脚疯痛，回到了家乡，把所积蓄的一点钱，买了一条六桨白木船，租给一个穷船主，代人装货在茶峒与辰州之间来往。气运好，半年之内船不坏事，于是他从所赚的钱上，又讨了一个略有产业的白脸黑发小寡妇。因此一来，数年后，在这条河上，他就有了八只船、一个妻子、两个儿子了。

但这个大方洒脱的人，事业虽十分顺手，却因欢喜交朋结友，慷慨而又能济人之急，便不能同贩油商人一样大大发作起来。自己既在粮子里混过日子，明白出门人的甘苦，理解失意人的心情，故凡因船只失事破产的船家，过路的退伍兵士，游学文墨人，凡到了这个地方，闻名求助的，莫不尽力帮助。一面从水上赚来钱，一面就这样洒脱散去。这人虽然脚上有点小毛病，还能泅水；走路难得其平，为人却那么公正无私。水面上各事原本极其简单，一切皆为一个习惯所支配，谁个船碰了头，谁个船妨害了别一个人别一只船的利益，照例有习惯方法来解决。唯运用这种习惯规矩排调一切的，必需一个高年硕德的中心人物。某年秋天，那原来执事的人死去了，顺顺做了这样一个代替者。那时他还只五十岁，为人既明事明理，正直和平，又不爱财，故无人对他年龄怀疑。

到如今，他的儿子大的已十六岁，小的已十四岁。两个年青人皆结实如小公牛，能驾船，能泅水，能走长路。凡从小乡城里出身的年青人所能够做的事，他们无一不做，做去无一不精。年纪较长的，性情如他们爸爸一样，豪放豁达，不拘常套小节。年幼的则气质近于那个白脸黑发的母亲，不爱说话，眼眉却秀拔出群，一望即知其为人聪明而又富于感情。

两兄弟既年已长大，必需在各一种生活上来训练他们，做父亲的就轮流派遣两个小孩子各处旅行。向下行船时，多随了自己的船只充伙计，甘苦与人相共。荡桨时选最重的一把，背纤时拉头纤二纤，吃的是干鱼、辣子、臭酸菜，睡的是硬邦邦的舱板。向上行从旱路走去，则跟了川东客货，过秀山、龙潭、酉阳做生意，不论寒暑雨雪，必穿了草鞋按站赶路。且佩了短刀，遇不得已必需动手，便霍地

向下行船时，多随了自己的船只充伙计，甘苦与人相共。

把刀抽出，站到空阔处去，等候对面的一个，继着就同这个人用肉搏来解决。帮里的风气，既为“对付仇敌必需用刀，联结朋友也必需用刀”，故需要刀时，他们也就从不让它失去那点机会。学贸易，学应酬，学习到一个新地方去生活，且学习用刀保护身体同名誉，教育的目的，似乎在使两个孩子学得做人的勇气与义气。一分教育的结果，弄得两个人皆结实如老虎，却又和气亲人，不骄惰，不浮华，不倚势凌人，故父子三人在茶峒边境上为人所提及时，人人对这个名姓无不加以一种尊敬。

傩送美丽得很，茶峒船家人拙于赞扬这种美丽，只知道为他取出一个诨名为“岳云”。

做父亲的当两个儿子很小时，就明白大儿子一切与自己相似，却稍稍见得溺爱那第二个儿子。由于这点不自觉的私心，他把长子取名天保，次子取名傩送。意思是天保佑的在人事上或不免有龃龉处，至于傩神所送来的，照当地习气，人便不能稍加轻视了。傩送美丽得很，茶峒船家人拙于赞扬这种美丽，只知道为他取出一个诨名为“岳云”。虽无什么人亲眼看到过岳云，一般的印象，却从戏台上小生岳云，得来一个相近的神气。

三

两省接壤处，十余年来主持地方军事的，注重在安辑保守，处置还得法，并无特别变故发生。水陆商务既不至于受战争停顿，也不至于为土匪影响，一切莫不极有秩序，人民也莫不安分乐生。这些人，除了家中死了牛，翻了船，或发生别的死亡大变，为一种不幸所绊倒，觉得十分伤心外，中国其他地方正在如何不幸挣扎中的情形，似乎就永远不曾为这边城人民所感到。

边城所在一年中最热闹的日子，是端午、中秋和过年。三个节日

三个节日过去三五十年前，如何兴奋了这地方人，直到现在，还毫无什么变化，仍是那地方居民最有意义的几个日子。

过去三五十年前，如何兴奋了这地方人，直到现在，还毫无什么变化，仍是那地方居民最有意义的几个日子。

端午日，当地妇女小孩子，莫不穿了新衣，额角上用雄黄蘸酒画了个王字。任何人家到了这天必可以吃鱼吃肉。大约上午十一点钟左右，全茶峒人就吃了午饭，把饭吃过后，在城里住家的，莫不倒锁了门，全家出城到河边看划船。河街有熟人的，可到河街吊脚楼门口边看，不然就站在税关门口与各个码头上看。河中龙船以长潭某处作起点，税关前作终点，作比赛竞争。因为这一天军官、税官以及当地有身分的人，莫不在税关前看热闹。划船的事各人在数天以前就早有了准备，分组分帮，各自选出了若干身体结实手脚伶俐的小伙子，在潭中练习进退。船只的形式，与平常木船大不相同，形体一律又长又狭，两头高高翘起，船身绘着朱红颜色长线，平常时节多搁在河边干燥洞穴里，要用它时，拖下水去。每只船可坐十二个到十八个桨手，一个带头的，一个鼓手，一个锣手。桨手每人持一支短桨，随了鼓声缓促为节拍，把船向前划去。带头的坐在船头上，头上缠裹着红布包头，手上拿两支小令旗，左右挥动，指挥船只的进退。擂鼓打锣的，多坐在船只的中部，船一划动便即刻蓬蓬铛铛把锣鼓很单纯地敲打起来，为划桨水手调理下桨节拍。一船快慢既不得不靠鼓声，故每当两船竞赛到剧烈时，鼓声如雷鸣，加上两岸人呐喊助威，便使人想起小说故事上梁红玉老鹳河时水战擂鼓。牛皋水擒杨幺时也是水战擂鼓。凡把船划到前面一点的，必可在税关前领赏，一匹红，一块小银牌，不拘缠挂到船上某一个人头上去，皆显出这一船合作的光荣。好事的军人，且当每次某一只船胜利时，必在水边放些表示胜利庆祝的五百响鞭炮。

赛船过后，城中的戍军长官，为了与民同乐，增加这个节日的愉快起见，便派兵士把三十只绿头长颈大雄鸭，颈膊上缚了红布条子，放入河中，尽善于泅水的军民人等，下水追赶鸭子。不拘谁把鸭子捉到，谁就成为这鸭子的主人。于是长潭换了新的花样，水面各处是鸭子，同时各处有追赶鸭子的人。

船与船的竞赛，人与鸭子的竞赛，直到天晚方能完事。

掌水码头的龙头大哥顺顺，年青时节便是一个泅水的高手，入水中去追逐鸭子，在任何情形下总不落空。但一到次子傩送年过十岁时，已能入水闭气汆着到鸭子身边，再忽然冒水而出，把鸭子捉到，这做爸爸的便解嘲似的向孩子们说："好，这种事有你们来做，我不必再下水了。"于是当真就不下水与人来竞争捉鸭子。但下水救人呢，当作别论。凡帮助人远离患难，便是入火，人到八十岁，也还是成为这个人一种不可逃避的责任！

到了搁船的河上游山洞边，烧了香烛，把船拖入水后，各人上了船，燃着鞭炮，擂着鼓，这船便如一支箭似的，很迅速地向下游长潭射去。

天保、傩送两人皆是当地泅水划船的好选手。

端午又快来了，初五划船，河街上初一开会，就决定了属于河街的那只船当天入水。天保恰好在那天应向上行，随了陆路商人过川东龙潭送节货，故参加的就只傩送。十六个结实如牛犊的小伙子，带了香烛、鞭炮，同一个用生牛皮蒙好绘有朱红太极图的高脚鼓，到了搁船的河上游山洞边，烧了香烛，把船拖入水后，各人上了船，燃着鞭炮，擂着鼓，这船便如一支箭似的，很迅速地向下游长潭射去。

那时节还是上午，到了午后，对河渔人的龙船也下了水，两只龙船就开始预习种种竞赛的方法。水面上第一次听到了鼓声，许多人从这鼓声中，感到了节日临近的欢悦。住临河吊脚楼对远方人有所等待、有所盼望的，也莫不因鼓声想到远人。在这个节日里，必然有许多船只可以赶回，也有许多船只只合在半路过节，这之间，便有些眼目所难见的人事哀乐，在这小山城河街间，让一些人嬉喜，也让一些人皱眉。

蓬蓬鼓声掠水越山到了渡船头那里时，最先注意到的是那只黄狗。那黄狗汪汪地吠着，受了惊似的绕屋乱走，有人过渡时，便随船渡过河东岸去，且跑到那小山头向城里一方面大吠。

翠翠正坐在门外大石上用棕叶编蚱蜢蜈蚣玩，见黄狗先在太阳下睡着，忽然醒来便发疯似的乱跑，过了河又回来，就问它骂它：

“狗，狗，你做什么！不许这样子！”

可是一会儿那声音被她发现了，她于是也绕屋跑着，且同黄狗一块儿渡过了小溪，站在小山头听了许久，让那点迷人的鼓声，把自己带到一个过去的节日里去。

四

这是两年前的事。五月端阳，渡船头祖父找人做了替手，便带了黄狗同翠翠进城，到大河边去看划船。河边站满了人，四只朱色长船在潭中划着，龙船水刚刚涨过，河中水皆豆绿色，天气又那么明朗，鼓声蓬蓬响着，翠翠抿着嘴一句话不说，心中充满了不可言说的快乐。河边人太多了一点，各人皆尽张着眼睛望河中，不多久，黄

河边人太多了一点，各人皆尽张着眼睛望河中，不多久，黄狗还留在身边，祖父却挤得不见了。

狗还留在身边，祖父却挤得不见了。

翠翠一面注意划船，一面心想“过不久祖父总会找来的”。但过了许久，祖父还不来，翠翠便稍稍有点儿着慌了。先是两人同黄狗进城前一天，祖父就问翠翠：“明天城里划船，倘若一个人去看，人多怕不怕？”翠翠就说：“人多我不怕，但自己只是一个人可不好玩。”于是祖父想了半天，方想起一个住在城中的老熟人，赶夜里到城里去商量，请那老人来看一天渡船，自己却陪翠翠进城玩一天。且因为那人比渡船老人更孤单，身边无一个亲人，也无一只狗，因此便

两人一面谈些端午旧事，一面喝酒，不到一会，那人却在岩石上被烧酒醉倒了。

约好了那人早上过家中来吃饭，喝一杯雄黄酒。第二天那人来了，吃了饭，把职务委托那人以后，翠翠等便进了城。到路上时，祖父想起什么似的，又问翠翠："翠翠，翠翠，人那么多，好热闹，你一个人敢到河边看龙船吗？"翠翠说："怎么不敢？可是一个人玩有什么意思。"到了河边后，长潭里的四只红船，把翠翠的注意力完全占去了，身边祖父似乎也可有可无了。祖父心想："时间还早，到收场时，至少还得三个时刻。溪边的那个朋友，也应当来看看年青人的热闹，回去一趟，换换地位还赶得及。"因此就告翠翠："人太多了，站在这里看，不要动，我到别处去有点事情，无论如何总赶得回来伴你回家。”翠翠正在为两只竞速并进的船迷着，祖父说的话毫不思索就答应了。祖父知道黄狗在翠翠身边，也许比他自己在她身边还稳当，于是便回家看船去了。

祖父到了那渡船处时，见代替他的老朋友，正站在白塔下注意听远处鼓声。

祖父喊叫他，请他把船拉过来，两人渡过小溪仍然站到白塔下去。那人问老船夫为什么又跑回来，祖父就说想替他一会儿，故把翠翠留在河边，自己赶回来，好让他也过河边去看看热闹，且说：“看得好，就不必再回来，只须见了翠翠告她一声，翠翠到时自会回家的。小丫头不敢回家，你就伴她走走！”但那替手对于看龙船已无什么兴味，却愿意同老船夫在这溪边大石上各自再喝两杯烧酒。老船夫听说十分高兴，于是把酒葫芦取出，推给城中来的那一个。两人一面谈些端午旧事，一面喝酒，不到一会，那人却在岩石上被烧酒醉倒了。

人既醉倒了，无从入城，祖父为了责任又不便与渡船离开，留在河边的翠翠便不能不着急了。

河中划船的决了最后胜负后，城里军官已派人驾小船在潭中放了一群鸭子，祖父还不见来。翠翠恐怕祖父也正在什么地方等着她，因此带了黄狗向各处人丛中挤着去找寻祖父，结果还是不得祖父的踪迹。后来看看天快要黑了，军人扛了长凳出城看热闹的，皆已陆续扛了那凳子回家。潭中的鸭子只剩下三五只，捉鸭人也渐渐地少了。落日向上游翠翠家中那一方落去，黄昏把河面装饰了一层薄雾。翠翠望到这个景致，忽然起了一个怕人的想头，她想：“假若爷爷死了？”

她记起祖父嘱咐她不要离开原来地方那一句话，便又为自己解释这想头的错误，以为祖父不来，必是进城去或到什么熟人处去，被人拉着喝酒，故一时不能来的。正因为这也是可能的事，她又不愿

“是谁人？”“是翠翠！”“翠翠又是谁？”“是碧溪岨撑渡船的孙女。”

在天未断黑以前，同黄狗赶回家去，只好站在那石码头边等候祖父。

再过一会，对河那两只长船已泊到对河小溪里去不见了，看龙船的人也差不多全散了。吊脚楼有娼妓的人家，已上了灯，且有人敲小斑鼓弹月琴唱曲子。另外一些人家，又有猜拳行酒的吵嚷声音。同时停泊在吊脚楼下的一些船只，上面也有人在摆酒炒菜，把青菜萝卜之类，倒进滚热油锅里去时发出吵——的声音。河面已朦朦胧胧，看去好像只有一只白鸭在潭中浮着，也只剩一个人追着这只鸭子。

翠翠还是不离开码头，总相信祖父会来找她一起回家。

吊脚楼上唱曲子声音热闹了一些，只听到下面船上有人说话，一个水手说：“金亭，你听你那婊子陪川东庄客喝酒唱曲子，我赌个手指，说这是她的声音！”另一个水手就说：“她陪他们喝酒唱曲子，心里可想我。她知道我在船上！”先前那一个又说：“身体让别人玩着，心还想着你，你有什么凭据？”另一个说：“我有凭据。”于是这水手吹着唿哨，作出一个古怪的记号，一会儿，楼上歌声便停止了，两个水手皆笑了。两人接着便说了些关于那个女人的一切，使用了不少粗鄙字眼，翠翠不很习惯把这种话听下去，但又不能走开。且听水手之一说，楼上妇人的爸爸是在棉花坡被人杀死的，一共杀了十七刀。翠翠心中那个古怪的想头：“爷爷死了呢？”便仍然占据到心里有一忽儿。

两个水手还正在谈话，潭中那只白鸭慢慢地向翠翠所在的码头边游来，翠翠想：“再过来些我就捉住你！”于是静静地等着，但那鸭子将近岸边三丈远近时，却有个人笑着，喊那船上水手。原来水中还有个人，那人已把鸭子捉到手，却慢慢地“踹水”游近岸边的。船上人听到水面的喊声，在隐约里也喊道：“二老，二老，你真能干，你今天得了五只吧？”那水上人说：“这家伙狡猾得很，现在可归我了。”“你这时捉鸭子，将来捉女人，一定有同样的本领。”水上那一个不再说什么，手脚并用地拍着水傍了码头。湿淋淋地爬上岸时，翠翠身旁的黄狗，仿佛警告水中人似的，汪汪地叫了几声，那人方注意到翠翠。码头上已无别的人，那人问：

“是谁人？”

“是翠翠！”

“翠翠又是谁？”

“是碧溪岨撑渡船的孙女。”

“你在这儿做什么？”

“我等我爷爷。我等他来好回家去。”

“等他来他可不会来，你爷爷一定到城里军营里喝了酒，醉倒后被人抬回去了！”

“他不会这样子。他答应来找我，他就一定会来的。”

“这里等也不成。到我家里去，到那边点了灯的楼上去，等爷爷来找你好不好？”

翠翠误会了邀她进屋里去那个人的好意，心里记着水手说的妇人丑事，她以为那男子就是要她上有女人唱歌的楼上去，本来从不骂人，这时正因等候祖父太久了，心中焦急得很，听人要她上去，以为欺侮了她，就轻轻地说：

“悖时砍脑壳的！”

话虽轻轻的，那男的却听得出，且从声音上听得出翠翠年纪，便带笑说：“怎么，你骂人！你不愿意上去，要呆在这儿，回头水里大鱼来咬了你，可不要叫喊！”

翠翠说：“鱼咬了我也不管你的事。”

那黄狗好像明白翠翠被人欺侮了，又汪汪地吠起来。那男子把手中白鸭举起，向黄狗吓了一下，便走上河街去了。黄狗为了自己被欺侮还想追过去，翠翠便喊：“狗，狗，你叫人也看人叫！”翠翠意思仿佛只在告给狗“那轻薄男子还不值得叫”，但男子听去的却是另外一种好意，男的以为是她要狗莫向好人乱叫，放肆地笑着，不见了。

又过了一阵，有人从河街拿了一个废缆做成的火炬，喊叫着翠翠的名字来找寻她，到身边时翠翠却不认识那个人。那人说：老船夫回到家中，不能来接她，故搭了过渡人口信来告翠翠，要她即刻就回去。翠翠听说是祖父派来的，就同那人一起回家，让打火把的在前引路，黄狗时前时后，一同沿了城墙向渡口走去。翠翠一面走一面问那拿火把的人，是谁告他就知道她在河边。那人说是二老告他的，他是二老家里的伙计，送翠翠回家后还得回转河街。

翠翠说：“二老他怎么知道我在河边？”

那人便笑着说：“他从河里捉鸭子回来，在码头上见你，他说好意请你上家里坐坐，等候你爷爷，你还骂过他！你那只狗不识吕洞宾，只是叫！”

翠翠带了点儿惊讶轻轻地问："二老是谁？"

那人也带了点儿惊讶说："二老你还不知道？就是我们河街上的傩送二老！就是岳云！他要我送你回去！"

傩送二老在茶峒地方不是一个生疏的名字！

翠翠想起自己先前骂人那句话，心里又吃惊又害羞，再也不说什么，默默地随了那火把走去。

翻过了小山岨，望得见对溪家中火光时，那一方面也看见了翠翠方面的火把，老船夫即刻把船拉过来，一面拉船一面哑声儿喊问："翠翠，翠翠，是不是你？"翠翠不理会祖父，口中却轻轻地说："不是翠翠，不是翠翠，翠翠早被大河中鲤鱼吃去了。"翠翠上了船，二老派来的人，打着火把走了，祖父牵着船问："翠翠，你怎么不答应我，生我的气了吗？"

翠翠站在船头还是不作声。翠翠对祖父那一点儿埋怨，等到把船拉过了溪，一到了家中，看明白了醉倒的另一个老人后，就完事了。但另一件事，属于自己不关祖父的，却使翠翠沉默了一个夜晚。

五

两年日子过去了。

这两年来两个中秋节，恰好无月亮可看，凡在这边城地方，因看月而起整夜男女唱歌的故事，皆不能如期举行，故两个中秋留给翠翠的印象，极其平淡无奇。两个新年虽照例可以看到军营里与各乡来的狮子龙灯，在小教场迎春，锣鼓喧阗很热闹。到了十五夜晚，城中舞龙耍狮子的镇筸兵士，还各自赤裸着肩膊，往各处去欢迎炮仗

玩灯的兵士，在火花中绕着圈子，俨然毫不在意的样子。翠翠同她的祖父，也看过这样的热闹，留下一个热闹的印象……

烟火。城中军营里，税关局长公馆，河街上一些大字号，莫不预先截老毛竹筒，或镂空棕榈树根株，用洞硝拌和磺炭钢砂，一千榀八百榀把烟火做好。好勇取乐的军士，光赤着个上身，玩着灯打着鼓来了，小鞭炮如落雨的样子，从悬到长竿尖端的空中落到玩灯的肩背上，锣鼓催动急促的拍子，大家皆为这事情十分兴奋。鞭炮放过一阵后，用长凳绑着的大筒灯火，在敞坪一端燃起了引线，先是嗞嗞地流泻白光，慢慢地这白光便吼啸起来，作出如雷如虎惊人的声音，白光向上空冲去，高至二十丈，下落时便洒散着满天花雨。玩灯的兵

但这次不见二老却认识了大老，且见着了那个一地出名的顺顺。

士，在火花中绕着圈子，俨然毫不在意的样子。翠翠同她的祖父，也看过这样的热闹，留下一个热闹的印象，但这印象不知为什么原因，总不如那个端午所经过的事情甜而美。

翠翠为了不能忘记那件事，上年一个端午又同祖父到城边河街去看了半天船，一切玩得正好时，忽然落了行雨，无人衣衫不被雨湿透。为了避雨，祖孙二人同那只黄狗，走到顺顺吊脚楼上去，挤在一个角隅里。有人扛凳子从身边过去，翠翠认得那人正是去年打了火把送她回家的人，就告给祖父：

“爷爷，那个人去年送我回家，他拿了火把走路时，真像个喽啰！”

祖父当时不作声，等到那人回头又走过面前时，就一把抓住那个人，笑嘻嘻说：

“嗨嗨，你这个喽啰！要你到我家喝一杯也不成，还怕酒里有毒，把你这个真命天子毒死！”

那人一看是守渡船的，且看到了翠翠，就笑了。“翠翠，你长大了！二老说你在河边大鱼会吃你，我们这里河中的鱼，现在吞不下你了。”

翠翠一句话不说，只是抿起嘴唇笑着。

这一次虽在这喽啰长年口中听到个“二老”名字，却不曾见及这个人。从祖父与那长年谈话里，翠翠听明白了二老是在下游六百里外青浪滩过端午的。但这次不见二老却认识了大老，且见着了那个一地出名的顺顺。大老把河中的鸭子捉回家里后，因为守渡船的老家伙称赞了那只肥鸭两次，顺顺就要大老把鸭子给翠翠。且知道祖孙二人所过的日子十分拮据，节日里自己不能包粽子，又送了许多三角粽。

那水上名人同祖父谈话时，翠翠虽装作眺望河中景致，耳朵却把每一句话听得清清楚楚。那人向祖父说翠翠长得很美，问过翠翠年纪，又问有不有人家。祖父则很快乐地夸奖了翠翠不少，且似乎不许别人来关心翠翠的婚事，故一到这件事便闭口不谈。

回家时，祖父抱了那只白鸭子同别的东西，翠翠打火把引路。两人沿城墙脚走去，一面是城，一面是水。祖父说："顺顺真是个好人，大方得很。大老也很好。这一家人都好！"翠翠说："一家人都好，你认识他们一家人吗？"祖父不明白这句话的意思所在，因为今天太高兴一点，便笑着说："翠翠，假若大老要你做媳妇，请人来做媒，你答应不答应？"翠翠就说："爷爷，你疯了！再说我就生你的气！"

祖父话虽不再说了，心中却很显然地还转着这些可笑的不好的念头。翠翠着了恼，把火炬向路两旁乱晃着，向前快快地走去了。

"翠翠，莫闹，我摔到河里去，鸭子会走脱的！"

"谁也不稀罕那只鸭子！"

祖父明白翠翠为什么事不高兴，便唱起摇橹人驶船下滩时催橹的歌声，声音虽然哑沙沙的，字眼儿却稳稳当当毫不含糊。翠翠一面听着一面向前走去，忽然停住了发问：

"爷爷，你的船是不是正在下青浪滩呢？"

祖父不说什么，还是唱着，两人皆记起顺顺家二老的船正在青浪滩过节，但谁也不明白另外一个人的记忆所止处。祖孙二人便沉默地一直走还家中。到了渡口，那代理看船的，正把船泊在岸边等候他们。几人渡过溪到了家中，剥粽子吃，到后那人要进城去，翠翠赶即为那人点上火把，让他有火把照路。人过了小溪上小山时，翠翠同祖

祖父把手攀引着横缆，注目溪面升起的薄雾，仿佛看到了什么东西，轻轻地吁了一口气。

父在船上望着，翠翠说：

“爷爷，看喽啰上山了啊！”

祖父把手攀引着横缆，注目溪面升起的薄雾，仿佛看到了什么东西，轻轻地吁了一口气。祖父静静地拉船过对岸家边时，要翠翠先上岸去，自己却守在船边，因为过节，明白一定有乡下人从城里看龙船，还得乘黑赶回家去。

“翠翠，翠翠，为我拉着那个卖皮纸的小伙子，不许他走！”

六

白日里，老船夫正在渡船上同个卖皮纸的过渡人有所争持。一个不能接受所给的钱，一个却非把钱送给老人不可。正似乎因为那个过渡人送钱气派，使老船夫受了点压迫，这撑渡船人就俨然生气似的，迫着那人把钱收回，使这人不得不把钱捏在手里。但船拢岸时，那人跳上了码头，一手铜钱向船舱一撒，却笑眯眯地匆匆忙忙走了。老船夫手还得拉着船让别一个人上岸，无法去追赶那个人，就喊小山头的孙女：

“翠翠，翠翠，为我拉着那个卖皮纸的小伙子，不许他走！”

翠翠不知道是怎么回事，当真便同黄狗去拦那第一个下船人。那人笑着说：

“不要拦我……”

正说着，第二个商人赶来了，就告给翠翠是什么事情。翠翠明白了，更紧拉着卖纸人衣服不放，只说：“不许走！不许走！”黄狗为了表示同主人意见一致，也便在翠翠身边汪汪地吠着。其余商人皆笑着，一时不能走路。祖父气吁吁地赶来了，把钱强迫塞到那人手心里，且搭了一大束草烟到那商人的担子上去，搓着两手笑着说：“走呀！你们上路走！”那些人于是全笑着走了。

翠翠说：“爷爷，我还以为那人偷你东西同你打架！”

祖父就说：

“他送我好些钱。我绝不要这些钱！告他不要钱，他还同我吵，不讲道理！”

翠翠说：“全还给他了吗？”

祖父抿着嘴把头摇摇，闭上一只眼睛，装成狡猾得意神气笑着，把扎在腰带上留下的那枚单铜子取出，送给翠翠。且说：

“他得了我们那把烟叶，可以吃到镇筸城！”

远处鼓声又蓬蓬地响起来了，黄狗张着两个耳朵听着。翠翠问祖父，听不听到什么声音。祖父一注意，知道是什么声音了，便说：

“翠翠，端午又来了。你记不记得去年天保大老送你那只肥鸭子？早上大老同一群人上川东去，过渡时还问你。你一定忘记那次落的行雨。我们这次若去，又得打火把回家；你记不记得我们两人用火把照路回家？”

翠翠还正想起两年前的端午一切事情。但祖父一问，翠翠却微带点儿恼着的神气，把头摇摇，故意说："我记不得，我记不得。我全记不得！"其实她那意思就是"我怎么记不得？"

祖父明白那话里意思，又说："前年还更有趣，你一个人在河边等我，差点儿不知道回来，天夜了，我还以为大鱼会吃掉你！"

提起旧事，翠翠嗤地笑了。

"爷爷，你还以为大鱼会吃掉我？是别人家说我，我告给你的！你那天只是恨不得让城中的那个爷爷把装酒的葫芦吃掉！你这种人，好记性！"

"我人老了，记性也坏透了。翠翠，现在你人长大了，一个人一定敢上城去看船，不怕鱼吃掉你了。"

"人大了就应当守船呢。"

"人老了才应当守船。"

"人老了应当歇憩！"

"你爷爷还可以打老虎，人不老！"祖父说着，于是，把膀子弯曲起来，努力使筋肉在局束中显得又有力又年青，且说："翠翠，你不信，你咬。"

翠翠睨着腰背微驼白发满头的祖父，不说什么话。远处有吹唢呐的声音，她知道那是什么事情，且知道唢呐方向。要祖父同她下了船，把船拉过家中那边岸旁去。为了想早早地看到那迎婚送亲的喜轿，翠翠还爬到屋后塔下去眺望。过不久，那一伙人来了，两个吹唢呐的，四个强壮乡下汉子，一顶空花轿，一个穿新衣的团总儿子模样的青年，另外还有两只羊、一个牵羊的孩子、一坛酒、一盒糍粑、一个担礼物的人。一伙人上了渡船后，翠翠同祖父也上了渡船，祖父拉船，翠翠却傍花轿站定，去欣赏每一个人的脸色与花轿上的流苏。拢岸后，团总儿子模样的人，从扣花抱肚里掏出了一个小红纸包封，递给老船夫。这是当地规矩，祖父再不能说不接收了。但得了钱祖父却说话了，问那个人，新娘是什么地方人，明白了，又问姓什么，明白了，又问多大年纪，一起皆弄明白了。吹唢呐的一上岸后，又把唢呐呜呜喇喇吹起来，一行人便翻山走了。祖父同翠翠留在船上，感情仿佛皆追着那唢呐声音走去，走了很远的路方回到自己身边来。

祖父掂着那红纸包封的分量说："翠翠，宋家堡子里新嫁娘年纪还只十五岁。"

翠翠明白祖父这句话的意思所在，不作理会，静静地把船拉动起来。

到了家边，翠翠跑还家中去取小小竹子做的双管唢呐，请祖父坐在船头吹《娘送女》曲子给她听，她却同黄狗躺到门前大岩石上荫处看天上的云。白日渐长，不知什么时节，祖父睡着了，翠翠同黄狗也睡着了。

吹唢呐的一上岸后，又把唢呐呜呜喇喇吹起来，一行人便翻山走了。

七

到了端午。祖父同翠翠在三天前业已预先约好，祖父守船，翠翠同黄狗过顺顺吊脚楼去看热闹。翠翠先不答应，后来答应了。但过了一天，翠翠又翻悔回来，以为要看两人去看，要守船两人守船。祖父明白那个意思，是翠翠玩心与爱心相战争的结果。为了祖父的牵绊，应当玩的也无法去玩，这不成！祖父含笑说："翠翠，你这是为什么？说定了的又翻悔，同茶峒人平素品德不相称。我们应当说一是一，不许三心二意。我记性并不坏到这样子，把你答应了我的即刻忘掉！"祖父虽那么说，很显然的事，祖父对于翠翠的打算是同意的。但人太乖巧，祖父有点愀然不乐了。见祖父不再说话，翠翠就说："我走了，谁陪你？"

祖父说："你走了，船陪我。"

翠翠把一对眉毛皱拢去苦笑着："船陪你，嗨，嗨，船陪你。"

祖父心想："你总有一天会要走的。"但不敢提这件事。祖父一时无话可说，于是走过屋后塔下小圃里去看葱，翠翠跟过去。

"爷爷，我决定不去，要去让船去，我替船陪你！"

"好，翠翠，你不去我去，我还得戴了朵红花，装老太婆去见世面！"

两人都为这句话笑了许久。所争持的事，不求结论了。

祖父理葱，翠翠却摘了一根大葱呜呜吹着玩。有人在东岸喊过渡，翠翠不让祖父占先，便忙着跑下去，跳上了渡船，援着横溪缆子拉船过溪去接人。一面拉船一面喊祖父：

翠翠把一对眉毛皱拢去苦笑着："船陪你，嗨，嗨，船陪你。"祖父心想："你总有一天会要走的！"但不敢提起这件事。

她欢喜看扑粉满脸的新嫁娘，欢喜述说关于新嫁娘的故事，欢喜把野花戴到头上去，还欢喜听人唱歌。

"爷爷，你唱，你唱！"

祖父不唱，却只站在高岩上望翠翠，把手摇着，一句话不说。

祖父有点心事。

翠翠一天比一天大了，无意中提到什么时，会红脸了。时间在成长她，似乎正催促她，使她在另外一件事情上负点儿责。她欢喜看扑粉满脸的新嫁娘，欢喜述说关于新嫁娘的故事，欢喜把野花戴到头上去，还欢喜听人唱歌。茶峒人的歌声，缠绵处她已领略得出。她有时仿佛孤独了一点，爱坐在岩石上去，向天空一片云一颗星凝眸。祖父若问："翠翠，你想什么？"她便带着点儿害羞情绪，轻轻地说：

“在看水鸭子打架！”照当地习惯意思，就是“翠翠不想什么”。但在心里却同时又自问：“翠翠，你真在想什么？”同时自己也就在心里答着：“我想得很远，很多。可是我不知想些什么。”她的确在想，又的确连自己也不知在想些什么。这女孩子身体既发育得很完全，在本身上因年龄自然而来的一种“奇事”，到月就来，也使她多了些思索，多了些梦。

祖父明白这类事情对于一个女子的影响，祖父心情也变了些。祖父是一个在自然里活了七十年的人，但在人事上的自然现象，就有了些不能安排处。因为翠翠的长成，使祖父记起了些旧事，从掩埋在一大堆时间里的故事中，重新找回了些东西。

翠翠的母亲，某一时节原同翠翠一个样子。眉毛长，眼睛大，皮肤红红的，也乖得使人怜爱——也懂在一些小处，起眼动眉毛，机伶懂事，使家中长辈快乐。也仿佛永远不会同家中这一个分开。但一点不幸来了，她认识了那个兵。到末了丢开老的和小的，却陪了那个兵死了。这些事从老船夫说来谁也无罪过，只应“天”去负责。翠翠的祖父口中不怨天，心中却不能完全同意这种不幸的安排。到底还像年青人，说是放下了，也正是不能放下的莫可奈何容忍到的一件事。摊派到本身的一份说来实在不太公平！

左图：

但一点不幸来了，她认识了那个兵。到末了丢开老的和小的，却陪了那个兵死了

右图：

翠翠大了，他也得把翠翠交给一个人，他的事才算完结！翠翠应分交给谁？必需什么样的人方不委屈她？

并且那时有个翠翠。如今假若翠翠又同妈妈一样，老船夫的年龄，还能把小雏儿再抚育下去吗？人愿意的事神却不同意！人太老了，应当休息了，凡是一个良善的中国乡下人，一生中生活下来所应得到的劳苦与不幸，业已全得到了。假若另外高处有一个上帝，这上帝且有一双手支配一切，很明显的事，十分公道的办法，是应当把祖父先收回去，再来让那个年青的在新的生活上得到应分接受那一份幸或不幸，才合道理！

可是祖父并不那么想。他为翠翠担心。他有时便躺到门外岩石上，对着星子想他的心事。他以为死是应当快到了的，正因为翠翠人已长大了，证明自己也真正老了。可是无论如何，得让翠翠有个着落。翠翠既是她那可怜的母亲交把他的，翠翠大了，他也得把翠翠交给一个人，他的事才算完结！翠翠应分交给谁？必需什么样的人方不委屈她？

前几天顺顺家天保大老过溪时，同祖父谈话，这心直口快的青年人，第一句话就说：

“老伯伯，你翠翠长得真标致，像个观音样子。再过两年，若我有闲空能留在茶峒照料事情，不必像老鸦成天到处飞，我一定每夜到这溪边来为翠翠唱歌。”

祖父用微笑奖励这种自白。一面把船拉动，一面把那双小眼睛瞅着大老。意思好像说：你的傻话我全明白，我不生气，你尽管说下去，看你还有什么要说。

翠翠头上戴了一个崭新的斗篷，把过渡人一趟一趟地送来送去。

于是大老又说：

“翠翠太娇了，我担心她只宜于听点茶峒人的歌声，不能做茶峒女子做媳妇的一切正经事。我要个能听我唱歌的情人，却更不能缺少个照料家务的媳妇。‘又要马儿不吃草，又要马儿走得好’，唉，这两句话恰是古人为我说的！”

祖父慢条斯理把船掉了头，让船尾傍岸，就说：

“大老，也有这种事儿！你瞧着吧。”究竟是什么一种事儿？祖父可并不明白说下去。

那青年走去后，祖父温习着那些出于一个男子口中的真话，实在又愁又喜。翠翠若应当交把一个人，这个人是不是适宜于照料翠翠？当真交把了他，翠翠是不是愿意？

八

初五大清早落了点毛毛雨，河上游且涨了点“龙船水”，河水已变作豆绿色。祖父上城买办过节的东西，戴了个粽粑叶“斗篷”，携带了一个篮子，一个装酒的大葫芦，肩头上挂了个褡裢，其中放了一吊六百制钱，就走了。因为是节日，这一天从小村小寨带了铜钱担了货物上城去办货掉货的极多，这些人起身也极早，故祖父走后，黄狗就伴同翠翠守船。翠翠头上戴了一个崭新的斗篷，把过渡人一趟一趟地送来送去。黄狗坐在船头，每当船拢岸时必先跳上岸边去衔绳头，引起每个过渡人的兴味。有些过渡乡下人也携了狗上城，照例如俗话说的，“狗离不得屋”，这些狗一离了自己的家，即或傍着主人，也变得非常老实了。到过渡时，翠翠的狗必走过去嗅嗅，从翠翠方面讨取了一个眼色，似乎明白翠翠的意思，就不敢有什么举动。直到上岸后，把拉绳子的事情做完，眼见到那只陌生的狗上小山去了，也必跟着追去。或者向狗主人轻轻吠着，或者逐着那陌生的狗，必得翠翠带点儿嗔恼地嚷着："狗，狗，你狂什么？还有事情做，你就跑呀！"于是这黄狗赶快跑回船上来，且依然满船闻嗅不已。翠翠说："这算什么轻狂举动！跟谁学得的！还不好好蹲到那边去！"狗俨然极其懂事，便即刻到它自己原来地方去，只间或又像想起什么似的，轻轻地吠几声。

雨落个不止，溪面一片烟。翠翠在船上无事可做时，便算着老船夫的行程。她知道他这一去应到什么地方碰到什么人，谈些什么话，这一天城门边应当是些什么情形，河街上应当是些什么情形，"心中一本册"，她完全如同亲眼见到的那么明明白白。她又知道祖父的脾气，一见城中相熟粮子上人物，不管是马夫火夫，总会把过节时应有的颂祝说出。这边说："副爷，你过节吃饱喝饱！"那一个便也将说："划船的，你吃饱喝饱！"这边如果说着如上的话，那边人说："有什么可以吃饱喝饱？四两肉，两碗酒，既不会饱也不会醉！"那么，祖父必很诚实邀请这熟人过碧溪岨喝个够量。倘若有人当时就想喝一口祖父葫芦中的酒，这老船夫也从不吝啬，必很快地就把葫芦递过去。酒喝过后，那兵营中人卷舌子舔着嘴唇，称赞酒好，于是又必被勒迫着喝第二口。酒在这种情形下少起来了，就又跑到原来铺上去，加满为止。翠翠且知道祖父还会到码头上去同刚拢岸一天两天的上水船水手谈谈话，问问下河的米价盐价，有时且弯着腰钻进那带有海带鱿鱼味，以及其他油味、醋味、柴烟味的船舱里去，水手们从小坛中抓出一把红枣，递给老船夫，过一阵，等到祖父回家被翠翠埋怨时，这红枣便成为祖父与翠翠和解的工具。祖父一到河街上，且一定有许多铺子上商人送他粽子与其他东西，作为对这个忠于职守的划船人一点敬意，祖父虽嚷着"我带了那么一大堆，回去

酒在这种情形下少起来了，就又跑到原来铺上去，加满为止。

屠户与其他买肉人，见到他这种神气，必笑个不止……

会把老骨头压断”，可是不管如何，这些东西多少总得领点情。走到卖肉案桌边去，他想买肉，人家却照例不愿接钱。屠户若不接钱，他却宁可到另外一家去，决不想占那点便宜。那屠户说：“爷爷，你为人那么硬算什么？又不是要你去做犁口耕田！”但不行，他以为这是血钱，不比别的事情，你不收钱他会把钱预先算好，猛地把钱掷到大而长的钱筒里去，攫了肉就走去的。卖肉的明白他那种性情，到他称肉时总选取最好的一处，且把分量故意加多，他见及时却将说：“喂喂，大老板，我不要你那些好处！腿上的肉是城里人炒鱿鱼肉丝用的肉，莫同我开玩笑！我要夹项肉，我要浓的、糯的，我是个划船人，我要拿去炖胡萝卜喝酒的！”得了肉，把钱交过手时，自己先数一次，又嘱咐屠户再数，屠户却照例不理会他，把一手钱哗地向长竹筒口丢去，他于是简直是妩媚地微笑着走了。屠户与其他买肉人，见到他这种神气，必笑个不止……

翠翠还知道祖父必到河街上顺顺家里去。

翠翠温习着两次过节两个日子所见所闻的一切，心中很快乐，好像目前有一个东西，同早间在床上闭了眼睛所看到那种捉摸不定的黄葵花一样，这东西仿佛很明朗地在眼前，却看不准，抓不住。

翠翠想："白鸡关真出老虎吗？"她不知道为什么忽然想起白鸡关。白鸡关是酉水中部一个地名，离茶峒两百多里路！

于是又想："三十二个人摇六匹橹，上水走风时张起个大篷，一百幅白布拼成的一片东西，坐在这样大船上过洞庭湖，多可笑……"她不明白洞庭湖有多大，也就从不见过这种大船。更可笑的，还是她自己也不知道为什么却想起这个问题！

一群过渡人来了，有担子，有送公事跑差模样的人物，另外还有母女二人。母亲穿了新浆洗得硬朗的蓝布衣服，女孩子脸上涂着两饼红色，穿了不甚称身的新衣，上城到亲戚家中去拜节看龙船的。等待众人上船稳定后，翠翠一面望着那小女孩，一面把船拉过溪去。那小孩从翠翠估来年纪也将十二岁了，神气却很娇，似乎从不能离开过母亲。脚下穿的是一双尖尖头新油过的钉鞋，上面沾污了些黄泥。裤子是那种泛紫的葱绿布做的。见翠翠尽是望她，她也便看着翠翠，眼睛光光的如同两粒水晶球。神气中有点害羞，有点不自在，同时也有点不可言说的爱娇。那母亲模样的妇人便问翠翠年纪有几岁。翠翠笑着，不高兴答应，却反问小女孩今年几岁。听那母亲说十三岁时，翠翠忍不住笑了。那母女显然是财主人家的妻女，从神气上就可看出的。翠翠注视那女孩，发现了女孩子手上还带得有一副麻花绞的银手镯，闪着白白的亮光，心中有点儿歆羡。船傍岸后，人陆续上了岸，妇人从身上摸出一铜子，塞到翠翠手中，就走了。翠翠当时竟忘了祖父的规矩，也不说道谢，也不把钱退还，只望着这一行人中那个女

一行人正将翻过小山时，翠翠忽又忙匆匆地追上去，在山头上把钱还给那妇人。

孩子身后发痴。一行人正将翻过小山时，翠翠忽又忙匆匆地追上去，在山头上把钱还给那妇人。那妇人说："这是送你的！"翠翠不说什么，只微笑把头尽摇，表示不能接受，且不等妇人来得及说第二句话，就很快地向自己渡船边跑去了。

到了渡船上，溪那边又有人喊过渡，翠翠把船又拉回去。第二次过渡是七个人，又有两个女孩子，也同样因为看龙船特意换了干净

过渡人走了，翠翠就在船上又轻轻地哼着巫师十二月里为人还愿迎神的歌玩……

衣服，相貌却并不如何美观，因此使翠翠更不能忘记先前那一个。

今天过渡的人特别多，其中女孩子比平时更多。翠翠既在船上拉缆子摆渡，故见到什么好看的、极古怪的、人乖的、眼睛眶子红红的，莫不在记忆中留下个印象。无人过渡时，等着祖父，祖父又不来，便尽只反复温习这些女孩子的神气。且轻轻地无所谓地唱着：

"白鸡关出老虎咬人，不咬别人，团总的小姐派第一……大姐戴副金簪子，二姐戴副银钏子，只有我三妹莫得什么戴，耳朵上长年戴条豆芽菜。"

城中有人下乡的，在河街上一个酒店前面，曾见及那个撑渡船的老头子，把葫芦嘴推让给一个年青水手，请水手喝他新买的白烧酒。翠翠问及时，那城中人就告给她所见到的事情。翠翠笑祖父的慷慨不是时候，不是地方。过渡人走了，翠翠就在船上又轻轻地哼着巫师十二月里为人还愿迎神的歌玩：

你大仙，你大神，睁眼看看我们这里人！
他们既诚实，又年青，又身无疾病。
他们大人会喝酒，会做事，会睡觉；
他们孩子能长大，能耐饥，能耐冷；
他们牯牛肯耕田，山羊肯生仔，鸡鸭肯孵卵；
他们女人会织布，会唱歌，会找她心中欢喜的情人！

你大神，你大仙，排驾前来站两边。
关夫子身跨赤兔马，
尉迟公手拿大铁鞭！

你大仙，你大神，云端下降慢慢行！
张果老驴上得坐稳，
铁拐李脚下要小心！

福禄绵绵是神恩，
和风和雨神好心，
好酒好饭当前陈，
肥猪肥羊火上烹！

洪秀全，李鸿章，
你们在生是霸王，
杀人放火尽节全忠各有道，
今来坐席又何妨！

慢慢吃，慢慢喝，
月白风清好过河。
醉时携手同归去，
我当为你再唱歌！

那首歌声音既极柔和，快乐中又微带忧郁。唱完了这歌，翠翠觉得心上有一丝儿凄凉。她想起秋末酬神还愿时田坪中的火燎同鼓角。

远处鼓声已起来了，她知道绘有朱红长线的龙船这时节已下河了，细雨还依然落个不止，溪面一片烟。

九

祖父回家时，大约已将近平常吃早饭时节了，肩上手上全是东西，一上小山头便喊翠翠，要翠翠拉船过小溪来迎接他。翠翠眼看到多少人皆进了城，正在船上急得莫可奈何，听到祖父的声音，精神

远处鼓声已起来了，她知道绘有朱红长线的龙船这时节已下河了，细雨还依然落个不止，溪面一片烟。

旺了，锐声答着：“爷爷，爷爷，我来了！”老船夫从码头边上了渡船后，把肩上手上的东西搁到船头上，一面帮着翠翠拉船，一面向翠翠笑着，如同一个小孩子，神气充满了谦虚与羞怯。“翠翠，你急坏了，是不是？”翠翠本应埋怨祖父的，但她却回答说：“爷爷，我知道你在河街上劝人喝酒，好玩得很。”翠翠还知道祖父极高兴到河街上去玩，但如此说来，将更使祖父害羞乱嚷了，因此话到口边却不提出。

翠翠把搁在船头的东西一一估记在眼里，不见了酒葫芦。翠翠嗤地笑了。

“爷爷，你倒大方，请副爷同船上人吃酒，连葫芦也让他们吃到肚里去了！”

祖父笑着忙作说明：

“哪里，哪里，我那葫芦被顺顺大伯扣下了，他见我在河街上请人喝酒，就说：‘喂，喂，摆渡的张横，这不成的。你不开糟坊，如何这样子！你要做仁义大哥梁山好汉，把你那个放下来，请我全喝了吧。’他当真那么说‘请我全喝了吧’。我把葫芦放下了。但我猜想他是同我闹着玩的。他家里还少烧酒吗？翠翠，你说，是不是？……”

“爷爷，你以为人家不是真想喝你的酒，便是同你开玩笑吗？”

“那是怎么的？”

“你放心，人家一定因为你请客不是地方，所以扣下你的葫芦，不让你请人把酒喝完。等等就会派毛伙为你送来的，你还不明白，真是——”

“唉，当真会是这样的！”

说着船已拢了岸，翠翠抢先帮祖父搬东西回家，但结果却只拿了那尾鱼、那个花褡裢；褡裢中钱已用光了，却有一包白糖、一包小芝麻饼子。

两人刚把新买的东西搬运到家中，对溪就有人喊过渡，祖父要翠翠看着肉菜免得被野猫拖去，争先下溪去做事，一会儿，便同那个过渡人嚷着到家中来了。原来这人便是送酒葫芦的。只听到祖父说：“翠翠，你猜对了。人家当真把酒葫芦送来了！”

翠翠来不及向灶边走去，祖父同一个年纪青青的脸黑肩膊宽的人物，便进到屋里了。

翠翠同客人皆笑着，让祖父把话说下去。客人又望着翠翠笑，翠翠仿佛明白为什么被人望着，有点不好意思起来，走到灶边烧火去了。溪边又有人喊过渡，翠翠赶忙跑出门外船上去，把人渡过了溪。

不知怎么的，从城里被人打发来送酒葫芦的，她觉得好像是个熟人。

恰好又有人过溪。天虽落小雨，过渡人却分外多，一连三次。翠翠在船上一面做事一面想起祖父的趣处。不知怎么的，从城里被人打发来送酒葫芦的，她觉得好像是个熟人。可是眼睛里像是熟人，却不明白在什么地方见过面。但也正像是不肯把这人想到某方面去，方猜不着这来人的身分。

祖父在岩坎上边喊："翠翠，翠翠，你上来歇歇，陪陪客！"本来无人过渡便想上岸去烧火，但经祖父一喊，反而不上岸了。

来客问祖父"进不进城看船"，老渡船夫就说："应当看守渡船。"两人又谈了些别的话。到后来客方言归正传：

"伯伯，你翠翠像个大人了，长得很好看！"

“那更妙！人家说的话还是很对的。狼是只吃姑娘、吃小孩、吃十八岁标致青年的，像我这种老骨头，它不要吃，只嗅一嗅就会走开的！”

撑渡船的笑了。“口气同哥哥一样，倒爽快呢。”这样想着，却那么说：“二老，这地方配像人称赞的只有你，人家都说你好看！‘八面山的豹子，地地溪的锦鸡’，全是特为颂扬你这个人好处的警句！”

“但是，这很不公平。”

“很公平的！我听着船上人说，你上次押船，船到三门下面白鸡关滩口出了事，从急浪中你援救过三个人。你们在滩上过夜，被村子里女人见着了，人家在你棚子边唱歌一整夜，是不是真有其事？”

“不是女人唱歌一夜，是狼嗥。那地方著名多狼，只想得机会吃我们！我们烧了一大堆火，吓住了它们，才不被吃！”

老船夫笑了：“那更妙！人家说的话还是很对的。狼是只吃姑娘、吃小孩、吃十八岁标致青年的，像我这种老骨头，它不要吃，只嗅一嗅就会走开的！”

那二老说：“伯伯，你到这里见过两万个日头，别人家全说我们这个地方风水好，出大人，不知为什么原因，如今还不出大人？”

“你是不是说风水好应出有大名头的人？我以为这种人不生在我们这个小地方也不碍事。我们有聪明、正直、勇敢、耐劳的年青人，就够了。像你们父子兄弟，为本地增光彩已经很多很多！”

翠翠斜睨了客人一眼，见客人正盯着她，便把脸背过去，抿着嘴儿，很自负地拉着那条横缆，船慢慢拉过对岸了。

"伯伯，你说得好，我也是那么想。地方不出坏人出好人，如伯伯那么样子，人虽老了，还硬朗得同棵楠木树一样，稳稳当当地活到这块地面，又正经，又大方，难得的咧。"

"我是老骨头了，还说什么。日头，雨水，走长路，挑分量沉重的担子，大吃大喝，挨饿受寒，自己分上的都拿过了，不久就会躺到这冰冷土地上喂蛆吃的。这世界有的是你们小伙子分上的一切，应当好好地干，日头不辜负你们，你们也莫辜负日头！"

"伯伯，看你那么勤快，我们年青人不敢辜负日头！"

说了一阵，二老想走了，老船夫便站到门口去喊叫翠翠，要她到屋里来烧水煮饭，掉换他自己看船。翠翠不肯上岸，客人却已下船了，翠翠把船拉动时，祖父故意装作埋怨神气说：

"翠翠，你不上来，难道要我在家里做媳妇煮饭吗？"

翠翠斜睨了客人一眼，见客人正盯着她，便把脸背过去，抿着嘴儿，很自负地拉着那条横缆，船慢慢拉过对岸了。客人站在船头同翠翠说话：

"翠翠，吃了饭，同你爷爷到我家吊脚楼上去看划船吧？"

翠翠明白了，却仍然装不明白问："他是谁？""你想想看，猜猜看。""一本《百家姓》好多人，我猜不着他是张三李四。"

翠翠不好意思不说话，便说："爷爷说不去，去了无人守这个船！"

"你呢？"

"爷爷不去我也不去。"

"你也守船吗？"

"我陪我爷爷。"

"我要一个人来替你们守渡船，好不好？"

嘭的一下船已撞到岸边土坎上了，船拢了岸。二老向岸上一跃，站在斜坡上说：

"翠翠，难为你！……我回去就要人来替你们，你们赶快吃饭，一同到我家里去看船，今天人多咧，热闹咧。"

翠翠不明白这陌生人的好意，不懂得为什么一定要到他家中去看船，抿着小嘴笑笑，就把船拉回去了。到了家中一边溪岸后，只见那个年青人还正在对溪小山上，好像等待什么，不即走开。翠翠回转家中，到灶口边去烧火，一面把带点湿气的草塞进灶里去，一面向正在把客人带回的那一葫芦酒试着的祖父询问：

"爷爷，那人说回去就要人来替你，要我们两人去看船，你去不去？"

"你高兴去吗？"

“两人同去我高兴。那个人很好，我像认得他，他是谁？”

祖父心想：“这倒对了，人家也觉得你好！”祖父笑着说：“翠翠，你不记得你前年在大河边时，有个人说要让大鱼咬你吗？”

翠翠明白了，却仍然装不明白问：“他是谁？”

“你想想看，猜猜看。”

“一本《百家姓》好多人，我猜不着他是张三李四。”

“顺顺船总家的二老，他认识你你不认识他啊！”他抿了一口酒，像赞美这个酒，又像赞美另一个人，低低地说：“好的，妙的，这是难得的。”

过渡的人在门外坎下叫唤着，老祖父口中还是“好的，妙的……”匆匆地下船做事去了。

十

吃饭时隔溪有人喊过渡，翠翠抢着下船，到了那边，方知道原来过渡的人，便是船总顺顺家派来作替手的水手，这人一见翠翠就说道：“二老要你们一吃了饭就去，他已下河了。”见了祖父又说：“二老要你们吃了饭就去，他已下河了。”

张耳听听，便可听出远处鼓声已较繁密，从鼓声里使人想到那些极狭的船，在长潭中笔直前进时，水面上画着如何美丽的长长的线路！

新来的人茶也不吃，便在船头站妥了，翠翠同祖父吃饭时，邀他喝一杯，只是摇头推辞。祖父说：

“翠翠，我不去，你同小狗去好不好？”

“要不去，我也不想去！”

“我去呢？”

“我本来也不想去，但我愿意陪你去。”

祖父微笑着：“翠翠，翠翠，你陪我去，好的，你就陪我去！”

祖父同翠翠到城里大河边时，河边早站满了人。细雨已经停止，地面还是湿湿的。祖父要翠翠过河街船总家吊脚楼上去看船，翠翠却似乎有心事怕到那边去，以为站在河边较好。两人虽在河边站定，不多久，顺顺便派人把他们请去了。吊脚楼上已有了很多的人。早上过渡时，为翠翠所注意的乡绅妻女，受顺顺家的款待，占据了两个最好窗口。一见到翠翠，那女孩子就说：“你来，你来！”翠翠带着点儿羞怯走去，坐在他们身后边条凳上，祖父便走开了。

祖父并不看龙船竞渡，却为一个熟人拉到河上游半里路远近，过一个新碾坊看水碾子去了。老船夫对于水碾子原来就极有兴味的。倚山滨水来一座小小茅屋，屋中有那么一个圆石片子，固定在一个横轴上，斜斜地搁在石槽里。当水闸门抽去时，流水冲激地下的暗轮，上面的圆石片便飞转起来。做主人的管理这个东西，把毛谷倒进石槽中去，把碾好的米弄出，放在屋角隅长方箩筛里，再筛去糠灰。地上全是糠灰，自己头上包着块白布帕子，头上肩上也全是糠灰。天气好时就在碾坊前后隙地里种些萝卜、青菜、大蒜、四季葱。水沟坏了，就把裤子脱去，到河里去堆砌石头，修理泄水处。水碾坝若修筑得好，还可装个小小鱼梁，涨小水时就自会有鱼上梁来，不劳而获！在河边管理一个碾坊比管理一只渡船多变化，有趣味，情形一看也就明白了。但一个撑渡船的若想有座碾坊，那简直是不可能的妄想。凡碾坊照例是属于当地小财主的产业。那熟人把老船夫带到碾坊边时，就告给他这碾坊业主为谁。两人一面各处视察一面说话。

那熟人用脚踢着新碾盘说：

“中寨人自己坐在高山寨子上，却欢喜来到这大河边置产业；

左图：

祖父并不看龙船竞渡，却为一个熟人拉到河上游半里路远近，过一个新碾坊看水碾子去了。

右图：

老船夫转着那双小眼睛，很羡慕地去欣赏一切，估计一切，把头点着，且对于碾坊中物件一一加以很得体的批评。

这是中寨王团总的，值大钱七百吊！”

老船夫转着那双小眼睛，很羡慕地去欣赏一切，估计一切，把头点着，且对于碾坊中物件一一加以很得体的批评。后来两人就坐到那还未完工的白木条凳上去，熟人又说到这碾坊的将来，似乎是团总女儿陪嫁的妆奁。那人于是想起了翠翠，且记起大老过去一时托过他的事情来了，便问道：

“伯伯，你翠翠今年十几岁？”

“满十四岁进十五岁。”老船夫说过这句话后，便接着在心中计算过去的年月。

“茶峒人年青男子眼睛光，选媳妇也极在行。伯伯，你若不多我的心时，我就说个笑话给你听。”

“十四岁多能干！将来谁得她真有福气！”

“有什么福气？又无碾坊陪嫁，一个光人。”

“别说一个光人，一个有用的人，两只手敌得五座碾坊！洛阳桥也是鲁般两只手造的！……”这样那样地说着，表示对老船夫的抗议，说到后来那人自然笑了。

老船夫也笑了，心想：“翠翠有两只手，将来也去造洛阳桥吧，新鲜事！”

那人过了一会又说：

“茶峒人年青男子眼睛光，选媳妇也极在行。伯伯，你若不多我的心时，我就说个笑话给你听。”

老船夫问：“是什么笑话？”

那人说：“伯伯你若不多心时，这笑话也可以当真话去听咧。”

接着说下去的就是顺顺家大老如何在人家面前赞美翠翠，且如何托他来探听老船夫口气那么一件事。末了同老船夫来转述另一回会话的情形。“我问他：‘大老，大老，你是说真话还是说笑话？’他就说：‘你为我去探听探听那老的，我欢喜翠翠，想要翠翠，是真话呀！’我说：‘我这口钝得很，说出了口收不回，万一老的一巴掌打来呢？’他说：‘你怕打，你先当笑话去说，不会挨打的！’所以，伯伯，我就把这件真事情当笑话来同你说了。你试想想，他初九从川东回来见我时，我应当如何回答他？”

老船夫记起前一次大老亲口所说的话，知道大老的意思很真，且知道顺顺也欢喜翠翠，故心里很高兴。但这件事照规矩得这个人带封点心亲自到碧溪岨家中去说，方见得慎重起事。老船夫就说：“等他来时你说：老家伙听过了笑话后，自己也说了个笑话，他说：‘车是车路，马是马路，各有走法。大老若走的是车路，应当由大老爹爹做主，请了媒人来正正经经同我说。若走的是马路，应当自己做主，站在渡口对溪高崖上，为翠翠唱三年六个月的歌。’”

“伯伯，若唱三年六个月的歌动得了翠翠的心，我赶明天就自己来唱歌了。”

“你以为翠翠肯了我还会不肯吗？”

“不咧，人家以为这件事你老人家肯了，翠翠便无有不肯呢。”

“不能那么说，这是她的事呵！”

“便是她的事情，可是必须老的做主，人家也仍然以为在日头月光下唱三年六个月的歌，还不如得伯伯说一句话好！”

“那么，我说，我们就这样办，等他从川东回来时，要他同顺顺去说个明白。我呢，我也先问问翠翠，若以为听了三年六个月的歌再跟那唱歌人走去有意思些，我就请你劝大老走他那弯弯曲曲的马路。”

“那好的。见了他我就说：‘大老，笑话吗，我已经说过了。真话呢，看你自己的命运去了。’当真看他的命运去了，不过我明白他的命运，还是在你老人家手上捏着紧紧的。”

“不是那么说！我若捏得定这件事，我马上就答应了。”

这里两人把话说妥后，就过另一处看一只顺顺新近买来的三舱船去了。河街上顺顺吊脚楼方面，却有了如下事情。

翠翠虽被那乡绅女人喊到身边去坐，地位非常之好，从窗口望出去，河中一切朗然在望，然而心中可不安宁。挤在其他几个窗口看热闹的人，似乎皆常常把眼光从河中景物挪到这边几个人身上来。还有些人故意装成有别的事情样子，从楼这边走过那一边，事实上却全为的是好仔细看看翠翠这方面几个人。翠翠心中老不自在，只想借故跑去。一会儿河下的炮声响了，几只从对河取齐的船只，直向这方面划来。先是四条船皆相去不远，如四支箭在水面射着，到了一半，已有两只船占先了些，再过一会子，那两只船中间便又有一只超过了并进的船只而前。看看船到了税局门前时，第二次炮声又响，那船便胜利了。这时节胜利的已判明属于河街人所划的一只，各处便皆响着庆祝的小鞭炮。那船于是沿了河街吊脚楼划去，鼓声蓬蓬作响，河边与吊脚楼各处，都同时呐喊表示快乐的祝贺。翠翠眼见在船头站定摇动小旗指挥进退头上包着红布的那个年青人，便是送酒葫芦到碧溪岨的二老，心中便印着两年前的旧事，“大鱼吃掉你！”“吃掉不吃掉，不用你这个人管！”“好的，我就不管！”“狗，狗，你也看人叫！”想起狗，翠翠才注意到自己身边那只黄狗，早已不知跑到什么地方去，便离了座位，在楼上各处找寻她的黄狗，把船头人忘掉了。

她一面在人丛里找寻黄狗，一面听人家正说些什么话。

一个大脸妇人问：“是谁家的人，坐到顺顺家当中窗口前的那块好地方？”

一个妇人就说：“是寨子上王乡绅大姑娘，今天说是自己来看船，其实来看人，同时也让人看！人家命好，有本领坐那好地方！”

“看谁人？被谁看？”

“嗨，你还不明白，那乡绅想同顺顺打亲家呢。”

“那姑娘配什么人？是大老，还是二老呢？”

“是二老呀，等等你们看这岳云，就会上楼来看他丈母娘的！”

一个大脸妇人问：“是谁家的人，坐到顺顺家当中窗口前的那块好地方？”

另一个女人便插嘴说："事弄成了，好得很呢！人家在大河边有一座崭新碾坊陪嫁，比十个长年还好一些。"

有人问："二老怎么样？可乐意？"

有人就轻轻地说："二老已说过了，这不必看，第一件事我就不想做那个碾坊的主人！"

"你听岳云二老说过吗？"

"我听别人说的。还说二老欢喜一个撑渡船的。"

"他又不是傻小二，不要碾坊，要渡船吗？"

"那谁知道。横顺人是'牛肉炒韭菜，各人心里爱'，只看各人心里爱什么就吃什么，渡船不会不如碾坊！"

当时各人眼睛对着河里，口中说着这些闲话，却无一个人回头来注意到身后边的翠翠。

翠翠脸发着烧走到另外一处去，又听有两个人提及这件事。且说："一切早安排好了，只须要二老一句话。"又说："只看二老今天那么一股劲儿，就可以猜想得出，这劲儿是岸上一个黄花姑娘给他的！"

谁是激动二老的黄花姑娘？听到这个，翠翠心中不免有点儿乱。

翠翠人矮了些，在人背后已望不见河中情形，只听到擂鼓声渐近渐激越，岸上呐喊声自远而近，便知道二老的船恰恰经过楼下。楼上人也大喊着，杂夹叫着二老的名字，乡绅太太那方面，且有人放小百子鞭炮。忽然又用另外一种惊讶声音喊着，且同时便见许多人出门向河下走去。翠翠不知出了什么事，心中有点迷乱，正不知走回原来座位边去好，还是依然站在人背后好。只见那边正有人拿了个托盘，装了一大盘粽子同细点心，在请乡绅太太小姐用点心，不好意思再过那边去，便想也挤出大门外到河下去看看。从河街一个盐店旁边甬道下河时，正在一排吊脚楼的梁柱间，迎面碰头一群人，拥着那个头包红布的二老来了。原来二老因失足落水，已从水中爬起来

忽然又用另外一种惊讶声音喊着，且同时便见许多人出门向河下走去。翠翠不知出了什么事，心中有点迷乱……

了。路太窄了一些，翠翠虽闪过一旁，与迎面来的人仍然得肘子触着肘子。二老一见翠翠就说：

“翠翠，你来了，爷爷也来了吗？”

翠翠脸还发着烧不便作声，心想：“黄狗跑到什么地方去了呢？”

二老又说：

“怎不到我家楼上去看呢？我已要人替你弄了个好位子。”

翠翠到河下时，小小心腔中充满了一种说不分明的东西。是烦恼吧，不是！是忧愁吧，不是！

翠翠心想："碾坊陪嫁，稀奇事情咧。"

二老不能逼迫翠翠回去，到后便各自走开了。翠翠到河下时，小小心腔中充满了一种说不分明的东西。是烦恼吧，不是！是忧愁吧，不是！是快乐吧，不，有什么事情使这个女孩子快乐呢？是生气了吧——是的，她当真仿佛觉得自己是在生一个人的气，又像是在生自己的气。河边人太多了，码头边浅水中，船桅船篷上，以至于吊脚楼的柱子上，无不挤满了人。翠翠自言自语说："人那么多，有什么三脚猫好看？"先还以为可以在什么船上发现她的祖父，但各处搜寻了一阵，却无祖父的影子。她挤到水边去，一眼便看到了自己家中那条黄狗，同顺顺家一个长年，正在去岸数丈一只空船上看热闹。翠翠锐声叫喊了两声，黄狗张着耳叶昂头四面一望，便猛地扑下水中，向翠翠方面泅来了。到了身边时狗身上已全是水，把水抖着且跳跃不已，翠翠便说："得了，狗，装什么疯。你又不翻船，谁要你落水呢？"

翠翠同黄狗各处找祖父去，在河街上一个木行前恰好遇着了祖父。

老船夫说："翠翠，我看了个好碾坊，碾盘是新的，水车是新的，屋上稻草也是新的！水坝管着一绺水，急溜溜的，抽水闸板时水车转得如陀螺。"

翠翠带着点做作问："是什么人的？"

"是什么人的？住在山上的员外王团总的。我听人说是那中寨人为女儿做嫁妆的东西，好不阔气，包工就是七百吊大制钱，还不管风车，不管家什！"

"谁讨那个人家的女儿？"

祖父望着翠翠干笑着："翠翠，大鱼咬你，大鱼咬你。"

翠翠因为对于这件事心中有了个数目，便仍然装着全不明白，只询问祖父："爷爷，什么人得到那个碾坊？"

"岳云二老！"祖父说了又自言自语地说，"有人羡慕二老得到碾坊，也有人羡慕碾坊得到二老！"

"谁羡慕呢，爷爷？"

"我羡慕。"祖父说着便又笑了。

翠翠说："爷爷，你喝醉了。"

"可是二老还称赞你长得美呢。"

翠翠说："爷爷，你醉疯了。"

祖父说："爷爷不醉不疯……去，我们到河边看他们放鸭子去。可惜我老了，不能下水里去捉只鸭子回家焖姜吃。"他还想说："二老捉得鸭子，一定又会送给我们的。"话不及说，二老来了，站在翠翠面前微笑着。翠翠也笑着。

于是三个人回到吊脚楼上去。

十一

有人带了礼物到碧溪岨，掌水码头的顺顺，当真请了媒人为儿子向渡船的攀亲戚起来了。老船夫慌慌张张把这个人渡过溪口，一同到家里去。翠翠正在屋门前剥豌豆，来了客并不如何注意。但一听到客人进门说"贺喜贺喜"，心中有事，不敢再蹲在屋门边，就装作追赶菜园地的鸡，拿了竹响篙唰唰地摇着，一面口中轻轻喝着，向屋后白塔跑去了。

来人说了些闲话，言归正传转述到顺顺的意见时，老船夫不知如何回答，只是很惊惶地搓着两只茧结的大手，好像这不会真有其事，而且神气中只像在说"那好的，那妙的"，其实这老头子却不曾说过一句话。

来人把话说完后，就问做祖父的意见怎么样。老船夫笑着把头点着说："大老想走车路，这个很好。可是我得问问翠翠，看她自己主张怎么样。"来人被打发走后，祖父在船头叫翠翠下河边来说话。

翠翠拿了一簸箕豌豆下到溪边，上了船，娇娇地问他的祖父：

话不及说，二老来了，站在翠翠面前微笑着。翠翠也笑着。

老船夫笑着把头点着说："大老想走车路，这个很好。可是我得问问翠翠，看她自己主张怎么样。"

"爷爷，你有什么事？"祖父笑着不说什么，只偏着个白发盈颠的头看着翠翠，看了许久。翠翠坐到船头，有点不好意思，低下头去剥豌豆，耳中听着远处竹篁里的黄鸟叫。翠翠想："日子长咧，爷爷话也长了。"翠翠心轻轻地跳着。

过了一会祖父说："翠翠，翠翠，先前那个人来做什么，你知道不知道？"

翠翠说："我不知道。"说后脸同颈脖全红了。

祖父看看那种情景，明白翠翠的心事了，便把眼睛向远处望去，在空雾里望见了十六年前翠翠的母亲，老船夫心中异常柔和了。轻轻地自言自语说："每一只船总要有个码头，每一只雀儿得有个窠。"他同时想起那个可怜的母亲过去的事情，心中有了一点隐痛，却勉强笑着。

翠翠呢，正从山中黄鸟杜鹃叫声里，以及山谷中伐竹人㗘㗘一下一下地砍伐竹子声音里，想到许多事情。老虎咬人的故事，与人对骂时四句头的山歌，造纸作坊中的方坑，铁工场熔铁炉里泄出的铁汁，耳朵听来的，眼睛看到的，她似乎都要去温习温习。她所以这样做，又似乎全只为了希望忘掉眼前的一桩事而起。但她实在有点误会了。

祖父说：“翠翠，船总顺顺家里请人来做媒，想讨你做媳妇，问我愿不愿。我呢，人老了，再过三年两载会过去的，我没有不愿意的事情。这是你自己的事，你自己想想，自己来说。愿意，就成了；不愿意，也好。”

翠翠弄明白了，人来做媒的是大老！不曾把头抬起，心忡忡地跳着，脸烧得厉害……

翠翠不知如何处理这个问题，装作从容，怯怯地望着老祖父。又不便问什么，当然也不好回答。

祖父又说："大老是个有出息的人，为人又正直，又慷慨，你嫁了他，算是命好！"

翠翠弄明白了，人来做媒的是大老！不曾把头抬起，心怦怦地跳着，脸烧得厉害，仍然剥她的豌豆，且随手把空豆荚抛到水中去，望着它们在流水中从从容容地流去，自己也俨然从容了许多。

见翠翠总不作声，祖父于是笑了，且说："翠翠，想几天不碍事。洛阳桥不是一个晚上造得好的，要日子咧。前次那个人来就向我说起这件事，我已经就告过他：车是车路，马是马路，各有规矩。想爸爸做主，请媒人正正经经来说是车路；要自己做主，站到对溪高崖竹林里为你唱三年六个月的歌是马路——你若欢喜走马路，我相信人家会为你在日头下唱热情的歌，在月光下唱温柔的歌，像只杜鹃一样，一直唱到吐血喉咙烂！"

翠翠不作声，心中只想哭，可是也无理由可哭。祖父还是再说下去，便引到死去了的母亲来了。老人话说了一阵，沉默了。翠翠悄悄把头搭过一些，见祖父眼中业已酿了一汪眼泪。翠翠又惊又怕，怯生生地说："爷爷，你怎么的？"祖父不作声，用大手掌擦着眼睛，小孩子似的咕咕笑着，跳上岸跑回家中去了。

翠翠心中乱乱的，想赶去却不赶去。

雨后放晴的天气，日头炙到人肩上背上已有了点儿力量。溪边芦苇水杨柳，菜园中菜蔬，莫不繁荣滋茂，带着一分有野性的生气。草丛里绿色蚱蜢各处飞着，翅膀搏动空气时窸窸作声。枝头新蝉声音虽不成腔却已渐渐宏大。两山深翠逼人的竹篁中，有黄鸟与竹雀杜鹃交递鸣叫。翠翠感觉着，望着，听着，同时也思索着：

"爷爷今年七十岁……三年六个月的歌——谁送那只白鸭子呢？……得碾子的好运气，碾子得谁更是好运气？……"

痴着，忽地站起，半簸箕豌豆便倾倒到水中去了。伸手把那簸箕从水中捞起时，隔溪有人喊过渡。

十二

翠翠第二天第二次在白塔下菜园地里，被祖父询问到自己主张时，仍然心儿忡忡地跳着，把头低下不作理会，只顾用手去掐葱。

祖父笑着，心想：“还是等等看，再说下去，这一坪葱会全掐掉了。”同时似乎又觉得这其间有点古怪处，不好再说下去，便自己按捺到言语，用一个做作的笑话，把问题引到另外一件事情上去了。

天气渐渐地越来越热了。近六月时，天气热了些，老船夫把一个满是灰尘的黑陶缸子，从屋角隅里搬出，自己还匀出些闲工夫，拼了几方木板，做成一个圆盖。又锯木头做成一个三脚架子，且削刮了个大竹筒，用葛藤系定，放在缸边作为舀茶的家具。自从这茶缸移到屋门溪边后，每早上翠翠就烧一大锅开水，倒进那缸子里去。有时缸里加些茶叶，有时却只放下一些用火烧焦的锅巴，趁那东西还燃着时便抛进缸里去。老船夫且照例准备了些发痧肚痛治疱疮疡子的草根木皮，把这些药搁在家中当眼处，一见过渡人神气不对，就忙匆匆地把药取来，善意地勒迫这过路人使用他的药方，且告给人这许多救急丹方的来源（这些丹方自然全是他从城中军医同巫师学来的）。他终日裸着两只膀子，在溪中方头船上站定，头上还常常是光光的，一头短短白发，在日光下如银子。翠翠依然是个快乐人，屋前屋后跑着唱着，不走动时就坐在门前高崖树荫下，吹小竹管儿玩。爷

左图：

两山深翠逼人的竹篁中，有黄鸟与竹雀杜鹃交递鸣叫。翠翠感觉着，望着，听着，同时也思索着……

右图：

翠翠依然是个快乐人，屋前屋后跑着唱着，不走动时就坐在门前高崖树荫下，吹小竹管儿玩。

船总顺顺家中一方面，则天保大老的事已被二老知道了，傩送二老同时也让他哥哥知道了弟弟的心事。

爷仿佛把大老提婚的事早已忘掉，翠翠自然也似乎忘掉这件事情了。

可是那做媒的不久又来探口气了，依然同从前一样，祖父把事情成否全推到翠翠身上去，打发了媒人上路。回头又同翠翠谈了一次，也依然不得结果。

老船夫猜不透这事情在这什么方面有个疙瘩，解除不去，夜里躺在床上便常常陷入一种沉思里去，隐隐约约体会到一件事情——翠翠爱二老不爱大老。再想下去便是……想到了这里时，他笑了，为了害怕而勉强笑了。其实他有点忧愁，因为他忽然觉得翠翠一切全像那个母亲，而且隐隐约约便感觉到这母女二人共通的命运。一堆过去的事情蜂拥而来，不能再睡下去了，一个人便跑出门外，到那临溪高崖上去，望天上的星辰，听河边纺织娘和一切虫类如雨的声音，许久许久还不睡觉。

这件事翠翠自然是注意不及的，这小女孩子日里尽管玩着，工作着，也同时为一些很神秘的东西驰骋她那颗小小的心，但一到夜里，却甜甜地睡眠了。

不过一切皆得在一份时间中变化。这一家安静平凡的生活，也因了一堆接连而来的日子，在人事上把那安静空气完全打破了。

船总顺顺家中一方面，则天保大老的事已被二老知道了，傩送二老同时也让他哥哥知道了弟弟的心事。这一对难兄难弟原来同时都爱上了那个撑渡船的外孙女。这事情在本地人说来并不稀奇，边地俗话说："火是各处可烧的，水是各处可流的，日月是各处可照的，爱情是各处可到的。"有钱船总儿子，爱上一个弄渡船的穷人家女儿，不能成为稀罕的新闻，有一点困难处，只是这两兄弟到了谁应取得这个女人做媳妇时，是不是也还得照茶峒人规矩，来一次流血的挣扎？

兄弟两人在这方面是不至于动刀的，但也不作兴有"情人奉让"，如大都市懦怯男子爱与仇对面时做出的可笑行为。

那哥哥同弟弟在河上游一个造船的地方，看他家中那一只新船，在新船旁把一切心事全告给了弟弟，且附带说明，这点念头还是两年前植下根基的。弟弟微笑着，把话听下去。两人从造船处沿了河岸又走到王乡绅新碾坊去，那大哥就说：

"二老，你运气倒好，做了团总女婿，有座碾坊；我呢，若把事情弄好了，我应当接那个老的手来划渡船了。我欢喜这个事情，我还想把碧溪岨两个山头买过来，在界线上种一片大楠竹，围着这一条小溪作为我的寨子！"

那二老仍然默默地听着，把手中拿的一把弯月形镰刀随意斫削路旁的草木，到了碾坊时，却站住了向他哥哥说：

"大老，你信不信这女子心上早已有了个人？"

"我不信。"

“大老，你信不信这碾坊将来归我？”

“我不信。”

两人于是进了碾坊。

二老说：“你不必——大老，我再问你，假若我不想得这座碾坊，却打量要那只渡船，而且这念头也是两年前的事，你信不信呢？”

那大哥听来真着了一惊，望了一下坐在碾盘横轴上的傩送二老，知道二老不是说谎，于是站近了一点，伸手在二老肩上打了一下，且想把二老拉下来。他明白了这件事，他笑了。他说：“我相信的，你说的是真话！”

二老把眼睛望着他的哥哥，很诚实地说：

“大老，相信我，这是真事。我早就那么打算到了。家中不答应，那边若答应了，我当真预备去弄渡船的！——你告我，你呢？”

“爸爸已听了我的话，为我要城里的杨马兵做保山，向划渡船说亲去了！”大老说到这个求亲手续时，好像知道二老要笑他，又解释要保山去的用意，“只是因为老的说车有车路，马有马路，我就走了车路。”

“结果呢？”

“得不到什么结果。老的口上含李子，说不明白。”

“马路呢？”

“马路呢，那老的说若走马路，得在碧溪岨对溪高崖上唱三年六个月的歌。把翠翠心子唱软，翠翠就归我了。”

“这并不是个坏主张！”

“是呀，一个结巴人话说不出还唱得出。可是这件事轮不到我了。我不是竹雀，不会唱歌。鬼知道那老人家存心是要把孙女儿嫁个会唱歌的水车，还是预备规规矩矩嫁个人！”

“那你打算怎么样？”

“结果呢？”“得不到什么结果。老的口上含李子，说不明白。”

二老看到哥哥那种样子，便知道为这件事哥哥感到的是一种如何烦恼了。

“我想告那老的，要他说句实在话。只一句话。不成，我跟船下桃源去了；成呢，便是要我撑渡船，我也答应了他。”

“唱歌呢？”

“二老，这是你的拿手好戏，你要去做竹雀，你就赶快去吧，我不会捡马粪塞你嘴巴的。”

二老看到哥哥那种样子，便知道为这件事哥哥感到的是一种如何烦恼了。他明白他哥哥的性情，代表了茶峒人粗卤爽直一面，弄得好，掏出心子来给人也很慷慨做去；弄不好，亲舅舅也必一是一二是二。大老何尝不想在车路上失败时走马路，但他一听到二老的坦白

黄昏照样的温柔、美丽和平静。但一个人若体念到这个当前一切时，也就照样的在这黄昏中会有点儿薄薄的凄凉。

陈述后，他就知道马路只二老有份，他自己的事不能提了。因此他有点气恼，有点愤慨，自然是无从掩饰的。

二老想出了个主意，就是两兄弟月夜里同到碧溪岨去唱歌，莫让人知道是弟兄两个，两人轮流唱下去，谁得到回答，谁便继续用那张唱歌胜利的嘴唇，服侍那划渡船的外孙女。大老不善于唱歌，轮到大老时也仍然由二老代替。两人凭命运来决定自己的幸福，这么办可说是极公平了。提议时，那大老还以为他自己不会唱，也不想请二老替他做竹雀。但二老那种诗人性格，却使他很固执地要哥哥实行这个办法。二老说必须这样做，一切方公平一点。

大老把弟弟提议想想，作了一个苦笑。“× 娘的，自己不是竹雀，还请老弟做竹雀！好，就是这样子，我们各人轮流唱，我也不要你帮忙，一切我自己来吧。树林子里的猫头鹰，声音不动听，要老婆时，也仍然是自己叫下去，不请人帮忙的！”

两人把事情说妥当后，算算日子，今天十四，明天十五，后天十六，接连而来的三个日子，正是有大月亮天气。气候既到了中夏，半夜里不冷不热，穿了白家机布汗褂，到那些月光照及的高崖上去，遵照当地的习惯，很诚实与坦白去为一个“初生之犊”的黄花女唱歌。露水降了，歌声涩了，到应当回家了时，就趁残月赶回家去。或过那些熟识的整夜工作不息的碾坊里去，躺到温暖的谷仓里小睡，等候天明。一切安排皆极其自然，结果是什么，两人虽不明白，但也看得极运气自然。两人便决定了从当夜起始，来作这种为当地习惯所认可的竞争。

十三

黄昏来时翠翠坐在家中屋后白塔下，看天空被夕阳烘成桃花色的薄云。十四中寨逢场，城中生意人过中寨收买山货的很多，过渡人也特别多，祖父在溪中渡船上忙个不息。天已快夜，别的雀子似乎都要休息了，只杜鹃叫个不息。石头泥土为白日晒了一整天，草木为白日晒了一整天，到这时节皆放散一种热气。空气中有泥土气味，有草木气味，且有甲虫类气味。翠翠看着天上的红云，听着渡口飘乡生意人的杂乱声音，心中有些儿薄薄的凄凉。

黄昏照样的温柔、美丽和平静。但一个人若体念到这个当前一切时，也就照样的在这黄昏中会有点儿薄薄的凄凉。于是，这日子成为痛苦的东西了。翠翠觉得好像缺少了什么。好像眼见到这个日子过去

翠翠坐在溪边，望着溪面为暮色所笼罩的一切，且望到那只渡船上一群过渡人，其中有个吸旱烟的打着火镰吸烟，把烟杆在船边剥剥地敲着烟灰，就忽然哭起来了。

了，想要在一件新的人事上攀住它，但不成。好像生活太平凡了，忍受不住。于是胡思乱想：

“我要坐船下桃源县过洞庭湖，让爷爷满城打锣去叫我，点了灯笼火把去找我。”

她便同祖父故意生气似的，很放肆地去想到这样一件不可能事情，且想象她出走后，祖父用各种方法寻觅她皆无结果，到后如何躺在渡船上。

人家喊：“过渡，过渡，老伯伯，你怎么的，不管事！”“怎么的！翠翠走了，下桃源县了！”“那你怎样办？”“那怎么办吗？拿把刀，放在包袱里，搭下水船去杀了她！”……

翠翠仿佛当真听着这种对话，吓怕起来了，一面锐声喊着她的祖父，一面从坎上跑向溪边渡口去。见到了祖父正把船拉在溪中心，船上人喁喁说着话，小小心子还依然跳跃不已。

“爷爷，爷爷，你把船拉回来呀！”

那老船夫不明白她的意思，还以为是翠翠要为他代劳了，就说：

“翠翠，等一等，我就回来！”

“你不拉回来了吗？”

“我就回来！”

翠翠坐在溪边，望着溪面为暮色所笼罩的一切，且望到那只渡船上一群过渡人，其中有个吸旱烟的打着火镰吸烟，且把烟杆在船边剥剥地敲着烟灰，就忽然哭起来了。

祖父把船拉回来时，见翠翠痴痴地坐在岸边，问她是什么事，翠翠不作声。祖父要她去烧火煮饭，想了一会儿，觉得自己哭得可笑，一个人便回到屋中去，坐在黑黝黝的灶边把火烧燃后，她又走到门外高崖上去，喊叫她的祖父，要他回家里来。在职务上毫不儿戏的老船夫，因为明白过渡人皆是赶回城中吃晚饭的人，来一个就渡一个，不便要人站在那岸边呆等，故不上岸来。只站在船头告翠翠，不要叫他，且让他做点事，把人渡完事后，就会回家里来吃饭。

翠翠第二次请求祖父，祖父不理会，她坐在悬崖上，很觉得悲伤。

天夜了，有一匹大萤火虫尾上闪着蓝光，很迅速地从翠翠身旁飞过去，翠翠想：“看你飞得多远！”便把眼睛随着那萤火虫的明光追去。杜鹃又叫了。

“爷爷，为什么不上来？我要你！”

在船上的祖父听到这种带着娇、有点儿埋怨的声音，一面粗声

“翠翠，我就来，我就来！”一面心中却自言自语：“翠翠，爷爷不在了，你将怎么样？”

粗气地答道：“翠翠，我就来，我就来！”一面心中却自言自语：“翠翠，爷爷不在了，你将怎么样？”

老船夫回到家中时，见家中还黑黝黝的，只灶间有火光，见翠翠坐在灶边矮条凳上，用手蒙着眼睛。

走过去才晓得翠翠已哭了许久。祖父一个下半天来，皆弯着个腰在船上拉来拉去，歇歇时手也酸了，腰也酸了，照规矩，一到家里就会嗅到锅中所焖瓜菜的味道，且可看见翠翠安排晚饭在灯光下跑来跑去的影子。今天情形竟不同了一点。

翠翠抱膝坐在月光下，傍着祖父身边，问了许多关于那个可怜母亲的故事。

祖父说："翠翠，我来慢了，你就哭，这还成吗？我死了呢？"

翠翠不作声。

祖父又说："不许哭，做一个大人，不管有什么事都不许哭。要硬扎一点，结实一点，方配活到这块土地上！"

翠翠把手从眼睛边移开，靠近了祖父身边去。"我不哭了。"

两人做饭时，祖父为翠翠述说起一些有趣味的故事。因此提到了死去了的翠翠的母亲。两人在豆油灯下把饭吃过后，老船夫因为工作疲倦，喝了半碗白酒，因此饭后兴致极好，又同翠翠到门外高崖上月光下去说故事。说了些那个可怜母亲的乖巧处，同时且说到那可怜母亲性格强硬处，使翠翠听来神往倾心。

翠翠抱膝坐在月光下，傍着祖父身边，问了许多关于那个可怜母亲的故事。间或吁一口气，似乎心中压上了些分量沉重的东西，想挪移得远一点，才吁着这种气，可是却无从把那种东西挪开。

月光如银子，无处不可照及，山上篁竹在月光下皆成为黑色。身边草丛中虫声繁密如落雨。间或不知道从什么地方，忽然会有一只草莺"嗐嗐嗐嗐嘘！"啭着它的喉咙，不久之间，这小鸟儿又好像明白这是半夜，不应当那么吵闹，便仍然闭着那小小眼儿安睡了。

祖父夜来兴致很好，为翠翠把故事说下去，就提到了本城人二十年前唱歌的风气，如何驰名于川黔边地。翠翠的父亲，便是当地唱歌的第一手，能用各种比喻解释爱与憎的结子，这些事也说到了。翠翠母亲如何爱唱歌，且如何同父亲在未认识以前在白日里对歌，一个在半山上竹篁里砍竹子，一个在溪面渡船上拉船，这些事也说到了。

翠翠问："后来怎么样？"

祖父说："后来的事当然长得很，最重要的事情，就是这种歌唱出了你。"

祖父于是沉默了，不曾说："唱出了你后，也就死去了你的父亲和母亲。"

十四

老船夫做事累了睡了，翠翠哭倦了也睡了。翠翠不能忘记祖父所说的事情，梦中灵魂为一种美妙歌声浮起来了，仿佛轻轻地各处飘着，上了白塔，下了菜园，到了船上，又复飞窜过悬崖半腰——去做什么呢？摘虎耳草！白日里拉船时，她仰头望着崖上那些肥大虎耳草已极熟习。崖壁三五丈高，平时攀折不到手，这时节却可以选顶大的叶子做伞。

一切皆像是祖父说的故事，翠翠只迷迷糊糊地躺在粗麻布帐子里草荐上，以为这梦做得顶美顶甜。祖父却在床上醒着，张起个耳朵听对溪高崖上的人唱了半夜的歌。他知道那是谁唱的，他知道是河街上天保大老走马路的第一着，因此又忧愁又快乐地听下去。翠翠因为

——去做什么呢？摘虎耳草！白日里拉船时，她仰头望着崖上那些肥大虎耳草已极熟习。

日里哭倦了，睡得正好，他就不去惊动她。

第二天天一亮，翠翠就同祖父起身了，用溪水洗了脸，把早上说梦的忌讳去掉了，翠翠赶忙同祖父去说昨晚上所梦的事情。

“爷爷，你说唱歌，我昨天就在梦里听到一种顶好听的歌声，又软又缠绵，我像跟了这声音各处飞，飞到对溪悬崖半腰，摘了一大把虎耳草，得到了虎耳草，我可不知道把这个东西交给谁去了。我睡得真好，梦得真有趣！”

祖父温和悲悯地笑着，并不告给翠翠昨晚上的事实。

祖父心里想：“做梦一辈了更好，还有人在梦里做宰相咧。”

昨晚上唱歌的，老船夫还以为是天保大老，日来便要翠翠守

老船夫见他神情冷冷的，不明白他的意思，就用眉眼做了一个可笑的记号，表示他明白大老的冷淡处是装成的……

船，借故到城里去送药，探探情形。在河街见到了大老，就一把拉住那小伙子，很快乐地说：

“大老，你这个人，又走车路又走马路，是怎样一个狡猾东西！”

但老船夫却做错了一件事情，把昨晚唱歌人“张冠李戴”了。这两弟兄昨晚上同时到碧溪岨去，为了做哥哥的走车路占了先，无论如何也不肯先开腔唱歌，一定得让那弟弟先唱。弟弟一开口，哥哥却因为明知不是敌手，更不能开口了。翠翠同她祖父晚上听到的歌声，便全是那个傩送二老所唱的。大老伴弟弟回家时，就决定了同茶峒地方离开，驾家中那只新油船下驶，好忘却了上面的一切。这时正想下河去看新油船装货。老船夫见他神情冷冷的，不明白他的意思，就用眉眼做了一个可笑的记号，表示他明白大老的冷淡处是装成的，表示他有好消息可以奉告。他拍了大老一下，翘起一个大拇指，轻轻地说：

“你唱得很好，别人在梦里听着你那个歌，为那个歌带得很远，走了不少的路！你是第一号，是我们地方唱歌第一号。”

大老望着弄渡船的老船夫涎皮的老脸，轻轻地说：

“算了吧，你把宝贝孙女儿送给会唱歌的竹雀吧。”

那大老把手指着窗口说："伯伯，你看那边，你要竹雀做孙女婿，竹雀在那里啊！"

这句话使老船夫完全弄不明白它的意思。大老从一个吊脚楼甬道走下河去了，老船夫也跟着下去。到了河边，见那只新船正在装货，许多油篓子搁到河岸边。一个水手正在用茅草扎成长束，备作船舷上挡浪用的茅把。还有人坐在河边石头上，用脂油擦抹桨板。老船夫问那个水手，这船什么日子下行，谁押船。那水手把手指着大老。老船夫搓着手说：

"大老，听我说句正经话，你那件事走车路，不对；走马路，你有份的！"

那大老把手指着窗口说："伯伯，你看那边，你要竹雀做孙女婿，竹雀在那里啊！”

老船夫抬头望到二老，正在窗口整理一个鱼网。

回碧溪岨到渡船上时，翠翠问：

“爷爷，你同谁吵了架，面色那样难看！”

祖父莞尔而笑，他到城里的事情，不告给翠翠一个字。

十五

大老坐了那只新油船向下河走去了，留下傩送二老在家。老船夫方面还以为上次歌声既归二老唱的，在此后几个日子里，自然还会听到那种歌声。一到了晚间就故意从别样事情上，促翠翠注意夜晚的歌声。两人吃完饭坐在屋里，因屋前滨水，长脚蚊子一到黄昏就嗡嗡地叫着，翠翠便把蒿艾束成的烟包点燃，向屋中角隅各处晃着驱逐蚊子。晃了一阵，估计全屋子里已为蒿艾烟气熏透了，方把烟包搁到床前地上去，再坐在小板凳上来听祖父说话。从一些故事上慢慢地谈到了唱歌，祖父话说得很妙。祖父到后发问道：

“翠翠，梦里的歌可以使你爬上高崖去摘那虎耳草，若当真有谁来在对溪高崖上为你唱歌，你预备怎么样？”祖父把话当笑话说着的。

翠翠便也当笑话答道：“有人唱歌我就听下去，他唱多久我也听多久！”

“唱三年六个月呢？”

“唱得好听，我听三年六个月。”

“这不大公平吧。”

祖父说："你试告我，愿意哪一个？"翠翠便勉强笑着轻轻地带点儿恳求的神气说："爷爷莫说这个笑话吧。"

“怎么不公平？为我唱歌的人，不是极愿意我长远听他唱歌吗？”

“照理说：炒菜要人吃，唱歌要人听。可是人家为你唱，是要你懂他歌里的意思！”

“爷爷，懂歌里什么意思？”

“自然是他那颗想同你要好的真心！不懂那点心事，不是同听竹雀唱歌一样吗？”

“我懂了他的心又怎么样？”

祖父用拳头把自己腿重重地捶着，且笑着：“翠翠，你人乖，爷爷笨得很，话也说得不温柔，莫生气。我信口开河，说个笑话给你听。你应当当笑话听。河街天保大老走车路，请保山来提亲，我告给过你这件事了，你那神气不愿意，是不是？可是，假若那个人还有个兄弟，走马路，为你来唱歌，向你攀交情，你将怎么说？”

翠翠吃了一惊，低下头去。因为她不明白这笑话有几分真，又不清楚这笑话是谁诌的。

祖父说：“你试告我，愿意哪一个？”

翠翠便勉强笑着轻轻地带点儿恳求的神气说：

“爷爷莫说这个笑话吧。”翠翠站起身了。

“我说的若是真话呢？”

“爷爷你真是个……”翠翠说着走出去了。

祖父说：“我说的是笑话，你生我的气吗？”

翠翠不敢生祖父的气，走近门限边时，就把话引到另外一件事情上去：“爷爷看天上的月亮，那么大！”说着，出了屋外，便在那一派清光的露天中站定。站了一忽儿，祖父也从屋中出到外边来了。翠翠于是坐到那白日里为强烈阳光晒热的岩石上去，石头正散发日间所储的余热。祖父就说：

“翠翠，莫坐热石头，免得生坐板疮。”

但自己用手摸摸后，自己便也坐到那岩石上了。

月光极其柔和，溪面浮着一层薄薄白雾，这时节对溪若有人唱歌，隔溪应和，实在太美丽了。翠翠还记着先前祖父说的笑话。耳朵又不聋，祖父的话说得极分明，一个兄弟走马路，唱歌来打发这样的晚上，算是怎么一回事？她似乎为了等着这样的歌声，沉默了许久。

她在月光下坐了一阵，心里却当真愿意听一个人来唱歌。久之，对溪除了一片草虫的清音复奏以外别无所有。翠翠走回家里去，在房门边摸着了那个芦管，拿出来在月光下自己吹着。觉吹得不好，又递给祖父要祖父吹。老船夫把那个芦管竖在嘴边，吹了个长长的曲子，

她在月光下坐了一阵，心里却当真愿意听一个人来唱歌。久之，对溪除了一片草虫的清音复奏以外别无所有。

翠翠的心被吹柔软了。

翠翠依傍祖父坐着，问祖父：

“爷爷，谁是第一个做这个小管子的人？”

“一定是个最快乐的人做的，因为他分给人的也是许多快乐；可又像是个最不快乐的人做的，因为他同时也可以引起人不快乐！”

“爷爷，你不快乐了吗？生我的气了吗？”

“我不生你的气。你在我身边，我很快乐。”

“我万一跑了呢？”

“你不会离开爷爷的。”

“万一有这种事，爷爷你怎么样？”

“万一有这种事，我就驾了这只渡船去找你。”

翠翠嗤地笑了。“凤滩、茨滩不为凶，下面还有绕鸡笼；绕鸡笼也容易下，青浪滩浪如屋大。爷爷，你渡船也能下凤滩、茨滩、青浪滩吗？那些地方的水，你不说过全是像疯子，毫不讲道理？”

祖父说：“翠翠，我到那时可真像疯子，还怕大水大浪？”

翠翠俨然极认真地想了一下，就说：“爷爷，我一定不走。可是，你会不会走？你会不会被一个人抓到别处去？”

祖父不作声了，他想到不犯王法不怕官，只有被死亡抓走那一类事情。

老船夫打量着自己被死亡抓走以后的情形，痴痴地看望天南角上一颗星子，心想：“七月八月天上方有流星，人也会在七月八月死去吧？”又想起白日在河街上同大老谈话的经过，想起中寨人陪嫁的那座碾坊，想起二老，想起一大堆事情，心中有点儿乱。

翠翠忽然说：“爷爷，你唱个歌给我听听，好不好？”

祖父唱了十个歌，翠翠傍在祖父身边，闭着眼睛听下去，等到祖父不作声时，翠翠自言自语说：“我又摘了一把虎耳草了。”

祖父所唱的歌，便是那晚上听来的歌。

十六

二老有机会唱歌却从此不再到碧溪岨唱歌。十五过去了，十六也过去了，到了十七，老船夫忍不住了，进城往河街去找寻那个年青小伙子，到城门边正预备入河街时，就遇着上次为大老做保山的杨马兵，正牵了一匹骡马预备出城，一见老船夫，就拉住了他：

“伯伯，我正有事情告你，碰巧你就来城里！”

“什么事情？”

“天保大老坐下水船到茨滩出了事，闪不知这个人掉到滩下漩水里就淹坏了。早上顺顺家里得到这个信息，听说二老一早就赶去了。”

这个不吉消息同有力巴掌一样，重重地掴了老船夫那么一下，他不相信这是当真的消息。他故作从容地说：

“天保大老淹坏了吗？从不闻有水鸭子被水淹坏的！”

“可是那只水鸭子仍然有那么一次被淹坏了……我赞成你的卓见，不让那小子走车路十分顺手。”

从马兵言语上，老船夫还十分怀疑这个新闻，但从马兵神气上注意，老船夫却看清楚这是个真的消息了。他惨惨地说：

“我有什么卓见可说？这是天意！一切都是天意……”老船夫说时心中充满了感情。

特为证明那马兵所说的话有多少可靠处，老船夫同马兵分手后，于是匆匆赶到河街上去。到了顺顺家门前，正有人烧纸钱，许多人围在一处说话。参加进去听听，所说的便是杨马兵提到的那件

到城门边正预备入河街时，就遇着上次为大老作保山的杨马兵，正牵了一匹骡马预备出城，一见老船夫，就拉住了他……

到了顺顺家门前，正有人烧纸钱，许多人围在一处说话。

事。但一到有人发现了身后的老船夫时，大家便把话语转了方向，故意来谈下河油价涨落情形了。老船夫心中很不安，正想找一个比较要好的水手谈谈。

一会儿船总顺顺从外面回来了，样子沉沉的，这豪爽正直的中年人，正似乎为不幸打倒，努力想挣扎爬起的神气，一见到老船夫就说：

“老伯伯，我们谈的那件事情吹了吧。天保大老已经坏了，你知道了吧？”

老船夫两只眼睛红红的，把手搓着，“怎么的，这是真事？这不会是真事！是昨天，是前天？”

另一个像是赶路同来报信的，便插嘴说道：“十六中上，船搁到石包子上，船头进了水，大老想把篙撇着，人就弹到水中去了。”

老船夫说：“你眼见他下水吗？”

“我还和他同时下水！”

“他说什么？”

“什么都来不及说！这几天来他都不说话！”

老船夫把头摇摇，向顺顺那么怯怯地溜了一眼。船总顺顺像知道他心中不安处，就说：“伯伯，一切是天，算了吧。我这里有大兴场人送来的好烧酒，你拿一点去喝吧。”一个伙计用竹筒上了一筒酒，用新桐木叶蒙着筒口，交给了老船夫。

老船夫把酒拿走，到了河街后，低头向河码头走去，到河边天保大前天上船处去看看。杨马兵还在那里放马到沙地上打滚，自己坐在柳树荫下乘凉。老船夫就走过去请马兵试试那大兴场的烧酒，两人喝了点酒后，兴致似乎好些了，老船夫就告给杨马兵，十四夜里二老两兄弟过碧溪岨唱歌那件事情。

那马兵听到后便说：

“伯伯，你是不是以为翠翠愿意二老，应该派归二老……”

话没说完，傩送二老却从河街下来了。这年青人正像要远行的样子，一见了老船夫就回头走去。杨马兵喊他说：“二老，二老，你来，我有话同你说呀！”

二老站定了，很不高兴神气，问马兵：“有什么话说？”马兵望望老船夫，就向二老说：“你来，有话说！”

“什么话？”

“我听人说你已经走了——你过来我同你说，我不会吃掉你！你什么时候走？”

那黑脸宽肩膊，样子虎虎有生气的傩送二老，勉强似的笑着，到了柳荫下时，老船夫想把空气缓和下来，指着河上游远处那座新碾坊说：“二老，听人说那碾坊将来是归你的！归了你，派我来守碾子，行不行？”

二老仿佛听不惯这个询问的用意，便不作声。杨马兵看风头有点儿僵，便说：“二老，你怎么的，预备下去吗？”

那年青人把头点点，不再说什么，就走开了。

老船夫讨了个没趣，很懊恼地赶回碧溪岨去，到了渡船上时，就装作把事情看得极随便似的，告给翠翠。

“翠翠，今天城里出了件新鲜事情，天保大老驾油船下辰州，运气不好，掉到茨滩淹坏了。”

翠翠因为听不懂，对于这个报告最先好像全不在意。祖父又说：

“翠翠，这是真事。上次来到这里做保山的那个杨马兵，还说我早不答应亲事，极有见识！”

翠翠瞥了祖父一眼，见他眼睛红红的，知道他喝了酒，且有了点事情不高兴，心中想：“谁撩你生气？”船到家边时，祖父不自然地笑着向家中走去。翠翠守船，半天不闻祖父声息，赶回家去看看，见祖父正坐在门槛上编草鞋耳子。

翠翠见祖父神气极不对，就蹲到他身前去。

“爷爷，你怎么的？”

“天保当真死了！二老生了我们的气，以为他家中出这件事情，是我们分派的！”

有人在溪边大喊渡船过渡，祖父匆匆出去了。翠翠坐在那屋角隅稻草上，心中极乱，等等还不见祖父回来，就哭起来了。

十七

祖父似乎生谁的气，脸上笑容减少了，对于翠翠方面也不大注意了。翠翠像知道祖父已不很疼她，但又像不明白它的原因。但这并不是很久的事，日子一过去，也就好了。两人仍然划船过日子，一切依旧，唯对于生活，却仿佛什么地方有了个看不见的缺口，始终无法填补起来。祖父过河街去仍然可以得到船总顺顺的款待，但很明显的事，那船总却并不忘掉死去者死亡的原因。二老出白河下辰州走了六百里，沿河找寻那个可怜哥哥的尸骸，毫无结果，在各处税关上贴下招字，返回茶峒来了。过不久，他又过川东去办货，过渡时见到老船夫。老船夫看看那小伙子，好像已完全忘掉了从前的事情，就同他说话。

“二老，大六月日头毒人，你又上川东去，不怕辛苦？”

“要饭吃，头上是火也得上路！”

两人仍然划船过日子，一切依旧，唯对于生活，却仿佛什么地方有了个看不见的缺口，始终无法填补起来。

二老听到这句话，不作声了，眼睛望着老船夫屋后那个白塔。他似乎想起了过去那个晚上，那件旧事，心中十分惆怅。

老船夫被一句料想不到的老实话窘住了，口中结结巴巴地说："这是真的……这是假的……"

"要吃饭！二老家还少饭吃！"

"有饭吃，爹爹说年青人也不应该在家中白吃不做事！"

"你爹爹好吗？"

"吃得做得，有什么不好。"

"你哥哥坏了，我看你爹爹为这件事情也好像萎悴多了！"

二老听到这句话，不作声了，眼睛望着老船夫屋后那个白塔。他似乎想起了过去那个晚上，那件旧事，心中十分惆怅。

老船夫怯怯地望了年青人一眼，一个微笑在脸上漾开。

"二老，我家翠翠说，五月里有天晚上，做了个梦……"说时他又望望二老，见二老并不惊讶，也不厌烦，于是又接着说："她梦得古怪，说在梦中被一个人的歌声浮起来，上对溪悬岩摘了一把虎耳草！"

二老把头偏过一旁去作了一个苦笑，心中想到“老头子倒会做作”。这点意思在那个苦笑上，仿佛同样泄露出来，仍然被老船夫看到了，老船夫显得有点慌张，就说：“二老，你不相信吗？”

那年青人说：“我怎么不相信？因为我做傻子在那边岩上唱过一晚的歌！”

老船夫被一句料想不到的老实话窘住了，口中结结巴巴地说：“这是真的……这是假的……”

“怎么不是真的？天保大老的死，难道不是真的！”

“可是，可是……”

老船夫的做作处，原意只是想把事情弄明白一点，但一起始自己叙述这段事情时，方法上就有了错处，故反而被二老误会了。他这时正想把那夜的情形好好说出来，船已到了岸边。二老一跃上了岸，就想走去。老船夫在船上显得更加忙乱的样子说：

“二老，二老，你等等，我有话同你说，你先前不是说到那个——你做傻子的事情吗？你并不傻，别人方当真为你那歌弄成傻相！”

那年青人虽站定了，口中却轻轻地说：“得了够了，不要说了。”

老船夫说：“二老，我听说你不要碾子要渡船，这是杨马兵说的，不是真的打算吧？”

那年青人说：“要渡船又怎样？”

老船夫看看二老的神气，心中忽然高兴起来了，就情不自禁地高声叫着翠翠，要她下溪边来。可是事不凑巧，不知翠翠是故意不从屋里出来，还是到别处去了，许久还不见到翠翠的影子，也不闻这个女孩子的声音。二老等了一会，看看老船夫那副神气，一句不说，便微笑着，大踏步同一个挑担粉条白糖货物的脚夫走去了。

过了碧溪岨小山，两人应沿着一条曲曲折折的竹林走去，那个脚夫这时节开了口：

“二老，他问你要碾坊还是要渡船，你当真预备做他的孙女婿，接替他那只破渡船吗？”

“傩送二老，看那弄渡船的神气，很欢喜你！”

二老不作声，那人就又说道：

“二老，他问你要碾坊还是要渡船，你当真预备做他的孙女婿，接替他那只破渡船吗？”

二老笑了，那人又说：

“二老，若这件事派给我，我要那座碾坊。一座碾坊的出息，每天可收七升米、三斗糠。”

二老说："我回来时和我爹爹去说，为你向中寨人做媒，让你得到那座碾坊吧。至于我呢，我想弄渡船是很好的。只是老的为人弯弯曲曲，不索利，大老是他弄死的。"

老船夫见二老那么走去了，翠翠还不出来，心中很不快乐。走回家中看看，原来翠翠并不在家。过一会，翠翠提了个篮子从小山后回来了，方知道大清早翠翠已出门掘竹鞭笋去了。

"翠翠，我喊了你好久，你不听到！"

"做什么喊我？"

"一个过渡……一个熟人，我们谈起你……我喊你你可不答应！"

"是谁？"

"你猜，翠翠。不是陌生人……你认识他！"

翠翠想起适间从竹林里无意中听来的话，脸红了，半天不说话。

老船夫问："翠翠，你得了多少鞭笋？"

翠翠把竹篮向地下一倒，除了十来根小小鞭笋外，只是一大把虎耳草。

老船夫望了翠翠一眼，翠翠两颊绯红跑了。

十八

日子平平地过了一个月，一切人心上的病痛，似乎皆在那份长长的白日下医治好了。天气特别热，各人皆只忙着流汗，用凉水淘江米酒吃，不用什么心事，心事在人生活中，也就留不住了。翠翠每天皆到白塔下背太阳的一面去午睡，高处既极凉快，两山竹篁里叫得

使人发松的竹雀与其他鸟类，又如此之多，致使她在睡梦里尽为山鸟歌声所浮着，做的梦也便常是顶荒唐的梦。

这并不是人的罪过。诗人们会在一件小事上写出一整本整部的诗；雕刻家在一块石头上雕得出骨血如生的人像；画家一撇儿绿，一撇儿红，一撇儿灰，画得出一幅一幅带有魔力的彩画，谁不是为了惦着一个微笑的影子，或是一个皱眉的记号，方弄出那么些古怪成绩？翠翠不能用文字，不能用石头，不能用颜色，把那点心头上的爱憎移到别一件东西上去，却只让她的心，在一切顶荒唐事情上驰骋。她从这份隐秘里，便常常得到又惊又喜的兴奋。一点儿不可知

的未来，摇撼她的情感极厉害，她无从完全把那种痴处不让祖父知道。

祖父呢，可以说一切都知道了的。但事实上他又却是个一无所知的人。他明白翠翠不讨厌那个二老，却不明白那小伙子二老近来怎么样。他从船总处与二老处，皆碰过了钉子，但他并不灰心。

“要安排得对一点，方合道理，一切有个命！”他那么想着，就更显得好事多磨起来了。睁着眼睛时，他做的梦比那个外孙女翠翠便更荒唐更寥阔。

他向各个过渡本地人打听二老父子的生活，关切他们如同自己家中人一样。但也古怪，因此他却怕见到那个船总同二老了。一见他们他就不知说些什么，只是老脾气把两只手搓来搓去，从容处完全失去了。二老父子方面皆明白他的意思，但那个死去的人，却用一个凄凉的印象，镶嵌到父子心中，两人便对于老船夫的意思，俨然全不明白似的，一同把日子打发下去。

明明白白夜来并不做梦，早晨同翠翠说话时，那做祖父的会说：

“翠翠，翠翠，我昨晚上做了个好不怕人的梦！”

翠翠问：“什么怕人的梦？”

就装作思索梦境似的，一面细看翠翠

左图：

天气特别热，各人皆只忙着流汗，用凉水淘江米酒吃，不用什么心事，心事在人生活中，也就留不住了。

右图：

一点儿不可知的未来，摇撼她的情感极厉害，她无从完全把那种痴处不让祖父知道。

过渡人有时还因溪水清洁，就溪边洗脚抹澡的，坐得更久话也就更多。

小脸长眉毛，一面说出他另一时张着眼睛所做的好梦。不消说，那些梦原来都并不是当真怎样使人吓怕的。

一切河流皆得归海，话起始说得纵极远，到头来总仍然是归到使翠翠红脸那件事情上去。待到翠翠显得不大高兴，神气上露出受了点小窘时，这老船夫又才像有了一点儿吓怕，忙着解释，用闲话来遮掩自己所说到那问题的原意。

“翠翠，我不是那么说，我不是那么说。爷爷老了，糊涂了，笑话多咧。”

但有时翠翠却静静地把祖父那些笑话、糊涂话听下去，一直听到后来还抿着嘴儿微笑。

翠翠也会忽然说道：

“爷爷，你真是有一点儿糊涂！”

祖父听过了不再作声，他将说：“我有一大堆心事。”但来不及说，恰好就被过渡人喊走了。

天气热了，过渡人从远处走来，肩上挑的是七十斤担子，到了溪边，贪凉快不即走路，必蹲在岩石下茶缸边喝凉茶，与同伴交换“吹吹棒”烟管，且一面与弄渡船的攀谈。许多天上地下子虚乌有的话皆从此说出口来，给老船夫听到了。过渡人有时还因溪水清洁，就溪边洗脚抹澡的，坐得更久话也就更多。祖父把些话转说给翠翠，翠翠也就学懂了许多事情。货物的价钱涨落呀，坐轿搭船的用费呀，放木筏的人把他那个木筏从滩上流下时，十来把大桡子如何活动呀，在小烟船上吃荤烟，大脚婆娘如何烧烟呀……无一不备。

傩送二老从川东押物回到了茶峒。时间已近黄昏了，溪面很寂静，祖父同翠翠在菜园地里看萝卜秧子。翠翠白日中觉睡久了些，觉得有点寂寞，好像听人嘶声喊过渡，就争先走下溪边去。下坎时，见两个人站在码头边，斜阳影里背身看得极分明，正是傩送二老同他家中的长年！翠翠大吃一惊，同小兽物见到猎人一样，回头便向山竹林里跑掉了。但那两个在溪边的人，听到脚步响时，一转身，也就看明白这件事情了。等了一下再也不见人来，那长年又嘶声音喊叫过渡。

老船夫听得清清楚楚，却仍然蹲在萝卜秧地上数菜，心里觉得好笑。他已见到翠翠走去，他知道必是翠翠看明白了过渡人是谁，故蹲在那高岩上不理会。翠翠人小不管事，过渡人求她不干，奈何她不得，故只好嘶着个喉咙叫过渡了。那长年叫了几声，见没有人来，就停了，同二老说：“这是什么玩意儿，难道老的害病弄翻了，只剩翠翠一个人了吗？”二老说：“等等看，不算什么！”就等了一阵。因为这边在静静地等着，园地上老船夫却在心里想：“难道是二老吗？”他仿佛担心搅恼了翠翠似的，就仍然蹲着不动。

船拢了岸，那年青小伙子同家中长年话也不说，挑担子翻山走了。

但再过一阵，溪边又喊起过渡来了，声音不同了一点，这才真是二老的声音。生气了吧？等久了吧？吵嘴了吧？老船夫一面胡乱估着，一面连奔带蹿跑到溪边去。到了溪边，见两个人业已上了船，其中之一正是二老。老船夫惊讶地喊叫：

“呀，二老，你回来了！”

年青人很不高兴似的，“回来了。——你们这渡船是怎么的？等了半天也不来个人！”

“我以为——”老船夫四处一望，并不见翠翠的影子，只见黄狗从山上竹林里跑来，知道翠翠上山了，便改口说，“我以为你们过了渡。”

“过了渡！不得你上船，谁敢开船？”那长年说着，一只水鸟掠着水面飞去，“翠鸟儿归窠了，我们还得赶回家去吃夜饭！”

“早咧，到河街早咧，”说着，老船夫已跳上了船，且在心中一面说着，“你不是想承继这只渡船吗！”一面把船索拉动，船便离岸了。

“二老，路上累得很！……”

老船夫说着，二老不置可否不动感情听下去。船拢了岸，那年青小伙子同家中长年话也不说，挑担子翻山走了。那点淡漠印象留在老船夫心上，老船夫于是在两个人身后，捏紧拳头威吓了三下，轻轻地吼着，把船拉回去了。

十九

翠翠向竹林里跑去，老船夫半天还不下船，这件事从傩送二老看来，前途显然有点不利。虽老船夫言词之间，无一句话不在说明“这事有边”，但那畏畏缩缩的说明，极不得体，二老想起他的哥哥，便把这件事曲解了。他有一点愤愤不平，有一点儿气恼。回到家里第三天，中寨有人来探口风，在河街顺顺家中住下，把话问及顺顺，想明白二老的心中，是不是还有意接受那座新碾坊，顺顺就转问二老自己意见怎么样。

二老说：“爸爸，你以为这事为你，家中多座碾坊多个人，你可以快活，你就答应了。若果为的是我，我要好好去想一下，过些日子再说它吧。我尚不知道我应当得座碾坊，还是应当得一只渡船；因为我命里或只许我撑个渡船！”

探口风的人把话记住，回中寨去报命。到碧溪岨过渡时，见到了老船夫，想起二老说的话，不由得不眯眯地笑着。老船夫问明白了他是中寨人，就又问他上城做些什么事。

那心中有分寸的中寨人说：

“什么事也不做，只是过河街船总顺顺家里坐了一会儿。”

探口风的人把话记住，回中寨去报命。到碧溪岨过渡时，见到了老船夫……

“无事不登三宝殿，坐了一定就有话说！”

“话倒说了几句。”

“说了些什么话？”那人不再说了。老船夫却问道：“听说你们中寨人想把河边一座碾坊连同家中闺女送给河街上顺顺，这事情有不有了点眉目？”

那中寨人笑了。“事情成了。我问过顺顺，顺顺很愿意同中寨人结亲家，又问过那小伙子……”

“小伙子意思怎么样？”

“他说：我眼前有座碾坊，有条渡船，我本想要渡船，现在就决定要碾坊吧，渡船是活动的，不如碾坊固定。这小子会打算盘呢。”

中寨人是个米场经纪人，话说得极有斤两，他明知道“渡船”指的是什么意思，但他可并不说穿。他看到老船夫口唇蠕动，想要说话，中寨人便又抢着说道：

“一切皆是命，半点不由人。可怜顺顺家那个大老，相貌一表堂堂，会淹死在水里！”

老船夫被这句话在心上戳了一下，把想问的话咽住了。中寨人上岸走去后，老船夫闷闷地立在船头，痴了许久。又把二老日前过渡时落漠神气温习一番，心中大不快乐。

翠翠在塔下玩得极高兴，走到溪边高岩上想要祖父唱唱歌，见祖父不理会她，一路埋怨赶下溪边去。到了溪边方见到祖父神气十分沮丧，可不明白为什么原因。翠翠来了，祖父看看翠翠的快活黑脸儿，粗卤地笑笑。对溪有扛货物过渡的，便不说什么，沉默地把船拉过溪南，到了中心却大声唱起歌来了。把人渡了过溪，祖父跳上码头走近翠翠身边来，还是那么粗卤地笑着，把手抚着头额。

翠翠说：

“爷爷怎么的，你发痧了？你躺到荫下去歇歇，我来管船！”

“你来管船，好的，妙的，这只船归你管！”

老船夫似乎当真发了痧，心头发闷，虽当着翠翠还显出硬扎样子，独自走回屋里后，找寻得到一些碎瓷片，在自己臂上腿上扎了几下，放出了些乌血，就躺在床上睡了。

翠翠自己守船，心中却古怪地快乐高兴，心想：“爷爷不为我唱歌，我自己会唱！”

她唱了许多歌，老船夫躺在床上闭着眼睛，一句一句听下去，心中极乱。但他知道这不是能够把他打倒的大病，到明天就仍然会爬起来的。他想明天进城，到河街去看看，又想起另外许多旁的事情。

翠翠自己守船，心中却古怪地快乐高兴，心想：“爷爷不为我唱歌，我自己会唱！”

“我有要紧事情，得今天去！”翠翠苦笑着说：“有多大要紧事情，还不是……”

但到了第二天，人虽起了床，头还沉沉的。祖父当真已病了。翠翠显得懂事了些，为祖父煎了一罐大发药，逼着祖父喝，又在屋后菜园地里摘取蒜苗泡在米汤里作酸蒜苗。一面照料船只，一面还时时刻刻抽空赶回家来看祖父，问这样那样。祖父可不说什么，只是为一个秘密痛苦着。躺了三天，人居然好了。屋前屋后走动了一下，骨头还硬硬的，心中惦念到一件事情，便预备进城过河街去。翠翠看不出祖父有什么要紧事情，必须当天进城，请求他莫去。

老船夫把手搓着，估量到是不是应说出那个理由。在面前，翠翠一张黑黑的瓜子脸，一双水汪汪的眼睛，使他吁了一口气。

他说：“我有要紧事情，得今天去！”

翠翠苦笑着说：“有多大要紧事情，还不是……”

老船夫知道翠翠脾气，听翠翠口气已经有点不高兴，不再说要走了，把预备带走的竹筒，同扣花褡裢搁到长几上后，带点儿谄媚笑着说：“不去吧，你担心我会把自己摔死，我就不去吧。我以为天气早上不很热，到城里把事办完了就回来——不去也得，我明天去！”

翠翠轻声地温柔地说：“你明天去也好，你腿还软，好好地躺一天再起来。”

牌既不散场，老船夫又不想即走，顺顺似乎并不明白他等着有何话说，却只注意手中的牌。

老船夫似乎心中还不甘服，撒着两手走出去，门限边一个打草鞋的棒槌，差点儿把他绊了一大跤。稳住了时，翠翠苦笑着说："爷爷，你瞧，还不服气！"老船夫拾起那棒槌，向屋角隅摔去，说道："爷爷老了！过几天打豹子给你看！"

到了午后，落了一阵行雨，老船夫却同翠翠好好商量，仍然进了城。翠翠不能陪祖父进城，就要黄狗跟去。老船夫在城里被一个熟人拉着谈了许久的盐价米价，又过守备衙门看了一会厘金局长新买的骡马，方到河街顺顺家里去。到了那里，见到顺顺正同三个人打纸牌，不便谈话，就站在身后看了一阵牌，后来顺顺请他喝酒，借口病刚好点不敢喝酒，推辞了。牌既不散场，老船夫又不想即走，顺顺似乎并不明白他等着有何话说，却只注意手中的牌。后来老船夫的神气倒为另外一个人看出了，就问他是不是有什么事情。老船夫方忸忸怩怩照老方子搓着他那两只大手，说别的事没有，只想同船总说两句话。

那船总方明白在身后看牌半天的理由，回头对老船夫笑将起来。

“怎不早说？你不说，我还以为你在看我牌学张子！”

“没有什么，只是三五句话，我不便扫兴，不敢说出。”

船总把牌向桌上一撒，笑着向后房走去了，老船夫跟在身后。

“什么事？”船总问着，神气似乎先就明白了他来此要说的话，显得略微有点儿怜悯的样子。

“我听一个中寨人说，你预备同中寨团总打亲家，是不是真事？”

船总见老船夫的眼睛盯着他的脸，想得一个满意的回答，就说：“有这事情。”那么答应，意思却是：“有了你怎么样？”

老船夫说：“真的吗？”

那一个又很自然地说：“真的。”意思却依旧包含了“真的又怎么样？”一个疑问。

老船夫装得很从容地问：“二老呢？”

船总说：“二老坐船下桃源好些日子了！”

二老下桃源的事，原来还同他爸爸吵了一阵方走的。船总性情虽异常豪爽，可不愿意间接把第一个儿子弄死的女孩子，又来做第二个儿子的媳妇，这是很明白的事情。若照当地风气，这些事认为只是小孩子的事，大人管不着，二老当真欢喜翠翠，翠翠又爱二老，他也并不反对这种爱怨纠缠的婚姻。但不知怎么的，老船夫对于这件事的关心处，使二老父子对于老船夫反而有了一点误会。船总想起家庭间的近事，以为全与这老而好事的船夫有关。虽不见诸形色，心中却有个疙瘩。

船总不让老船夫再开口了，就语气略粗地说道：

“伯伯，算了吧，我们的口只应当喝酒了，莫再只想替儿女唱歌！你的意思我全明白，你是好意。可是我也求你明白我的意思，我以为我们只应当谈点自己分上的事情，不适宜于想那些年青人的门路了。”

“爷爷，你要多少双草鞋，床头上不是还有十四双吗？怎么不好好地躺一躺？”

老船夫被一个闷拳打倒后，还想说两句话，但船总却不让他再有说话的机会，把他拉出到牌桌边去。

老船夫无话可说，看看船总时，船总虽还笑着谈到许多笑话，心中却似乎很沉郁，把牌用力掷到桌上去。老船夫不说什么，戴起他那个斗笠，自己走了。

天气还早，老船夫心中很不高兴，又进城去找杨马兵。那马兵正在喝酒，老船夫虽推病，也免不了喝个三五杯。回到碧溪岨，走得热了一点，又用溪水去抹身子。觉得很疲倦，就要翠翠守船，自己回家睡去了。

黄昏时天气十分郁闷，溪面各处飞着红蜻蜓。天上已起了云，热风把两山竹篁吹得声音极大，看样子到晚上必落大雨。翠翠守在渡船上，看着那些溪面飞来飞去的蜻蜓，心也极乱。看祖父脸上颜色惨惨的，放心不下，便又赶回家中去。先以为祖父一定早睡了，谁知还坐在门限上打草鞋！

“爷爷，你要多少双草鞋，床头上不是还有十四双吗？怎么不好好地躺一躺？”

老船夫不作声，却站起身来昂头向天空望着，轻轻地说：“翠翠，今晚上要落大雨响大雷的！回头把我们的船系到岩下去，这雨大哩。”

翠翠说：“爷爷，我真吓怕！”翠翠怕的似乎并不是晚上要来的雷雨。

老船夫似乎也懂得那个意思，就说：“怕什么？一切要来的都得来，不必怕！”

二十

夜间果然落了大雨，夹以吓人的雷声。电光从屋脊上掠过时，接着就是訇的一个炸雷。翠翠在暗中抖着。祖父也醒了，知道她害怕，且担心她着凉，还起身来把一条布单搭到她身上去。祖父说：

“翠翠，不要怕！”

翠翠说：“我不怕！”说了还想说：“爷爷你在这里我不怕！”

訇的一个大雷，接着是一种超越雨声而上的洪大闷重倾圮声。两人皆以为一定是溪岸悬崖崩塌了，担心到那只渡船，会压在崖石下面去了。

祖孙两人便默默地躺在床上听雨声雷声。

但无论如何大雨，过不久，翠翠却依然就睡着了。醒来时天已亮了，雨不知在何时业已止息，只听到溪两岸山沟里注水入溪的声音。翠翠爬起身来，看看祖父还似乎睡得很好，开了门走出去。门前已成为一个水沟，一股浊流便从塔后哗哗地流来，从前面悬崖直堕而下。并且各处都是那么一种临时的水道。屋旁菜园地已为山水冲乱了，菜秧皆掩在粗砂泥里了。再走过前面去看看溪里一切，才知道溪中也涨了大水，已漫过了码头，水脚快到茶缸边了。下到码头去的那条路，正同一条小河一样，哗哗地泄着黄泥水。过渡的那一条横溪牵定的缆绳，也被水淹去了，泊在崖下的渡船，已不见了。

翠翠看看屋前悬崖并不崩坍，故当时还不注意渡船的失去。但再过一阵，她上下搜索不到这东西，无意中回头一看，屋后白塔已不见了。一惊非同小可，赶忙向屋后跑去，才知道白塔业已坍倒，大堆砖石极凌乱地摊在那儿。翠翠吓慌得不知所措，只锐声叫她的祖父。祖父不起身，也不答应，就赶回家里去，到得祖父床边摇了祖父许久，祖父还不作声。原来这个老年人在雷雨将息时已死去了。

翠翠于是大哭起来。

过一阵，有从茶峒过川东跑差事的人，到了溪边，隔溪喊过渡，翠翠正在灶边一面哭着，一面烧水预备为死去的祖父

左图：

门前已成为一个水沟，一股浊流便从塔后哗哗地流来，从前面悬崖直堕而下。并且各处都是那么一种临时的水道。

右图：

“他管船，管了五十年的船——他死了啊！”翠翠一面向隔溪人说着，一面大哭起来。

抹澡。

那人以为老船夫一家还不醒，急于过河，喊叫不应，就抛掷小石头过溪，打到屋顶上。翠翠鼻涕眼泪成一片地走出来，跑到溪边高崖前站定。

“喂，不早了！把船划过来！”

“船跑了！”

“你爷爷做什么事情去了呢？他管船，有责任！”

“他管船，管了五十年的船——他死了啊！”

翠翠一面向隔溪人说着，一面大哭起来。那人知道老船夫死了，得进城去报信，就说：

“真死了吗？不要哭吧，我回城去告他们，要他们弄条船带东西来！”

那人回到茶峒城边时，一见熟人就报告这件事，不多久，全茶峒城里外便皆知道这个消息了。河街上船总顺顺，派人找了一只空船，带了副白木匣子，即刻向碧溪岨撑去。城中杨马兵却同一个老军人，赶到碧溪岨去了，砍了几十根大毛竹，用葛藤编做筏子，作为来往过渡的临时渡船。筏子编好后，撑了那个东西，到翠翠家中那一边岸下，留老兵守竹筏来往渡人，自己跑到翠翠家去看那个死者，眼泪湿莹莹的，摸了一会躺在床上硬僵僵的老友，又赶忙着做些应做的事情。到后帮忙的人来了，从大河船上运来的棺木也来了，住在

住在城中的老道士，还带了许多法器，一件旧麻布道袍，并提了一只大公鸡，来尽义务办理念经起水诸事……

城中的老道士，还带了许多法器，一件旧麻布道袍，并提了一只大公鸡，来尽义务办理念经起水诸事，也从筏上渡过来了。家中人出出进进，翠翠只坐在灶边矮凳上呜呜地哭着。

到了中午，船总顺顺也来了，还跟着一个人扛了一口袋米，一坛酒，一腿猪肉。见了翠翠就说：

"翠翠，爷爷死了我知道了，老年人是必须死的，不要发愁，一切有我！"

各方面看看，就回去了。到了下午入了殓，一些帮忙的回的回家去了，晚上便只剩下了那老道士、杨马兵同顺顺家派来的两个年青长年。黄昏以前老道士用红绿纸剪了一些花朵，用黄泥做了一些烛台。天断黑后，棺木前小桌上点起黄色九品蜡，燃了香，棺木周围也点了小蜡烛，老道士披上那件蓝麻布道服，开始了丧事中绕棺仪式。老道士在前拿着小小纸幡引路，孝子第二，马兵殿后，绕着那具寂寞棺木慢慢转着圈子。两个长年则站在灶边空处，胡乱地打着锣钹。老道士一面闭了眼睛走去，一面且唱且哼，安慰亡灵。提到关于亡魂所到西方极乐世界花香四季时，老马兵就把木盘里的纸花，向棺木上高高撒去，象征这个西方极乐世界情形。

到了半夜，事情办完了，放过爆竹，蜡烛也快熄灭了，翠翠泪眼婆娑的，赶忙又到灶边去烧火，为帮忙的人办消夜。吃了消夜，老道士歪到死人床上睡着了。剩下几个人还得照规矩在棺木前守夜，老马兵为大家唱丧堂歌取乐，用个空的量米木升子，当作小鼓，把手剥剥剥的一面敲着升底，一面唱下去——唱"王祥卧冰"的事情，唱"黄香扇枕"的事情。

翠翠哭了一整天，同时也忙了一整天，到这时已倦极，把头靠在棺前眯着了。两个长年同马兵既吃了消夜，喝过两杯酒，精神还虎虎的，便轮流把丧堂歌唱下去。但只一会儿，翠翠又醒了，仿佛梦到什么，惊醒后明白祖父已死，于是又幽幽地干哭起来。

两个长年同马兵既吃了消夜，喝过两杯酒，精神还虎虎的，便轮流把丧堂歌唱下去。

“翠翠，翠翠，不要哭啦，人死了哭不回来的！”

老马兵接着就说了一个做新嫁娘的人哭泣的笑话，话语中夹杂了三五个粗野字眼儿，因此引起两个长年咕咕地笑了许久。黄狗在屋外吠着，翠翠开了大门，到外面去站了一会，耳听到各处是虫声，天上月色极好，大星子嵌进透蓝天空里，非常沉静温柔。翠翠想：

“这是真事吗？爷爷当真死了吗？”

老马兵原来跟在她的后边，因为他知道女孩子心门儿窄，说不定一炉火闷在灰里，痕迹不露，见祖父去了，自己一切皆已无望，跳崖悬梁，想跟着祖父一块儿去，也说不定！故随时小心监视到翠翠。

翠翠默默地回到祖父棺木前，坐在地上又呜咽起来。守在屋中两个长年已睡着了。

老马兵见翠翠痴痴地站着，时间过了许久还不回头，就打着咳叫翠翠说：

“翠翠，露水落了，不冷么？”

“不冷。”

“天气好得很！”

“呀……”一颗大流星使翠翠轻轻地喊了一声。

接着南方又是一颗流星划空而下。对溪有猫头鹰叫。

“翠翠，”老马兵业已同翠翠并排一块块儿站定了，很温和地说：“你进屋里睡去吧，不要胡思乱想！”

翠翠默默地回到祖父棺木前，坐在地上又呜咽起来。守在屋中两个长年已睡着了。

那一个马兵便幽幽地说道：“不要哭了！不要哭了！你爷爷也难过咧，眼睛哭胀喉咙哭嘶有什么好处。听我说，爷爷的心事我全都知道，一切有我。我会把一切安排得好好的，对得起你爷爷。我会安排，什么事都会。我要一个爷爷欢喜你也欢喜的人来接收这只渡船！不能如我们的意，我老虽老，还能拿镰刀同他们拼命。翠翠，你放心，一切有我！……”

远处不知什么地方鸡叫了，老道士在那边床上糊糊涂涂地自言自语：“天亮了吗？早咧！”

二十一

大清早，帮忙的人从城里拿了绳索杠子赶来了。

老船夫的白木小棺材，为六个人抬着到那个倾圮了的塔后山岨上去埋葬时，船总顺顺、马兵、翠翠、老道士、黄狗皆跟在后面。到了预先掘就的方阱边，老道士照规矩先跳下去，把一点朱砂颗粒同白米，安置到阱中四隅及中央，又烧了一点纸钱，爬出阱时就要抬棺木的人动手下肂。翠翠哑着喉咙干号，伏在棺木上不起身。经马兵用力把她拉开，方能移动棺木。一会儿，那棺木便下了阱，拉去了绳子，调整了方向，被新土掩盖了，翠翠还坐在地上呜咽。老道士要赶早回城，去替人做斋，过渡走了。船总事务多，把这方面一切事托付给老马兵，也赶回城去了。帮忙的皆到溪边去洗手，家中各人还有各人的事，且知道这家人的情形，不便再叨扰，也不再惊动主人，过渡回家去了。于是碧溪岨便只剩下三个人，一个是翠翠，一个是老马兵，一个是由船总家派来暂时帮忙照料渡船的秃头陈四四。黄狗因被那秃头打了一石头，怀恨在心，对于那秃头仿佛很不高兴，尽是轻轻地吠着。

到了下午，翠翠同老马兵商量，要老马兵回城去把马托给营里人照料，再回碧溪岨来陪她。老马兵回转碧溪岨时，秃头陈四四被打发回城去了。

翠翠仍然自己同黄狗来弄渡船，让老马兵坐在溪岸高崖上玩，或嘶着个老喉咙唱歌给她听。

过三天后，船总来商量接翠翠过家里去住，翠翠却想看守祖父

一会儿，那棺木便下了阱，拉去了绳子，调整了方向，被新土掩盖了，翠翠还坐在地上呜咽。

的坟山，不愿即刻进城。只请船总过城里衙门去为说句话，许杨马兵暂时同她住住，船总顺顺答应了这件事，就走了。

杨马兵既是个上五十岁了的人，说故事的本领比翠翠祖父高一筹，加之凡事特别关心，做事又勤快又干净，因此同翠翠住下来，使翠翠仿佛去了一个祖父，却新得了一个伯父。过渡时有人问及可怜的祖父，黄昏时想起祖父，皆使翠翠心酸，觉得十分凄凉。但这分凄凉日子过久一点，也就渐渐淡薄些了。两人每日在黄昏中同晚上，坐在门前溪边高崖上，谈点那个躺在湿土里可怜祖父的旧事，有许多是翠翠先前所不知道的，说来便更使翠翠心中柔和。又说到翠翠的父亲，那个又要爱情又惜名誉的军人，在当时按照绿营军勇的装束，如何使女孩子动心。又说到翠翠的母亲，如何善于唱歌，而且所唱的那些歌在当时如何流行。

时候变了，一切也自然不同了，皇帝已不再坐江山，平常人还消说！杨马兵想起自己年青做马夫时，牵了马匹到碧溪岨来对翠翠母亲唱歌，翠翠母亲不理会，到如今这自己却成为这孤雏的唯一靠山唯一信托人，不由得不苦笑。

因为两人每个黄昏必谈祖父，以及这一家有关系的事情，后来便说到了老船夫死前的一切，翠翠因此明白了祖父活时所不提到的许多事。二老的唱歌，顺顺大儿子的死，顺顺父子对于祖父的冷淡，中寨人用碾坊作陪嫁妆奁，诱惑傩送二老，二老既记忆着哥哥的死亡，且因得不到翠翠理会，又被家中逼着接受那座碾坊，意思还在渡船，因此赌气下行，祖父的死因，又如何与翠翠有关……凡是翠翠不明白的事，如今可全明白了。翠翠把事情弄明白后，哭了一个夜晚。

过了四七，船总顺顺派人来请马兵进城去，商量把翠翠接到他家中去，作为二老的媳妇。但二老人既在辰州，先就莫提这件事，且搬过河街去住，等二老回来时再看看二老意思。马兵以为这件事得问翠翠。回来时，把顺顺的意思向翠翠说过后，又为翠翠出主张，以为名分既不定妥，到一个生人家里去不好，还是不如在碧溪岨等，等到二老驾船回来时，再看二老意思。

这办法决定后，老马兵以为二老不久必可回来的，就依然把马匹托营上人照料，在碧溪岨为翠翠作伴，把一个一个日子过下去。

碧溪岨的白塔，与茶峒风水有关系，塔圮坍了，不重新做一个自然不成。除了城中营管、税局以及各商号各平民捐了些钱以外，各大寨子也有人拿册子去捐钱。为了这塔成就并不是给谁一个人的好处，应尽每一个人来积德造福，尽每个人皆有捐钱的机会，因此在渡船上也放了个两头有节的大竹筒，中部锯了一口，尽过渡人自由把钱投进去，竹筒满了，马兵就捎进城中首事人处去，另外又带了个竹筒回来。过渡人一看老船夫不见了，翠翠的辫子上扎了白线，就明白那老的已做完了自己分上的工作，安安静静躺到土坑里给小蛆吃掉了，必一面用同情的眼色瞧着翠翠，一面就摸出钱来塞到竹筒中去。“天保佑你，死了的到西方去，活下的永保平安。”翠翠明白那些捐钱人的怜悯与同情意思，心里酸酸的，忙把身子背过去拉船。

这办法决定后，老马兵以为二老不久必可回来的，就依然把马匹托营上人照料，在碧溪岨为翠翠作伴，把一个一个日子过下去。

可是到了冬天，那个圮坍了的白塔，又重新修好了。那个在月下唱歌，使翠翠在睡梦里为歌声把灵魂轻轻浮起的年青人，还不曾回到茶峒来。

……

这个人也许永远不回来了，也许“明天”回来！

一九三三年冬至一九三四年春完成

长河

这个人的身世如一个故事，
简单而不平凡，
命运恰与陆地生根的滕长顺两相对照。

题记

民国二十三年的冬天，我因事从北平回湘西，由沅水坐船上行，转到家乡凤凰县。去乡已经十八年，一入辰河流域，什么都不同了。表面上看来，事事物物自然都有了极大进步，试仔细注意注意，便见出在变化中那点堕落趋势。最明显的事，即农村社会所保有那点正直素朴人情美，几几乎快要消失无余，代替而来的却是近二十年实际社会培养成功的一种唯实唯利庸俗人生观。敬鬼神畏天命的迷信固然已经被常识所摧毁，然而做人时的义利取舍是非辨别也随同泯没了。“现代”二字已到了湘西，可是具体的东西，不过是点缀都市文明的奢侈品，大量输入，上等纸烟和各样罐头，在各阶层间作广泛的消费。抽象的东西，竟只有流行政治中的公文八股和交际世故。大家都仿佛用个谦虚而诚恳的态度来接受一切，来学习一切，能学习能接受的终不外如彼或如此。地方上年事较长的，体力日渐衰竭，情感已近于凝固，自有不可免的保守性。唯其如此，多少尚保留一些治事做人的优美崇高风度。所谓时髦青年，便只能给人痛苦印象，他若是个公子哥儿，衣襟上必插两支自来水笔，手腕上带个白金手表，稍有太阳，便赶忙戴上大黑眼镜，表示爱重目光，衣冠必十分入时，材料且异常讲究。特别长处是会吹口琴、唱京戏、闭目吸大炮台或三五字香烟，能在呼吸间辨别出牌号优劣，玩扑克时会十多种花样。大白天有时还拿个大电筒或极小手电筒，因为牌号新光亮足即可满足主有者莫大虚荣，并俨然可将社会地位提高。他若是个普通学生，有点思想，必以能读 ×× 书店出的政治经济小册子，知道些文坛消息名人轶事或体育明星为已足。这些人都共同对现状表示不满，可是国家社会问题何在，进步的实现必须如何努力，照例全不明白。（即以地方而论，前一代固有的优点，尤其是长辈中妇女，祖母或老姑母行勤俭治生忠厚待人处，以及在素朴自然景物下衬托简单信仰蕴蓄了多少抒情诗气氛，这些东西又如何被外来洋布煤油逐渐破坏，年青人几几乎全不认识，也毫无希望可以从学习中去认识。）一面不满现状，一面用求学名分，向大都市里跑去，在上海或南京，武汉或长沙，从从容容住下来，挥霍家中前一辈的积蓄，享受现实。并用“时代轮子”“帝国主义”一类空洞字句，写点现实论文和诗歌，情书或家信。末了是毕业、结婚、回家，回到原有那个现实里，等待完事。就中少数真有志气，有理想，无从使用家中财产，或不屑使用家中财产，想要好好地努力奋斗一番的，也只是就学校读书时所得到的简单文化概念，以为世界上除了“政治”，再无别的事物。所谓政治又只是许多人混在一处，相信这个，主张那个，打倒这个，拥护那个，人多即可上台，上台即算成功。终生事业目标，不是打量入政治学校，就是糊糊涂涂往某处一跑，对历史社会的发展，既缺少较深刻的认识，对个人生命的意义，也缺少较深刻的理解。个人出路和国家幻想都完全寄托在一种依附性的打算中，结果到社会里一滚，自然就消失了。十年来这些人本身虽若依旧好好存在，而且有好些或许都做了小官，发了小财，日子过得很好，但是那点年青人的壮志和雄心，从事业中有以自见，从学术上有以自立的气概，可完全消失净尽了。当时我认为唯一有希望的，是几个年青军官。然而在他们那个环境中，竟像是什么事都无从做。地方明日的困难，必须应付，大家看得明明白白，可毫无方法预先在人事上有所准备。因此我写了个小说，取名《边城》，写了个游记，取名《湘行散记》，两个作品中都有军人露面，在《边城·题记》上，且曾提起一个问题，即拟将“过去”和“当前”对照，所谓民族品德的消失与重造，可能从什么方面着手。《边城》中人物的正直和热情，虽然已经成为过去了，应当还保留些本质在年青人的血里或梦里，相宜环境中，即可重新燃起年青人的自尊心和自信心。我还将继续《边城》，在另外一个作品中，把最近二十年来当地农民性格灵魂被时代大力压扁扭曲失去了原有的素朴所表现的式样，加以解剖与描绘。其实这个工作，在《湘行散记》上就试验过了。因为还有另外一种忌讳，虽属小说游记，对当前事情亦不能畅所欲言，只好寄无限希望于未来。

中日战事发生后，二十六年的冬天，我又有机会回到湘西，并且在沅水中部一个县城里住了约四个月。住处恰当水陆冲要，耳目见闻复多，湘西在战争发展中的种种变迁，以及地方问题如何由混乱中除旧布新，渐上轨道，我都有机会知道得清清楚楚。和我同住的，还有一个在嘉善国防线上受伤回来的小兄弟。从他的部下若干小军官接触中，我得以明白战前一年他们在这个地方的情形，以及战争起后他们人生观的改变。过不久，这些年青军官，随同我那小兄弟，用“荣誉军团”名分重新开往江西前线保卫南昌去了。一个阴云沉沉的下午，当我眼看到几只帆船顺流而下，我那兄弟和一群小军官站在船头默默地向我挥手时，我独自在河滩上，不知不觉眼睛已被热泪浸湿。因为四年前一点杞忧，无不陆续成为事实；四年前一点梦想，又差不多全在这一群军官行为上得到证明。一面是受过去所束缚的事实，在在令人痛苦，一面却是某种向上理想，好好移植到年青生命中，似乎还能发芽生根……

那时节湘省政府正拟试派几千年青学生下乡，推行民训工作，技术上相当麻烦。武汉局势转紧，公私机关和各省难民向湘西疏散的日益增多。一般人士对于湘西实缺少认识，常笼统概括名为“匪区”。地方保甲制度本不大健全，兵役进行又因“贷役制”纠纷相当多。所以我又写了两本小书，一本取名《湘西》，一本取名《长河》。当时敌人正企图向武汉进犯，战事有转入洞庭湖泽地带可能。地方种种与战事既不可分，我可写的虽很多，能写出的当然并不多。就沅水流域人事琐琐小处，将作证明，希望它能给外来者一种比较近实的印象，更希望的还是可以燃起行将下乡的学生一点克服困难的勇气和信心！另外却又用辰河流域一个小小水码头作背景，就我所熟习的人事作题材，来写写这个地方一些平凡人物生活上的“常”与“变”，以及在两相乘除中所有的哀乐。问题在分析现实，所以忠忠实实和问题接触时，心中不免痛苦，唯恐作品和读者对面，给读者也只是一个痛苦印象，还特意加上一点牧歌的谐趣，取得人事上的调和。作品起始写到的，即是习惯下的种种存在，事事都受习惯控制，所以货币和物产，这一片小小地方活动流转时所形成的各种生活式样与生活理想，都若在一个无可避免的情形中发展。人事上的对立，人事上的相左，更仿佛无不各有它宿命的结局。作品设计注重在将常与变错综，写出“过去”“当前”与那个发展中的“未来”，因此前一部分所能见到的，除了自然景物的明朗，和生长于这个环境中几个小儿女性情上的天真纯粹，还可见出一点希望，其余笔下所涉及的人和事，自然便不免黯淡无光。尤其是叙述到地方特权者时，一支笔即再残忍也不能写下去，有意作成的乡村幽默，终无从中和那点沉痛感慨。然而就我所想到的看来，一个有良心的读者，是会承认这个作品不失其为庄严与认真的。虽然这只是湘西一隅的事情，说不定它正和西南好些地方差不多。虽然这些现象的存在，战争一来都给淹没了，可是和这些类似的问题，也许会在别一地方发生。或者战争已完全净化了中国，然而把这点近于历史陈迹的社会风景，用文字好好地保留下来，与“当前”崭新的局面对照，似乎也很可以帮助我们对社会多有一点新的认识，即在战争中一个地方的进步的过程，必然包含若干人情的冲突与人和人关系的重造。

我们大多数人，战前虽活在那么一个过程中，然而从目下检审制度的原则来衡量它时，作品的忠实，便不免多触忌讳，转容易成为无益之业了。因此作品最先在香港发表，即被删节了一部分，致前后始终不一致。去年重写分章发表时，又有部分篇章不能刊载。到预备在桂林印行送审时，且被检查处认为思想不妥，全部扣留。幸得朋友为辗转交涉，径送重庆复审，重加删节，方能发还付印。国家既在战争中，出版物各个管理制度，个人实完全表示同意。因为这个制度若运用得法，不特能消极地限止不良作品出版，还可望进一步鼓励优秀作品产生，制度有益于国家，情形显明。唯一面是个人为此谨慎认真地来处理一个问题，所遇到的恰好也就是那么一种谨慎认真的检审制度。另外在社会上又似乎只要作者不过于谨慎认真，便也可以随处随时得到种种不认真的便利。（最近本人把所有作品重新整理付印时，每个集子必有几篇“免登”，另外却又有人得到特许，用造谣言方式做小文章侮辱本人，如像某某小刊物上的玩意儿，不算犯罪。）两相对照，虽对现状不免有点迷惑，但又多少看出一点消息，即当前社会有些还是过去的继续。国家在进步过程中，我们还得容忍随同习惯而存在的许多事实，读书人所盼望的合理与公正，恐还得各方面各部门“专家”真正抬头时，方有希望。记得八年前《边城》付印时，在那本小书题记上，我曾说过：所希望的读者，应当是身在学校以外，或文坛消息、文学论战，以及各种批评所达不到的地方，在各种事业里低头努力，很寂寞地从事于民族复兴大业的人。作品所能给他们的，也许是一点有会于心的快乐，也许只是痛苦……现在这本小书，我能说些什么？我很明白，我的读者在八年来人生经验上，对于国家所遭遇的挫折，以及这个民族忧患所自来的根本原因，还有那个多数在共同目的下所有的挣扎向上方式，从中所获得的教训……都一定比我知道的还要多还要深。个人所能做的，十年前是一个平常故事，过了将近十年，还依然只是一个平常故事。过去写的也许还能给他们一点启示或认识，目下可什么全说不上了。想起我的读者在沉默中所忍受的困难，以及为战胜困难所表现的坚韧和勇敢，我觉得我应当沉默，一切话都是多余了。在我能给他们什么以前，他们已先给了我许多许多了。横在我们面前许多事都使人痛苦，可是却不用悲观。骤然而来的风雨，说不定会把许多人的高尚理想，卷扫摧残，弄得无踪无迹。然而一个人对于人类前途的热忱，和工作的虔敬态度，是应当永远存在，且必然能给后来者以极大鼓励的！在我所熟习的读者一部分人表现上，我已看到了人类最高品德的另一面。事如可能，最近便将继续在一个平常故事中，来写出我对于这类人的颂歌。

长河

人与地

记称“洞庭多橘柚”，橘柚生产地方，实在洞庭湖西南，沅水流域上游各支流，尤以辰河中部最多最好。树不甚高，终年绿叶浓翠。仲夏开花，花白而小，香馥醉人。九月降霜后，缀系在枝头间果实，被严霜侵染，丹朱明黄，耀人眼目，远望但见一片光明。每当采摘橘子时，沿河小小船埠边，随处可见这种生产品的堆积，恰如一堆堆火焰。在橘园旁边临河官路上，陌生人过路，看到这种情形，将不免眼馋口馋，或随口问讯：

“嗳，你们那橘子卖不卖？”

坐在橘子堆上或树椏间的主人，必快快乐乐地回答，话说得肯定而明白，“我这橘子不卖。”

“真不卖？我出钱！”

“大总统来出钱也不卖。”

“嘿，宝贝，稀罕你的……”

“就是不稀罕才不卖！”

古人说“入境问俗”，若知道“不卖”和“不许吃”是两回事，那你听说不卖以后，尽管就手摘来吃好了，橘子园主人不会干涉的。

“乡亲，我这橘子卖可不卖，你要吃，尽管吃好了。这水泡泡的东西，你一个人能吃多少？十个八个算什么……”

两千年前楚国逐臣屈原，乘了小小白木船，沿沅水上溯，一定就见过这种橘子树林，方写出那篇《橘颂》。

陌生人若系初到这个地方，见交涉办不好，不免失望走去。主人从口音上和背影上看出那是个外乡人，知道那么说可不成，必带点好事神气，很快乐地叫住外乡人，似乎两人话还未说完，要他回来说清楚了再走。

“乡亲，我这橘子卖可不卖，你要吃，尽管吃好了。这水泡泡的东西，你一个人能吃多少？十个八个算什么。你歇歇憩再赶路，天气老早咧。”

到把橘子吃饱时，自然同时也明白了“只许吃不肯卖”的另外

一个理由。原来本地是出产橘子地方，沿河百里到处是橘园，橘子太多了，不值钱，不好卖。且照风俗说来，桃李橘柚越吃越发，所以就地更不应当接钱。大城市里的中产阶级，受了点新教育，都知道橘子对小孩子发育极有补益，因此橘子成为必需品和奢侈品。四两重一枚的橘子，必花一二毛钱方可得到。而且所吃的居多还是远远地从太平洋彼岸美国运来的。中国教科书或别的什么研究报告书，照例就不大提起过中国南几省有多少地方出产橘子，品质颜色都很好，远胜过外国橘子园标准出品。专家和商人既都不大把它放在眼里，因此当地橘子的价值，便仅仅比萝卜南瓜稍贵一些。出产地一毛钱可买四五斤，用小船装运到三百里外城市后，一毛钱还可买二三斤。吃橘子或吃萝卜，意义差不多相同，即解渴而已。

俗话说“货到地头死”，所以出橘子地方反买不出橘子；实在说，原来是卖不出橘子。有时出产太多，沿河发生了战事，装运不便，又不会用它酿酒，较小不中吃，连小码头都运不去，摘下树后成堆地听它烂掉，也极平常。临到这种情形时，乡下人就聊以解嘲似的说：“土里长的听它土里烂掉，今年不成明年会更好！”看小孩子把橘子当石头抛，不加理会，日子也就那么过去了。

两千年前楚国逐臣屈原，乘了小小白木船，沿沅水上溯，一定就见过这种橘子树林，方写出那篇《橘颂》。两千年来这地方的人民生活情形，虽多少改变了些，人和树，都还依然寄生在沿河两岸土

日头月亮看得多，放宽了眼界和心胸，常常也把个妇人拉下水，到船上来烧火煮饭养孩子。

地上，靠土地喂养，在日光雨雪四季交替中，衰老的死去，复入于土，新生的长成，俨然自土中茁起。有些人厌倦了地面上的生存，就从山中砍下几株大树，把它锯解成许多板木，购买三五十斤老鸦嘴长铁钉，找上百十斤麻头，捶它几百斤桐油石灰，用祖先所传授的老方法，照当地村中固有款式，在河滩边建造一只头尾高张坚固结实的帆船。船只造成油好后，添上几领席篷、一支桅、四把桨，以及船上一切必需家家伙伙，邀个帮手，便顺流而下，向下游城市划去。这个人从此以后就成为"水上人"，吃鱼，吃虾——吃水上饭。事实且同鱼虾一样，无拘无管各处飘泊。他的船若沿辰河洞河向上走，可到苗人集中的凤凰县和贵州铜仁府，朱砂水银鸦片烟，如何从石里土里弄出来，长起来，能够看个清清楚楚。沿沅水向下走，六百里就到了历史上知名的桃源县，古渔人往桃源洞去的河面溪口，可以随意停泊。再走五百里，船出洞庭湖，还可欣赏十万只野鸭子遮天蔽日飞去的光景。日头月亮看得多，放宽了眼界和心胸，常常也把个妇人拉下水，到船上来烧火煮饭养孩子。过两年，气运好，船不泼汤，捞了二三百洋钱，便换只大船……因此当地有一半人在地面上生根，有一半人在水面各处流转。人在地面上生根的，将肉体生命寄托在田园生产上，精神寄托在各式各样神明禁忌上，幻想寄托在水面上，忍劳耐苦把日子过下去。遵照历书季节，照料橘园和瓜田菜圃，用雄鸡、鲤鱼、刀头肉，对各种神明求索愿心，并禳解邪祟。到运气倒转、生活倒转时，或吃了点冤枉官司，或做件不大不小错事，或害了半年隔日疟，不幸来临，弄得妻室儿女散离，无可奈何，于是就想："还是弄船去吧，再不到这个鬼地方！"许多许多人就好像拔萝卜一样，这么把自己连根拔起，远远地抛去，五年七年不回来，或终生不再回来。在外飘流运气终是不济事，穷病不能支持时，就躺到一只破旧的空船中去喘气，身边虽一无所有，家乡橘子树林却明明爽爽留在记忆里，绿叶丹实，烂漫照眼。于是用手舀一口长流水咽下，润润干枯的喉咙。水既由家乡流来，虽相去八百一千里路，必俨然还可以听到它在河岸边激动水车的呜咽声，于是叹一口气死了，完了，从此以后这个人便与热闹苦难世界离开，消灭了。

吃水上饭发了迹的，多重新回到原有土地上来找落脚处。捐一笔钱修本宗祠堂，再花二千三千洋钱，凭中购买一片土地，烧几窑大砖，请阴阳先生看个子午向，选吉日良辰破土，在新买园地里砌座"封火统子"高墙大房子，再买三二条大颈项膘壮黄牯牛，雇四五个长工，耕田治地。养一群鸡、一群鸭，畜两只猛勇善吠看家狗，增加财富并看守财富。自己于是常常穿上玄青羽绫大袖马褂，担羊抬酒去

凡地方公益事，如打清醮、办土地会、五月竞舟和过年玩狮子龙灯，照例有人神和悦意义，他就很慷慨来做头行人……

拜会族长、亲家，酬酢庆吊，在当地做小乡绅。把从水上学得的应酬礼数，用来本乡建树身分和名誉。凡地方公益事，如打清醮、办土地会、五月竞舟和过年玩狮子龙灯，照例有人神和悦意义，他就很慷慨来做头行人，出头露面摊份子，自己写的捐还必然比别人多些。军队过境时办招待，公平而有条理，不慌张误事。人跳脱机会又好，一年两年后，说不定就补上了保长甲长缺，成为当地要人。从此以后，即稳稳当当住下来，等待机会命运。或者家发人发，事业顺手，儿女得力，开个大油坊，银钱如水般流出流进，成为本村财主员外。或福去祸来，偌大一栋房子，三五年内，起把天火烧掉了，牛发了

但年龄既已过去，精力也快衰竭了，再想和年富力强的汉子竞争，从水面上重打天下，已不可能了。

瘟，田地被水打砂滞，橘子树在大寒中一起冻坏。更不幸是遭遇官司连累，进城入狱，拖来拖去，在县衙门陋规调排中，终于弄得个不能下台。想来想去，还是三十六计走为上计，只好第二回下水。但年龄既已过去，精力也快衰竭了，再想和年富力强的汉子竞争，从水面上重打天下，已不可能了。回到水上就只为的是逃避过去生活失败的记忆。正如庄稼人把那种空了心的老萝卜和落子后的苋菜根株，由土中拔出，抛到水上去，听流水冲走一样情形。其中自然也有些会打算安排，子弟又够分派，地面上经营橘子园，水面上有船只，从两方面讨生活，兴家立业，彼此兼顾，而且做得很好的。也有在水

做父亲的就一面更加克勤克俭过日子，一面却在儿子身上做着无边无涯的荒唐好梦。

上挣了钱，却羡慕油商，因此来开小庄号，做桐油生意，本身也如一滴油，既不沾水也不近土的。也有由于事业成功，在地方上办团防，带三五十条杂色枪支，参加过几回小小内战，于是成为军官，到后又在大小兼并情形中或被消灭，或被胁裹出去，军队一散，捞一把钱回家来纳福，在乡里中称支队长、司令官，于同族包庇点小案件，调排调排人事，成为当地土豪的。也有自己始终不离土地，不离水面，家业不曾发迹，却多了几口人，受社会潮流影响，看中了读书人，相信“万般皆下品，唯有读书高”两句旧诗，居然把儿子送到族中义学去受教育的。孩子还肯向上，心窍子被书读开了，机缘又好，到后考入省立师范学堂，做父亲的就一面更加克勤克俭过日子，一面却在儿子身上做着无边无涯的荒唐好梦。再过三年儿子毕了业，即杀猪祭祖，在祠堂中上块匾，族中送报帖称“洋进士”，做父亲的便俨然已成封翁员外。待到暑假中，儿子穿了白色制服，带了一网篮书报，回到乡下来时，一家大小必对之充满敬畏之忱。母亲每天必为儿子煮两个荷包蛋当早点，培补元气；父亲在儿子面前，话也不敢乱说。儿子自以为已受新教育，对家中一切自然都不大看得上眼，认为腐败琐碎，在老人面前常常作“得了够了”摇头神气。虽随便说点城里事情，即可满足老年人的好奇心，也总像有点烦厌。后来在本校或县里做了小学教员，升了校长，或又做了教育局的科员，县党部委员，收入虽不比一个舵手高多少，可是有了“斯文”身分而兼点“官”气，遇什么案件向县里请愿，禀帖上见过了名字，或委员下乡时，还当过代表办招待；事很显然，这一来，他已成为当地名人了。于是老太爷当真成了封翁，在乡下受人另眼看待。若驾船，必事事与人不同。世界在变，这船夫一家也跟着变。儿子成了名，少年得志，思想又新，当然就要“革命”。接受“五四”以来社会解放改造影响，革命不出下面两个公式：老的若有主张，想为儿子看一房媳妇，实事求是，要找一个有碾坊橘子园作妆奁的人家攀亲，儿子却照例不同意，多半要县立女学校从省中请来的女教员。因为剪去了头发，衣襟上还插一支自来水笔，有“思想”，又“摩登”，懂“爱情”，才能发生爱情，郎才女貌方配得上。意见如此不同，就成为家庭革命。或婚事不成问题，老的正因为崇拜儿子，谄媚儿子，一切由儿子做主。又或儿子虽读《创造》《解放》等等杂志，可是也并不怎么讨厌碾坊和橘子园作陪嫁妆奁。儿子抱负另有所在，回乡来要改造社会，于是做代表，办学会，控告地方公族教育专款保管委员，建议采用祠庙产业，且在县里石印报纸上，发火气极大似通非通的议论，报纸印出后，自己还买许多份各处送人……到后这些年青人所梦想的热闹“大时代”终于来到了，来时压力过猛，难于适应，末了不出两途，或逃亡外省去，不再回乡；来不及逃亡，在开会中就被当地军警与恶劣乡绅称为“反动分子”，命运不免同中国这个时代许多身在内地血气壮旺的青年一样。新旧冲突，就有社会革命。一涉革命，纠纷随来，到处都不免流泪流血。最重大的意义，即促进人事上的新陈代谢，使老的衰老，离开他亲手培植的橘子园，使用惯熟的船只家具，更同时离开了他那可爱的儿子（大部分且是追随了那儿子），重归于土。

至于妇人呢，喂猪养鸭，挑水种菜，绩麻纺纱，推磨碾米，无事不能，亦无事不做。

至于妇人呢，喂猪养鸭，挑水种菜，绩麻纺纱，推磨碾米，无事不能，亦无事不做。日晒雨淋，同各种劳役，使每个人都强健而耐劳。身体既发育得很好，橘子又吃得多，眼目光明，血气充足，因之兼善生男育女。乡村中无呼奴使婢习惯，家中要个帮手时，家长即为未成年的儿子讨个童养媳，于是每家都有童养媳。换言之，也就是交换儿女来教育，来学习参加生活工作。这些小女子年纪十二三岁，穿了件印花洋布裤子过门，用一只雄鸡陪伴拜过天地祖先后，就取得了童养媳身分，成为“家”候补人员之一。年纪小虽小，凡是这家中一切事情，体力所及都得参加。下河洗衣，入厨房烧火煮饭，更是两件日常工作。无事可做时，就为婆婆替手，把两三岁大小叔叔负之抱之到前村头去玩耍，自己也抽空看看热闹。或每天上山放牛，必趁便挑一担松毛，摘一篮蕈子，回家当晚饭菜。年纪到十五六岁时，就和丈夫圆了亲，正式成为家中之一员，除原有工作外，多了一样承宗接祖生男育女的义务。这人或是独生女，或家中要帮手舍不得送出门，就留在家中养黄花女。年纪到了十四五，照例也懂了事，渐渐爱好起来，知道跟姑母娘舅乡邻同伴学刺花扣花。围裙上用五色丝线绣鸳鸯戏

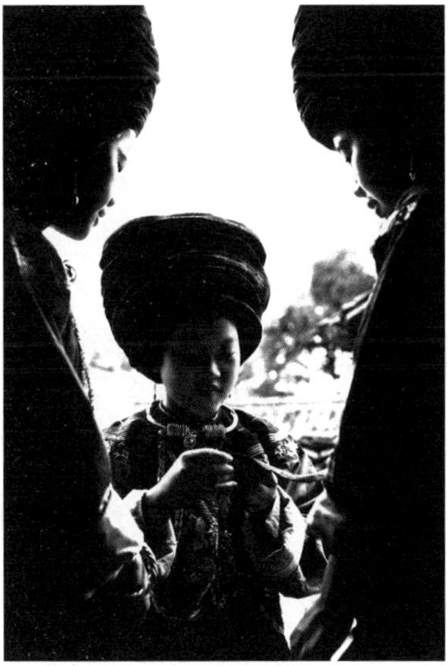

年纪到了十四五，照例也懂了事，渐渐爱好起来，知道跟姑母娘舅乡邻同伴学刺花扣花。

荷或喜鹊噪梅，鞋头上挑个小小双凤。加之在村子里可听到老年人说《二度梅》《天雨花》等等才子佳人弹词故事，七仙姐下凡尘等等神话传说。下河洗菜淘米时，撑船的小伙子眼睛尖利，看见竹园边河坎下女孩子的大辫子像条乌梢蛇，两粒眼珠子黑亮亮的，看动了心，必随口唱几句俚歌调情。上山砍柴打猪草，更容易受年青野孩子歌声引诱。本地二八月照例要唱土地戏谢神还愿，戏文中又多的是烈士佳人故事。这就是这些女孩子的情感教育。大凡有了主子的，记着戏文中常提到的“忠臣不事二主，烈女不嫁二夫”，幻想虽多，将依然本本分分过日子下去。晚嫁失时的，嫁后守寡无拘管的，或性格好繁华易为歌声动感情的，自然就有许多机会做出本地人当话柄的事情。或到山上空碉堡中去会情人，或跟随飘乡戏子私逃，又或嫁给退伍军人。这些军人照例是见过了些世界，学得了些风流子弟派头，元青绉绸首巾一丈五尺长裹在头上，佩了个镀金手表，镶了两颗金牙齿，打得一手好纸牌，还会弹弹月琴，唱几十曲时行小调。在军队中厌倦了，回到本乡来无所事事，向上向下通通无机会，就放点小赌，或开个小铺子，卖点杂货。欢喜到处走动，眼睛尖，鼻子尖，看得出也嗅得出什么是路可以走，走走又不会出大乱子。若诱引了这些爱风情的女孩子，收藏不下，养活不了，便带同女

事情解决不了时，就选个日子，私下梳妆打扮起来，穿上干净衣鞋，扣上心爱的花围腰，趁大清早人不知鬼不觉投身到深潭里去……

子坐小船向下江一跑，也不大计算“明天”怎么办。到外埠住下来，把几个钱一花完，无事可做无路可奔时，末了一着棋，照例是把女子哄到人贩子手中去，抵押一百两百块钱，给下处做土娼，自己却一溜完事。女人或因被诱出了丑，肚中带了个孩子，无处交代，欲走不能走，欲留不能留，就照土方子捡副草药，土狗、斑蝥、茯苓、朱砂，死的活的一股鲁吃下去，把血块子打下。或者体力弱，受不住药力，心门子窄，胆量小，打算不开，积忧成疾，孩子一落地，就故意走到大河边去喝一阵生冷水，于是躺到床上去，过不久，肚子肠子绞痛起来，咬定被角不敢声张，隔了一天便死了。于是家中人买一副白木板片装殓好，埋了。亲戚哭一阵，街坊邻里大家谈论一阵，骂一阵，怜恤一阵，事情就算完了。也有幻想多，抒情气氛特别浓，事情解决不了时，就选个日子，私下梳妆打扮起来，穿上干净衣鞋，扣上心爱的花围腰，趁大清早人不知鬼不觉投身到深潭里去，把身子喂鱼吃了的，同样——完了。又或亲族中有人，辈分大，势力强，性情又特别顽固专横，读完了几本“子曰”，自以为有维持风化道德的责任，这种道德感的增强，便必然成为好事者，且必然对于有关男女的事特别兴奋。一遇见族中有女子丢脸事情发生，就想出种种理由，自己先怄一阵气，再在气头下集合族中人，把那女的一绳子捆来，执行一阵私刑，从女人受苦难情形中得到一点愉快，把女的远远地嫁去，讨回一笔财礼，作为“脸面钱”。若这个族中人病态深，道德感与虐待狂不可分开，女人且不免在一种戏剧性场面下成为牺牲者。照例将为这些男子，把全身衣服剥去，颈项上悬挂一面小磨石，带到长潭中去“沉潭”，表示与众弃之意思。当几个族中人乘上小船，在深夜里沉默无声向河中深处划去时，女的低头无语，看着河中荡荡流水，以及被木桨搅碎水中的星光，想到的大约是二辈子投生问题，或是另一时被族中长辈调戏不允许的故事，或是一些生前“欠人”“人欠”的小小恩怨。这一族之长的大老与好事者，坐在船头，必正眼也不看那女子一眼，心中却旋起一种复杂感情，总以为“这是应当的，全族面子所关，不能不如此的”。但自然也并不真正讨厌那个年青健康光鲜鲜的肉体，讨厌的或许倒是这肉体被外人享受。小船摇到潭中时，荡桨的把桨抽出，船停了，大家一句话不说，就把那女的掀下水去。这其间自然不免有一番小小挣扎，把小船弄得摇摇晃晃，人一下水，随即也就平定了。送下水的因为颈项上悬系了一面石磨，在水中打漩向下沉，一阵水泡子向上翻，接着是天水平静。船上几个人，于是俨然完成了一件庄严重大工作，把船掉头，因为死的虽死了，活的还得赶回到祠堂里去叩头，放鞭炮挂红，驱逐邪气，且表示这种勇敢决断的行为，业已把族中损失的荣誉收复。事实上就是把那点私心残忍行为卸责任到“多数”方面去。至于那个多数呢？因为不读“子曰”，自然是不知道此事，也从不过问此事的。

女子中也有能干异常，丈夫过世还经营生活，驾船种田，兴家立业的。沿辰河有几座大油房，几个大庙宇，几处建筑宏大华美的私

沿辰河有几座大油房，几个大庙宇，几处建筑宏大华美的私人祠堂，都是这种寡妇的成就。

人祠堂，都是这种寡妇的成就。

女子中也有读书人，大多数是比较开通的船长地主的姑娘，到省里女子师范或什么私立中学读了几年书，还乡时便同时带来给乡下人无数新奇的传说、崭新的神话，比水手带来的完全不同。城里大学堂教书的，一个时刻拿的薪水，抵得过家中长工一年收入！花两块钱买一个小纸条，走进一个黑黯黯大厅子里面去，冬暖夏凉，坐下来不多一会儿，就可看台上的影子戏，真刀真枪打仗杀人，一死几百几千，死去的都可活回来，坐在柜台边用小麦管子吃橘子水和牛奶！上有天堂，下有苏杭，全苏州到处都是水，人家全泡在水里；杭州有个西湖，大水塘子种荷花养鱼，四面山上全是庙宇，和尚尼姑都穿绸缎袍子，每早上敲木鱼铙钹，沿湖唱歌……总之，如此或如彼，这些事述说到乡下人印象中时，必然都成为不可思议的惊奇动人场面。

顶可笑的还是城里人把橘子当补药，价钱贵得和燕窝高丽参差不多，还是从外洋用船运回来的。橘子上印有洋字，用白纸包了，纸上也有字，说明补什么，应当怎么吃。若买回来依照方法挤水吃，就补人；不依照方法，不算数。说来竟千真万确，自然更使得出橘子地方的人不觉好笑。不过真正给乡下人留下一个新鲜经验的，或者还是女学生本身的装束。辫子不要了，简直同男人一样，说是省得梳头，耽搁时间读书。膀子膊子全露在外面，说是比藏在里面又好看又卫生，缝衣时省布。且不穿裤子，至少这些女学生给普通乡下人印象是不穿裤子，为什么原因他们可不明白。这些女子业已许过婚的，回家不久必即向长辈开谈判，主张“自由”，需要离婚。说是爱情神圣，家中不能包办终身大事。生活出路是到县里的小学校去做教员，婚姻出路是嫁给在京沪私立大学读过两年书的公务员，或县党部委员，学校同事。居多倒是眼界高，相貌可不大好看，机会不凑巧，无对手，不结婚，名为“抱独身主义”。这种“抱独身主义”的人物，照例吃家

不论他们过的日子如何平凡而单纯，在生命中依然有一种幻异情感，或凭传说故事，引导到一个美丽而温柔仙境里去……

里，用家里，衣襟上插支自来水笔，插支活动铅笔，手上有个小小皮包，皮包中说不定还有副白边黑眼镜，生活也就过得从容愉快。想再求上进，程度不甚佳，就进什么女子体育师范，或不必考的私立大学。毕业以前若与同学发生了恋爱，照例是结婚不多久就生孩子，一同居，除却跟家中要钱，就再也不会回来了。这其中自然也有书读得很好，又有思想，又有幻想，十八年左右向江西跑去，终于失了踪的。这种人照例对乡下那个多数是并无意义的，不曾发生何等影响的。

当地大多数女子有在体力与情感两方面，都可称为健康淳良的农家妇，需要的不是认识几百字来讨论妇女问题，倒是与日常生活有关系的常识和信仰，如种牛痘，治疟疾，以及与家事有关收成有关的种种。对于儿女的寿夭，尚完全付之于自然淘汰。对于橘柚，虽从经验上已知接枝选种，情感上却还相信每在岁暮年末，用糖汁灌溉橘树根株，一面用童男童女在树下问答“甜了吗？”“甜了！”下年结果即可望味道转甜。一切生活都混合经验与迷信，因此单独凭经验可望得到的进步，无迷信搀杂其间，便不容易接受。但同类迷信，在这种农家妇女也有一点好处，即是把生活装点得不十分枯燥，青春期女性神经病即较少。不论他们过的日子如何平凡而单纯，在生命中依然有一种幻异情感，或凭传说故事，引导到一个美丽而温柔仙境里去，或信天委命，来抵抗种种不幸。迷信另外一种形式，表现于行为，如敬神演戏，朝山拜佛，对于大多数女子，更可排泄她们蕴蓄被压抑的情感，转换一年到头的疲劳，尤其见得重要而必需。

这就是居住在这条河流两岸的人民近三十年来的大略情形。这世界一切既然都在变，变动中人事乘除，自然就有些近于偶然与凑巧的事情发生，哀乐和悲欢，都有它独特的式样。

秋（动中有静）

秋成熟一切。大河边触目所见，尽是一年来阳光雨露之力，影响到万汇百物时用各种式样形成的象征。野花多用比春天更美丽炫目的颜色，点缀地面各处。沿河的高大白杨、银杏树，无不为自然装点以动人的色彩，到处是鲜艳与饱满。然而在如此景物明朗和人事欢乐笑语中，却似乎蕴蓄了一点儿凄凉。到处都仿佛有生命在动，一切说来实在又太静了。过去一千年来的秋季，也许和这一次差不多完全相同，从这点“静”中即见出寂寞和凄凉。

过去一千年来的秋季，也许和这一次差不多完全相同，从这点“静”中即见出寂寞和凄凉。

辰河中部小口岸吕家坪，河下游约有四里一个小土坡上，名叫“枫树坳”，坳上有个滕姓祠堂。祠堂前后十几株老枫木树，叶子已被几个早上的严霜，镀上一片黄，一片红，一片紫。枫树下到处是这种彩色斑驳的美丽落叶。祠堂前枫树下有个摆小摊子的，放了三个大小不一的簸箕，簸箕中也是这种美丽的落叶。祠堂位置在山坳上，地点较高，向对河望去，但见千山草黄，起野火处有白烟如云。村落中乡下人为耕牛过冬预备的稻草，傍附树根堆积，无不如塔如坟。银杏白杨树成行高矗，大小叶片在微阳下翻飞，黄绿杂彩相间，如旗

河中乘流而下行驶的小船，也多数装满了这种深秋收获物，并装满了弄船人欢欣与希望……

纛，如羽葆。又如有所招邀，有所期待。沿河橘子园尤呈奇观，绿叶浓翠，绵延小河两岸，缀系在枝头的果实，丹朱明黄，繁密如天上星子，远望但见一片光明，幻异不可形容。河下船埠边，有从土地上得来的萝卜、薯芋，以及各种农产物，一堆堆放在那里，等待装运下船。三五个小孩子，坐在这种庞大堆积物上，相互扭打游戏。河中乘流而下行驶的小船，也多数装满了这种深秋收获物，并装满了弄船人欢欣与希望，向辰溪县、浦市、辰州各个码头集中，到地后再把它卸到干涸河滩上去等待主顾。更远处有皮鼓铜锣声音，说明某一处村中人对于这一年来人与自然合作的结果，因为得到满意的收成，正在野地上举行谢土的仪式，向神表示感激，并预约“明年照常”的简单愿心。

土地似乎已经疲劳了，行将休息，云物因之转增妍媚。天宇澄清，河水澄清。

祠堂前老枫树下，摆摊子守坳的，是个弄船老水手，好像在水上做鸭子漂厌了，方爬上岸来做干鸭子。其时正把簸箕中落叶除去。由东往西，来了两个赶路乡下人，看看天气还早，两个人就在那青石条子上坐下来了。各人取出个旱烟管，打火镰吸烟。一个说：“今年好收成！对河滕姓人家那片橘子园，会有二十船橘子下常德府！”

另一个就笑着说：“年成好，土里长出肉来了。我寨子上田地里，南瓜有水桶大，三十二斤重。当真同水桶一样大，吃了一定补！”

“又不是何首乌，什么补不补？”

“有人到云南，说萝卜冬瓜都有水桶大，要用牛车拉，一车三两个就装不下了。”

“你相信他散天花。还有人说云南金子多，遍地是金子。金子打的饭碗，卖一百钱一个，你信不信？路远一万八千里，要走两三个月才走得到，无中无保的话，相信不得。”

两人正谈论到本地今年地面收成，以及有关南瓜冬瓜种种传说。来了一个背竹笼的中年妇人，竹笼里装了两只小黑猪，尖嘴拱拱的，眼睛露出顽皮神气，好像在表示：“你买我回去，我一定不吃料，乱跑，看你把我怎么办。”妇人到祠堂边后，也休息下来，一面抹头上汗水，一面就摊子边听取两人谈话。

“我听人说：烂泥地方满家田里出了个萝卜大王，三十二斤重，比猪头还大，拿到县里去报功请赏。县里人说：县长看见了你的萝卜，你回去好了。我们要帮你办公文禀告到省里去，会有金字牌

末了他摇摇头，好像说下去必犯忌讳，赶忙把烟杆塞进口中了。

把你。你等等看吧。过了一个月，金牌得不着，衙门里有人路过烂泥，倒要了他四块钱去，说是请金字牌批准了，来报喜信，应当有赏。这世界！”末了他摇摇头，好像说下去必犯忌讳，赶忙把烟杆塞进口中了。

另一个就说：“古话说：衙门八字开，有理无钱莫进来。不是花钱你来有什么事。满家人发羊痫风，田里长了个大萝卜，也大惊小怪，送上衙门去讨好。偷鸡不得丢把米，这是活该的。”

“可是上两场烂泥真有委员下乡来田里看过，保长派人打锣到处知会人，家中田里有大萝卜的拿来送委员过目，进城好请赏，金字牌的奖赏，值很多钱！”

“到后呢？”

“后来保长请委员吃酒，委员自己说是在大学堂里学种菜的。陪委员吃酒的人，每一份出一吊八百钱。一八如八，八八六吊四，一十四吊钱一桌酒席，四盘四碗，另外带一品锅。吃过了酒席，委员带了些菜种，又捉了七八只预备带回去研究的笋壳色肥母鸡，挂到三丁拐轿杆上，升轿走了。后来事就不知道了。”

坐在摊子边的老水手，便笑眯眯地插嘴说：

“委员坐了轿子从我这坳上过路，当真有人挑了一担萝卜、十多只肥鸡。另外还有两个火腿，一定是县长送他的。他们坐在这里吃萝卜，一面吃一面说：‘你们县长人好，能任劳任怨，父母官真难得。’说的是京话。又说‘你们这个地方土囊（壤）好，萝卜大，不空心，很好很好吃！’那挑母鸡的烂泥人就问委员：‘什么土囊布囊好？是不是稀屎？’不答理他。委员说的是‘土囊’，囊他个娘哪知道！”

那乡下人说：“委员是个会法术的人，身边带了一大堆玻璃瓶子，到一处，就抓一把土放到一个小小瓶子里去，轻轻地摇一摇。人问他说：‘委员，这有什么用处？这是土囊？是拿去炼煤油，熬膏药？’委员就笑着说：‘是，是，我要带回去话唸（化验）它。’‘你有千里镜吗？’‘我用险危（显微）镜。’我猜想一定就是电光镜，洋人发明的。”

几个人对于这个问题不约而同莫测高深似的叹了一口气。可是不由得都笑将起来，事情实在稀奇得好笑。城里人，城里事情，总之和乡下人都太隔远了。

妇人搭上去说：“大哥，我问你，‘新生活’快要来了，是不是真的？我听太平溪宋团总说的，他是我舅娘的大老表。”

一个男的信口开河回答她说：“怎么不是真的？还有人亲眼见过。我们这里中央军一走，‘新生活’又来了。年岁虽然好，世界可不好，人都在劫数，逃脱不得。人都说江口天王菩萨有灵有验，杀猪杀羊许愿，也保佑不了！”

妇人正因为不知道“新生活”是什么，记忆中只记起五年来，川军来了又走了，中央军来了又走了，现在又听人说“新生活”也快要上来，不明白“新生活”是什么样子，会不会拉人杀人。因此问了许多人，人都说不明白。现在听这人说已有人在下面亲眼看到过，显见得是当真事情了。既真有其事，保不定一来了到处村子又是乱乱的，人呀马呀的挤在一处，要派夫派粮草，家家有份。每天有人敲锣通

“大哥，我问你，‘新生活’快要来了，是不是真的？我听太平溪宋团总说的，他是我舅娘的大老表。”

知，三点钟村子里开会，男男女女都要去，好开群众大会，好枪毙人！大家都要大喊大叫，打倒土豪，消灭反动分子。这批人马刚走，另外一群就来了，又是派夫派粮草，家家有份。又是开会，又是杀人。现在听说“新生活”快要上来了，因此心中非常愁闷。竹笼中两只小猪，虽可以引她到一个好梦境中去。另外那个“新生活”，却同个榔子一样，打在梦上粉碎了。

她还想多知道一点，就问那事事充内行的乡下人：“大哥，那你听说他们是要不要从这里过路？人马多不多？”

那男子见妇人认真而担心神气，于是故意特别认真地说：“怎么不从这条路来？他们说来就来，说走就走。我听高村人说，他船到

“怎么不从这条路来？他们说来就来，说走就走。我听高村人说，他船到辰州府，就在河边眼看到‘新生活’下船，人马可真多！……”

辰州府，就在河边眼看到‘新生活’下船，人马可真多！机关枪、机关炮、六子连、七子针、十三太保，什么都有。委员司令坐在大白马上，把手那么叉着对民众说话（摹仿官长声调）：诸位同胞，诸位同志，诸位父老兄弟姊妹，我是‘新生活’。我是司令官。我要奋斗！……”

妇人已完全相信那个演说，不待说完就问：“中央军在后面追不追？”

“那谁知道。他是飞毛腿，还追过中央军！不过，这事委员长总有办法的。他一定还派得有人马在后边，因为人多炮火多，走得慢一些。”

她想起家中床下砖地中埋藏的那二十四块现洋钱，异常不安，认为情形实在不妥，还得趁早想办法……

妇人说："上不上云南？"

"可不是，都要上云南的！老话说：上云南，打瓜精。应了老话，他们都要去打瓜精的。"

妇人把话问够后，简单的心断定"新生活"当真又要上来了，不免惶恐之至。她想起家中床下砖地中埋藏的那二十四块现洋钱，异常不安，认为情形实在不妥，还得趁早想办法，于是背起猪笼，忙匆匆地赶路走了。两只小猪大约也间接受了点惊恐，一路尖起声音叫下坳去。

两个乡下男人其实和妇人一样，对于"新生活"这个称呼，都还莫名其妙，只是并不怎么害怕，所以继续谈下去。两人谈太平溪王四癞子过去的事情。这王四癞子是太平溪开油坊榨油发了财，白手成家称员外的一位财主。前年川军来了，一家人赶忙向山上跑。因为是财主，被人指出躲藏地方，捉下山来，捐出两万块钱，民众作保，方放了出来。接着中央军人马追来了，又赶紧跑上山去。可是既然是当地财主，人怕出名猪怕壮，因此依然被看中，依然捐两万块钱，取保开释。直到队伍人马完全过境后，一点点积蓄已罄光了，油坊毁了，几只船被封去弄沉了。王四癞子一气，两脚一伸，倒床死了。王四癞子生前既无儿无女，两个妻妾又不相合，各抱一远房儿子接香火，都还年纪小。族里子弟为争做过房儿子，预备承受那两百亩田地和几栋大房子，于是忽然同时来了三个孝子，各穿上白孝衣在灵前磕头。磕完头抬起头来一看，灵牌上却无孝男名字，名分不清楚，于是几个人在棺木前就揪打起来。办丧事的既多本族破落子弟，一到打群架时，人多手多，情形自然极其纷乱。不知谁个莽撞汉子，捞起棺木前一只大点锡蜡台，闪不知顺手飞去，一蜡台把孝子之一打翻到棺木前，当时就断了气。出命案后大家一哄而散，全跑掉了。族长无办法，闹得县知事坐了轿子，带了保安队仵作人等一大群，亲自下乡来验尸。把村子里母鸡吃个干净后，觉得事件辣手，就说："清官难断家务事，你们这件事情，还是开祠堂家族会议公断好。"说完后，就带领一干人马回县城里去了。家族会议办不了，末后县里党部委员又下了乡，特来调查，向省里写报告，认为命案无从找寻凶手，油坊田地产业应全部充公办学校。事情到如今整三年还不结案，王四癞子棺木也不能入土。"新生活"来了，谁保得定不会有同样事情发生。

老水手可不说话，好像看得很远。平时向远处看，便看到对河橘子园那一片橘树，和吕家坪村头那一簇簇古树，树丛中那些桅尖。这时节向远处看，便见到了"新生活"。他想："来就来你的，有什么可怕？"因此自言自语地说："'新生活'来了，吕家坪人拔脚走

玩猴儿戏的外乡人样子，到了坳上休息下来，问这里往麻阳县还有多少里路，今天可在什么地方歇脚。

光了，我也不走。三头六臂能奈我何？”他意思是家里空空的，就不用怕他们。不管是川军还是“新生活”，都并不怎么使光棍穷人害怕。

两个过路人走后，老水手却依然坐在阳光下想心事。“你来吧，我偏不走。要我做伕子，挑伙食担子，我老骨头，做不了。要我引路，我守祠堂香火。”

这祠堂不是为富不仁王四癞子的产业，却是洪发油号老板的。至于洪发老板呢，早把全家搬到湖北汉口特别区大洋房子里住去了，什么都不用怕。可是万一“新生活”真的要来了，老水手怎么办？那是另一问题。实在说，他不大放心！因为他全不明白这个名词的意义。

一会儿，坳上又来了一个玩猴儿戏的，肩膊上爬着一个黄毛尖脸小三子，神气机伶伶的。身后还跟着一只矮脚蒙茸小花狗，大约因为走长路有点累，把个小红舌头摆到嘴边，到了坳上就各处闻嗅。玩猴儿戏的外乡人样子，到了坳上休息下来，问这里往麻阳县还有多少里路，今天可在什么地方歇脚。老水手正打量到“新生活”，看看那个外乡人，像个“侦探”，是“新生活”派来的先锋。所以故意装得随随便便老江湖神气，问那玩猴儿戏的人说：

“老乡亲，你家乡是不是河南归德府？你后面人多不多？他们快到了吧？”

那人不大明白这个询问用意，还以为只是想知道当天赶场的平常乡下人，就顺口说：“人不少！”事实上却完全答非所问。

只这一句话就够了，老水手不再说什么，以为要知道的已经知道了，心中又闷又沉重。因为他虽说是个老江湖，“新生活”是什么，究竟不清楚。他还以为是和“川军”“中央军”相差不多的一种东西，虽说不怕，真要来时也有点麻烦人。

他预备过河去看看。对河萝卜溪村子里，住了个人家，和他关系相当深。他得把这个重要消息报告给这个一村中的领袖知道，好事先准备一番，免得临时措手不及，弄得个手忙脚乱。

他又想先到镇上去看看，或者还有些新消息，可从吃水上饭的人方面得到。因此收拾了摊子，扣上门，打量上路。其时碧空如洗，有一群大雁鹅正排成人字从高空中飞过。河下滩脚边，有三五只货船上滩，十多个纤夫伏身在干涸过了的卵石滩上爬行，唉声唉气呼喊口号。秋天来河水下落得多，容口小，许多大石头都露出水面，被阳光漂得白白的，散乱在河中，如一群一群白羊。玩猴儿戏的已下坳赶路走了，大路上又来了七个扒松毛的吕家坪人，四个男子，三个女人，背上各负了巨大的松毛束，松毛上还插了一把把透红山果和蓝的黄的野花。几个人沿路笑着骂着，一齐来到坳上。老水手想起前年热闹中封船、拉夫、输送队、慰劳队等等名色，向一个扒松毛的年青女人说：

“嫂子，嫂子，你真不怕压坏你的肩膊，好气力！你这个怕不止百五十斤吧。”

那妇人和其他几个人，正把背上负荷搁在坎旁歇憩，笑着不作声。另外一个男子却从旁打趣说双关话调弄女的。

另外一个男子却从旁打趣说双关话调弄女的。“伯伯，你不知道，大嫂子好本事，压得再重一些也经得起。”

“伯伯，你不知道，大嫂子好本事，压得再重一些也经得起。”

其他两个年青妇女都咕喽咕喽笑将起来。负荷顶多那个妇人，因为听得出话中有刺，就回骂那同伴男子：

“生福，你个悖时的，你舌子上可生疔？生了疔，胡言谵语，赶快找杨回回，免得绝香火。”

男的说：“嫂子，我不生疔。我说你本事好，经得起压，不怕重，不怕大。雷公不打吃饭人！”

“我背得多背得少，不管你生福的事！”

“不管我的事，好。常言道：伸手不打笑脸人，我是夸奖你。难道世界变了，人家说好话也犯罪？”

“你这人口好心坏，口上多蜜，心上生蛆，你以为我不懂？”

“你懂个什么！你只懂……光棍心多，令人开口不得。”

另外一个顶年青，看来好像是和那男的有点情分的女人，就插嘴说：“唉嗨。得了罢了，又不是桃子李子，虫蛀了心，怎么坏？”

那男的说：“真是，又不是桃子李子，心哪里会坏。又不是千里眼，有些东西从里面坏了，眼睛也见不着！”

因为这句话暗中又伤到原来那个妇人，妇人就说：“烂你的舌子，生福。”

男的故意装作听不懂她的意思：“你说什么？舌子不咬就不会烂的！”

“狗咬你。疯狗咬你！”

“是的，狗咬我。我舌子好像差点就被一只发了疯的母狗咬掉过！有一天在一棵大桐木树荫下，我还说，狗，狗，你轻点咬！咬掉可不是玩的！”

因为说到妇人不想提起的一点隐秘事情，女的发急了，红着脸说：“悖时砍脑壳的，生福，你再说我就当真要骂了！”

男的涎皮笑脸说：“阿秋嫂子，你骂！你骂我也会骂。你骂不过我。”

“你贼嘴贼舌，以后不得好死，死了还要到拔舌地狱受活罪，现眼现报。”

另一个女的想解围：“够了，活厌了再死不迟。阿秋嫂子，你就听他嚼舌根，信口打哇哇，当个耳边风算什么。”

“他占我便宜！”

“就让他一点也成。口里来，耳边去，我敢打包票，占不了什么。”

三十六计走为上计，于是哈哈大笑，躬起个腰，负荷松毛束，赶先走下坳去了。

那男的只是笑："是的，肥水不落外人田，拔了萝卜眼儿在，占点小小便宜，少了什么？"

因为越说越放肆，而且事情总离不了那点过去。被说及的那个妇人，唯恐说下去更不中听，着急起来，气愤不过，想用扒松毛的竹耙子去赶着男的打两下。男的见事不妙，棍子快到头上，记起男子不与女斗的格言，三十六计走为上计，于是哈哈大笑，躬起个腰，负荷松毛束，赶先走下坳去了。

另外几个女的男的也一同带笑带闹走了。

原来那个吵嘴妇人，憋了一肚子气，对看祠堂的老水手说："伯伯，你看，我们这地方去年一涨水，山脉冲断了，风水坏了，小伙子都成了野猪，三百斤重，一身皮包骨，单是一张嘴有用处。一张嘴到处伤人。”

老水手笑着回答说：“不说不笑，就会胡闹。嘴也有嘴的用处，没有事情时，唱点歌，好快乐！……你看那边山多好。”

原来山前另外一个坳上枫木树下，正有个割草青年小伙子在唱歌，即景生情，唱的是：

三株枫木一样高，
枫木树下好恋姣；
恋尽许多黄花女，
佩烂无数花荷包。

因为并无人接口，等等自己又接下去唱道：

姣家门前一重坡，
别人走少郎走多；
铁打草鞋穿烂了，
不是为你为哪个？

那女的正心中有气不能出，对远处割草青年，遥遥地吐出一个“呸”字，笑着说：“花荷包，花抱肚；你娘有闲工夫为你做！”一声吆喝叫了个倒彩，把撑松毛用的木杈子拿起，背着松毛走了。

老水手眼看着几个女人走下坳后，自言自语地说：“花荷包，花抱肚，佩烂了，穿烂了，子弟孩儿们长大了。日子长咧。‘新生活’一来，派慰劳队，找年青娘儿们，你们都该遭殃！”

老水手随即也就上了路，向吕家坪镇上走去。打从一个局所门前经过时，见几个税丁无事可做，正在门前小凳子旁玩棋，不像是“新

又到团练公所去，只见师爷正歪着头舐笔尖，在为镇上妇人写家信……

生活”要来的样子。又到油号看看，庄上管事已赶场收买五倍子去了，门前靠墙边斜斜地晒了许多油篓子，一只笋壳色母鸡在油篓后刚生过蛋，猛被人惊吓，大声叫喊飞上墙去，也不像“新生活”要来的样子。又到团练公所去，只见师爷正歪着头舐笔尖，在为镇上妇人写家信，把信写好后，念给妇人听。妇人一面听一面拉衣袖拭泪，倒仿佛是同“新生活”多少有点关系。于是老水手一面抓着腮帮子，一面探询似的问局上师爷：

“师爷，团总赶场去了吗？多久回来？”

师爷看看是弄船的：“喔，大爷。团总晚上回来。”

“县里有人来……？”

“委员早走了。”

“师爷你不知道，桃源县的三只角小婊子迷了他的心，三个月不带钱来，总说运气不好。不想想我同三冒儿在家里吃什么过日子。”

“什么委员？”

“看萝卜的那个委员。”

老水手笑了，把手指头屈起来记数日子：“师爷，那是上一场的事情！我最近好像听人说……下头又有人来……我不大相信。”

那请托师爷写家信的老妇人，就在旁搭口说：“师爷，请你帮我信上添句话，就说，‘十月你不寄钱来，我完不了会，真是逼我上梁山。我活不了啦！’你尽管那么写，我要吓吓他。”

师爷笑将起来：“嫂子，你不要恐吓他。你老当家的有钱，他会捎来的。”

妇人眼泪汪汪的：“师爷你不知道，桃源县的三只角小婊子迷了他的心，三个月不带钱来，总说运气不好。不想想我同三冒儿在家里吃什么过日子。”

老水手说：“嫂子你不要心焦，天无绝人之路。三只角迷不了他，他会回心转意的。”

妇人拉围裙角拭去眼泪，把那封信带走后，老水手又向师爷说：“她男人是不是在三十六师？我想会要打仗了！”

师爷说：“太平世界，除了戏台上花脸，手里痒痒地弄枪弄棒，别的有什么仗打？我不相信现在省里有人要打仗。大爷，你听谁造的谣言？”

这事本来是老水手自己想起随口说出的，接下去，他还待说说“新生活”快要来了，可是被师爷说是造谣言，便不免生出一点反感。于是觉得师爷那副读书人样子，会写几个字，便自以为是“智多星”，好像天下事什么他都不相信，其实只是装秀才。因此不再说什么，作成一种“信不信由你”的神气，扬扬长长走开了。出得团练局，来到杨姓祠堂门前，见有五六个小孩子蹲在那大青石板上玩骰子，拼赌香炷头。老水手停了停脚，逗他们说：“嗐，小将们，还不赶快回家去，他们快要来了，要捉你们的！”

小孩子好奇，便一齐回过头来带着探询疑问神气：“是谁捉我们？”

“谁？那个‘新生活’要捉你们。”

一个输了本火气大的孩子说：“‘新生活’捉我们，鬼老二单单捉你。伸出生毛的大手，要扯你的后脚，一把捞住，逃脱不得。”

老水手见不是话，掉过头来就走，向河边走去。到河边他预备过渡。河滩上堆满了各样农产物，有不知谁家新摘的橘子三大堆，恰如三堆火焰，正在装运上船。四五个壮年汉子，快乐匆忙地用大撮箕搬橘子下船，从摇摇荡荡的跳板上走过去，到了船边，就把橘子哗地倒进空舱里去。有人在商讨一堆菜蔬价钱，一面说，一面做成赌咒样子。

上了渡船，掌渡的认识他，正互相招呼，河边又来了两个女子。一个年纪较小的，脸黑黑的，下巴子尖尖的，穿了件葱绿布衣，月蓝布围腰，围腰上还扣朵小花，用手指粗银链子约束在背后，一条辫子盘在头上，背个小小细篾竹笼，放了些干粉条同印花布。一个年纪较大的，眼睛大，圆枣子形脸，穿蓝布衣印花布裤。年青人眼睛光口甜，远远地一见到老水手，就叫喊老水手：

“满满，满满，你过河吗？到我家吃饭去，有刀头肉，焖黄豆芽。”

老水手一看是夭夭姊妹，就说：“夭夭，你姊妹赶场买东西回来？我正要到你家里去。你买了多少好东西！”他又向那个长脸的女孩子说：“二妹，你怎么，好像办嫁妆，老是一大堆！……”老水手对两个女孩子只是笑，因为见较大的也有个竹笼，内里有好些布匹杂货，所以开玩笑，说是陪嫁用的。那个枣子形脸的女人，为人忠厚老实，被老的一说，不好意思，腮帮子颈脖子通红了。掉过头去看水。

掌渡船的说：“二姑娘嫁妆有八铺八盖，早就办好了。我听你们村子里人说的。头面首饰就用银子十二斤，压箱子十二个元宝还在外，是王银匠说的。夭姑娘呢，不要银的，要金的。谁说的？我说的。”

末后的话，自然近于信口开河。夭夭虽听得分明，却装不曾听到，回过头去抿着嘴笑，指点远处水上野鸭子给姊姊瞧。

老水手说：“夭夭，你一个夏天绩了多少麻？我看你一定有二十四匹细白麻布了。”

夭夭注意水中漂浮的菜叶，头也不回。“我一个夏天都玩掉了，大嫂麻布多！”

掌渡船的又插嘴说：“大嫂子多，可不比夭夭的好。夭夭什么都爱好。”

夭夭分辩说：“划船的，你乱说。你怎么知道我爱好？”

掌渡船的装作十分认真的神气：“我怎么不知道？我老虽老，眼睛还上好的，什么事看不出？你们只看看她那个细篾背笼，多精巧，怕不是贵州云南府带来的，值三两银子吧？你顶小时我就说过，夭夭长大了，一定是个观音，哪会错。”

“你怎么知道观音爱好？”

“观音不爱好，怎么不怕路远，成天到南海去洗脚？多远一条路！”弄渡船的一面悠悠闲闲地巴船，一面向别的过渡人说，“我说知道就知道。我还知道宣统皇帝退位，袁世凯存心不良要登极，我们

“你怎么知道观音爱好？”“观音不爱好，怎么不怕路远，成天到南海去洗脚？多远一条路！”

湖南人蔡锷不服气，一掌把他推下金銮宝殿。人老成精，我知道的事情多咧。”

几句话把满船人都逗笑了。

大家眼光注意到夭夭和她那个精巧竹背笼。那背笼比起一般妇女用的，实在精细讲究得多。同村子里女人有认得她的，就带点要好讨好的神气说：“夭夭，你那个斗篷还要讲究！”

夭夭不作声，面对汤汤流水，不作理会。心想：“这你管不着！”可是过了一会儿，却又回过头来对那女人把嘴角缩了一缩，笑了一笑：“金子，你怎么的！大伙儿取乐，你唱歌，可值得？”

金子也笑了笑，她何尝不是取乐。即或当真在唱歌，也照例是使

天天装作生气样子说："满满，你真是拗手扳罾，我不同你说了。"

人快乐使自己开心的。

渡船到河中时，三姑娘向老水手说："满满，你坳上大枫木树，这几天真好看。叶子同火烧一样，红上了天，一天烧到夜，总烧不完。我们在对河稻草堆上看到它，老以为真是着了火。"

老水手捉住了把柄说："夭夭，你才说不爱好看的东西，别的事不管，你倒看中我坳上那枫木树。还有小伙子坐在枫木树下唱歌，你在对河可惜听不着。你家橘子园才真叫好看，今年结多少！树枝也压断许多吧。结了万千橘子，可不请客！因为好看，舍不得！"

夭夭装作生气样子说："满满，你真是拗手扳罾，我不同你说了。"

两姊妹是枫木坳对河萝卜溪滕家大橘子园滕长顺的女儿，守祠堂的老水手也姓滕，是远房同宗。老水手原来就正是要到她家里去，找她们父亲说话的。

夭夭不说话时，老水手于是又想起"新生活"，他抱了一点杞忧，以为"新生活"一来，这地方原来的一切，都必然会要有些变化，夭夭姊妹生活也一定要变化。可是其时看看两个女的，却正在船边伸手玩水，用手捞取水面漂浮的瓜藤菜叶，自在从容之至。

过完渡，几个人一起下了船，沿河坎小路向着萝卜溪走去。

回头看吕家坪市镇，但见嘉树成荫，千家村舍屋瓦上，炊烟四浮，白如乳酪，悬浮在林薄间。

河边下午景色特别明丽，朱叶黄华，满地如锦如绣。回头看吕家坪市镇，但见嘉树成荫，千家村舍屋瓦上，炊烟四浮，白如乳酪，悬浮在林薄间。街尾河边，百货捐税局门前，一支高桅杆上，挂一条写有扁阔红黑大字体的长幡信，在秋阳微风中飘荡。几十只商船桅尖，从河坝边土坎上露出，使人想象得出那里河滩边，必正有千百纤夫，用谈笑和烧酒卸除了一天的劳累。对河大坳上，老水手住的祠堂前，那几株老枫木树挺拔耸立，各负戴一身色彩斑斓的叶子，真如几条动人的彩柱……看来一切都象征当地的兴旺，尽管在无章次的人事管理上，还依然十分兴旺。

橘子园主人和一个老水手

辰河是沅水支流，在辰溪县城北岸和沅水汇流。吕家坪离辰溪县约一百四十里，算得是辰河中部一个腰站。既然是个小小水码头，情形也就和其他码头差不多，凡由辰河出口的黔东货物，桐油、木材、烟草、皮革、白蜡、水银，和染布制革必不可少的土靛青、五倍子，以及辰河上游两岸出产的竹、麻与别的农产物，用船装运下行，花纱布匹、煤油、自来火、海味、白糖、纸烟和罐头洋货，用船装运上行，多得把船只停靠，在这个地方上“复查税”。既有省中委派来的收税官吏在此落脚，上下行船只停泊多，因此村镇相当大，市面相当繁荣。有几所规范宏大的榨油坊，每年出货上万桶桐油。有几个收买桐油山货的庄号，是汉口、常德大号口分设的。有十来所祠堂，祠堂中照例金碧辉煌，挂了许多朱漆匾额，还迎面搭个戏台，可供春秋二季族中出份子唱戏。有几所庙宇，敬奉的是火神、伏波元

有十来所祠堂，祠堂中照例金碧辉煌，挂了许多朱漆匾额，还迎面搭个戏台，可供春秋二季族中出份子唱戏。

帅以及骑虎的财神。外帮商人集会的天后宫，象征当地人民的希望和理想。有十来家小客栈，和上过捐的“戒烟所”，专为便利跑差赶路人和小商人而准备。地方既是个水码头，且照例有一群吃八方的寄食者，近于拿干薪的额外局员，靠放小借款为生的寡妇，本地出产的大奶子大臀窑姐儿，备有字牌和象棋的茶馆……由于一部分闲钱，一部分闲人，以及多数人用之不尽的空闲时间，交互活动，使这小码头也就多有了几分生气。地方既有财有货，间或就又驻扎有一百八十名杂牌队伍，或保安团队，名为保护治安，事实上却多近于在此寄食。三八逢场，附近三五十里乡下人，都趁期来交换有无，携带了猪羊牛狗和家禽野兽，石臼和木碓，到场上来寻找主顾。依赖

盐乡为生的江西、宝庆小商人，且带了冰糖、青盐、布匹、纸张、黄丝烟、爆竹以及其他百凡杂货，就地搭棚子做生意。到时候走路来的，驾小木船和大毛竹编就的筏子来的，无不集合在一处。布匹花纱因为是人所必需之物，交易照例特别大。耕牛和猪羊与农村经济不可分，因为本身是一生物，时常叫叫咬咬，做生意时又要嚷嚷骂骂，加上必盟神发誓，成交后还得在附近吃食棚子里去喝酒挂红，交易并且特别热闹。飘乡银匠和卖针线妇人，更忙乱得可观。银匠手艺高的，多当场表演镀金发蓝手艺，用个小管子吹火焰做镶嵌细工，摊子前必然围上百十好奇爱美乡下女人。此外用“赛诸葛”名称算命卖卜的，用“红十字”商标拔牙卖膏药符水的，无不各有主顾。若当春夏之交，还有开磨坊的人，牵了黑色大叫骡，开油坊的人，牵了火赤色的大黄牯牛，在场坪一角，搭个小小棚子，用布单围好，竭诚

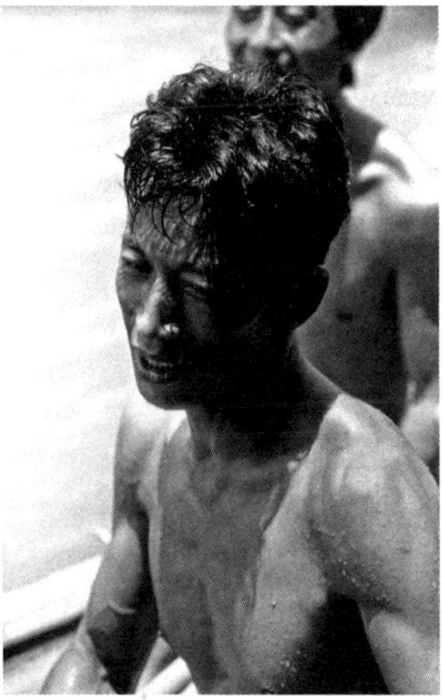

左图：

由于一部分闲钱，一部分闲人，以及多数人用之不尽的空闲时间，交互活动，使这小码头也就多有了几分生气。

右图：

因为说笑话，地名“吕家坪”，水手到了这里时，上岸去找个把妇人，口对口做点儿小小糊涂事，泄泄火气，照风俗不犯行船人忌讳。

恭候乡下人牵了家中草马母牛来交合接种。野孩子从布幕间偷瞧西洋景时，乡保甲多忽然从幕中钻出，大声吆喝加以驱逐。当事的主持此事时，竟似乎比大城市“文明接婚”的媒人牧师还谨慎庄严。至于辰河中的行船人，自然尤乐于停靠吕家坪。因为说笑话，地名“吕家坪”，水手到了这里时，上岸去找个把妇人，口对口做点儿小小糊涂事，泄泄火气，照风俗不犯行船人忌讳。

吕家坪虽俨然一个小商埠，凡事应有尽有，三炮台香烟和荔枝龙眼罐头，可以买来送礼。但隔河临近数里，几个小村落中情形，可就完全不同了。这些地方照例把一切乡村景象好好保留下来，吕家坪所有，竟仿佛对之毫无影响。人情风俗都简直不相同。即如橘园中摘橘子时，过路人口渴吃橘子，在村子里可不必花钱，一到吕家坪镇上，便是极酸的狗矢柑，虽并不值钱，也有老妇人守在渡口发卖了。

萝卜溪是吕家坪附近一个较富足的村子。村中有条小溪，背山十里远发源，水源在山洞中，由村东流入大河。水路虽不大，因为长年不断流，水清而急，乡下人就利用环境，筑成一重一重堰坝，将水逐段潴汇起来，利用水潭蓄鱼，利用水力灌田碾米。沿溪上溯有十七重堰坝、十二座碾坊，和当地经济不无关系。水底下有沙子外全是细碎金屑，所以又名“金沙溪”。三、四月间河中杨条鱼和鲫鱼上子时，半夜里多由大河逆流匍匐而上，因此溪上游各处堰坝水潭中，多鲫鱼和杨条鱼，味道异常鲜美。土地肥沃带沙，出产大萝卜，因此地名萝卜溪，十分本色。

萝卜溪人以种瓜种菜种橘子为业，尤其是橘子出名。村中几乎每户人家都有一片不大不小的橘园，无地可种的人家，墙边茅坑旁边总有几树橘柚。就中橘园既广大，家道又殷实，在当地堪称首屈一指的，应分得数滕长顺。在过渡处被人谈论的两姊妹，就是这人家两个女儿。

滕长顺原来同本地许多人一样，年青时两手空空的，在人家船上做短程水手，吃水上饭。到后又自己划小小单桅船，放船来往沅水流域各码头，兜揽商货生意，船下行必装载一点蔬菜，上行就运零碎杂货。因为年纪青，手脚灵便，一双手肯巴，对待主顾又诚实可靠，所以三五年后就发了旺，增大了船只，扩张了事业。先是做水手，后来掌舵把子，再后来且做了大船主。成家讨媳妇时，选中高村一个开糖坊的女儿，带了一份家当来，人又非常能干，两夫妇强健麻利的四只手不断地做，积下的钱便越来越多。这个人于是记起两句老话：“人要落脚，树要生根。”心想，像一把杓老在水面上漂，终不是个长久之计。两夫妇商量了一阵，又问卜打卦了几回，结果才决心在萝卜溪落脚，买了一块菜园、一栋房子。当家的依然还在沅水流域弄船，妇人就带孩子留家里管理田园、养猪养鸡。船向上行，装货到洪江时，当家的把船停到辰溪县，带个水手赶夜路回家来看看妇人

当家的依然还在沅水流域弄船，妇人就带孩子留家里管理田园、养猪养鸡。

和孩子。到橘园中摘橘子时，就辞去了别的主顾，用自己船只装橘子到常德府做买卖，同时且带家眷下行，看看下面世界。因为橘子庄口整齐，味道甜，熟人又多，所以特别容易出脱，并且得到很好的价钱。一个月回头时，就装一船辰河庄号上货物，把自己一点钱也办些本地可发落的杂货，回吕家坪过年。

自从民国以来，二十年中沅水流域不知经过几十次大小内战，许多人的水上事业，在内战时被拉船、封船、派捐、捉伕的结果，事业全毁了。许多油坊字号，也在兵匪派捐勒赎各种不幸中，完全

一条沅水长河中什么地方有多少滩险、多少石头，什么时候什么石头行船顶危险麻烦，都记得清清楚楚。

破了产。世界既然老在变，这地方自然也不免大有今昔，应了俗话说的，“十年兴败许多人”。从这个潮流中淘洗，这个人却一面由于气运，一面由于才能，在种种变故里，把家业维持下来，不特发了家，而且发了人。妇人为他一共养了两个男孩、三个女孩，到现在，孩子已长大成人，讨了媳妇，做了帮手。因此要两个孩子各驾一条三舱四橹小鳅鱼头船，在沅水流域继续他的水上事业，自己便在家中看管田庄。女儿都许了人家，大的已过门，第二第三还留在家中。共有三个孙子，大的已满六岁，能拿了竹响篙看晒谷簟，赶鸭下河。当家的年纪已五十六岁，一双手巴了三四十年，常说人老了，骨头已松不济事了，要休息休息。可是遇家中碾谷米时，长工和家中人两手不空闲，一时顾不来，却必然挑起两大箩谷子向溪口碾坊跑，走路时行步如飞，不让年青小伙子占先。

这个人既于萝卜溪安家落业，在村子里做员外，且因家业、年龄和为人义道公正处，足称模范，得人信服，因此本村中有公共事业，常常做个头行人，居领袖地位。遇有什么官家事情，如军队过路派差办招待，到吕家坪乡公所去开会时，且常被推举做萝卜溪代表。又因为认识几个字，所以懂得一点风水，略明《麻衣相法》，会几个草头药方，能知道一点时事……凡此种种，更增加了这个人在当地的重要性。

两个小伙子，小小的年龄时就跟随父亲在水上漂，一条沅水长河中什么地方有多少滩险、多少石头，什么时候什么石头行船顶危险麻烦，都记得清清楚楚。（至于船入辰河后，情形自然更熟习了。）加之父子人缘好，在各商号很得人信用，所以到他们能够驾船时，“小滕老板”的船只，正和老当家的情形一样，还是顶得称赞的船只。

至于几个女孩子，因为做母亲有管教，都健康能勤，做事时手脚十分麻利。终日在田地里太阳下劳作，皮肤都晒成棕红色。家庭中有大有小，父母弟兄姊妹齐全，因此性格明朗畅旺，为人和善而真诚，欢喜高声笑乐，不管什么工作都像是在游戏，各在一种愉快竞争情形中完成。三个女儿就同三朵花一样，在阳光雨露中发育开放。较大的一个，十七岁时就嫁给了桐木坪贩朱砂的田家做媳妇去了，如今已嫁了四年。第二的现在还只十六岁，许给高村地方一个开油坊的儿子，定下的小伙子出了远门，尢从完婚。第三的只十五岁，上年十月里才许人，小伙子从县立小学毕业后，转到省里师范学校去，还要三年方能毕业，结婚纵早也一定要在三年后了。三个女儿中

左图：
眉眼秀拔而略带野性，一个人脸庞手脚特别黑，神气风度却是个“黑中俏”。

右图：
大家兴致很好地封包，用锡箔折金银锞子，俟黄昏时方抬到河岸边去焚化。且做荷花灯放到河中漂去，照亡魂升西天。

最大的一个会理家，第二个为人忠厚老实，第三个长得最美最娇。三女儿身个子小小的，腿子长长的，嘴小牙齿白，鼻梁完整匀称，眉眼秀拔而略带野性，一个人脸庞手脚特别黑，神气风度却是个“黑中俏”。在一家兄弟姊妹中年龄最小，所以名叫夭夭。一家人凡事都对她让步，但她却乖巧而谦虚，不占先称强。因为心性天真而柔和，所以显得更动人怜爱，更得人赞美。

这一家人都俨然无宗教信仰，但观音生日、财神生日、药王生日，以及一切传说中的神佛生日，却从俗敬香或吃斋，出份子给当地办会首事人。一切附于农村社会的节会与禁忌，都遵守奉行，十分虔敬。正月里出行，必翻阅通书，选个良辰吉日。惊蛰节，必从俗做

荞粑吃。寒食清明必上坟，煮腊肉社饭到野外去聚餐。端午必包裹粽子，门户上悬一束蒲艾，于五月五日午时造五毒八宝膏药，配六一散痧药，预备大六月天送人。全家喝过雄黄酒后，便换好了新衣服，上吕家坪去看赛船，为村中那条船呐喊助威。六月尝新，必吃鲤鱼、茄子和田地里新得包谷新米。收获期必为长年帮工酿一大缸江米酒，好在工作之余，淘凉水解渴。七月中元节，做佛事有盂兰盆会，必为亡人祖宗远亲近戚焚烧纸钱，女孩儿家为此事将有好一阵忙，大家兴致很好地封包，用锡箔折金银锞子，俟黄昏时方抬到河岸边去焚化。且做荷花灯放到河中漂去，照亡魂升西天。八月敬月亮，必派人到镇上去买月饼，办节货，一家人团聚赏月。九月重阳登高，必用紫芽姜焖鸭子野餐，秋高气爽，又是一番风味。冬天冬蛰，在门限边用石灰撒成弓形，射杀百虫。腊八日煮腊八粥，做腊八豆……总之，凡事从俗，并遵照书上所有办理，毫不苟且，从应有情景中，一家人得到节日的解放欢乐和忌日的严肃心境。

这样一个家庭，不愁吃，不愁穿，照普通情形说来，应当是很幸福的了。然而不然。这小地方正如别的世界一样，有些事不大合道理的。地面上确有些人成天或用手，或用脑，各在职分上劳累，与自然协力同功，增加地面粮食的生产，财富的储蓄；可是同时就还有另外一批人，为了历史习惯的特权，在生活上毫不费力，在名分上却极重要，来用种种方法、种种理由，将那些手足贴地的人一点收入挤去。正常的如粮赋、粮赋附加捐、保安附加捐……常有的如公债，不定期而照例无可避免的如驻防军借款、派粮、派捐、派夫役，以及摊派剿匪清乡子弹费，特殊的有钱人容易被照顾的如绑票勒赎、明火抢掠，总而言之，一年收入用之于“神”的若需一元，用之于“人”的至少得有二十元。家中收入多，特有的出项也特别多。

世界既然老在变，变来变去如像十八年的革命，轮到乡下人还只是出钱。这一家之长的滕长顺，就明白这个道理。钱出来出去，世界似乎还并未变好，所以就推为“气运”。乡下人照例凡是到不能解决无可奈何时，差不多都那么用“气运”来抵抗它，增加一点忍耐，一点对不公平待遇和不幸来临的适应性，并在万一中留下点希望。天下不太平既是“气运”，这道理滕长顺已看得明白，因此父子母女一家人，还是好好地把日子过下去。亏得是人多手多，地面出产多，几只“水上漂”又从不失事，所以在一乡还依然称“财主”。世界虽在变，这一家应当进行的种种事情，无不照常举办，婚丧庆吊，年终对神的还愿，以及儿婚女嫁的应用东东西西，都准备得齐齐全全。

明白世界在变，且用气运来解释这在变动中临到木人必然的忧患，勉强活下去的，另外还有一个人。这个人就是在枫木坳上坐坳守

这个人的身世如一个故事，简单而不平凡，命运恰与陆地生根的滕长顺两相对照。

祠堂，关心“新生活”快要来到本地，想去报告滕长顺一声的老水手。这个人的身世如一个故事，简单而不平凡，命运恰与陆地生根的滕长顺两相对照。年青时也吃水上饭，娶妻生子后，有两只船作家当，因此自己弄一条，雇请他人代弄一条，在沅水流域装载货物，上下往来。看看事业刚顺手，大儿子到了十二岁，快可以成为一个帮手，前途大有发展时，灾星忽然临门，用一只看不见的大手，不拘老少，却一把捞住了。为了一个西瓜，母子三人在两天内全害霍乱病死掉了，正如同此后还有“故事”，却特意把个老当家的单独留下。这个人看看灾星落到头上来了，无可奈何，于是卖了一只船，调换三副大小棺木，把母子三人打发落了土。自己依然勉强支撑，用“气运”排遣，划那条船在沅水中行驶。当初尚以为自己年纪只四十多一点，命运若转好，还很可以凭精力重新干出一份家业来。但祸不单行，妇人儿子死后不到三个月，剩下那只船满载桐油烟草驶下常德府，船到沅水中部青浪滩，出了事，在大石上一磕成两段，眼睛睁睁地看到所有货物全落了水，被急浪打散了。这个人空捞着一匹桨，又急又气，浮沉了十余里方拢岸。到得岸上后，才知道，不仅船货两失，押货的商人也被水淹死了，八个水手还有两个失了踪。这一来，真正是一点老根子都完了。装货油号上的大老板，虽认为行船走马三分险，事不在人在乎天，船只失事实只是气运不好，对于一切损失并不在意。还答应另外借给他三百吊钱，买一只小点的旧船，做水上人，找水上饭吃，慢慢地再图扳本。可是一连经过这两次打击，这个人自己倒信任不过自己，觉得一切都完了，再干也不会有什么好处了。因此同别的失意人一样，只打量向远方跑。过不多久，沅水流域就再也见不着这个水手，谁也不知道他的去处。渐渐的冬去春来，四时交替，吕家坪的人自然都忘记这么一个人了。

大约经过了十五年光景，这个人才又忽然出现于吕家坪。初回来时，年纪较青的本地人全不认识，只四十岁以上的人提起时才记得起。对于这个人，老同乡一望而知这十余年来在外面生活是不甚得意的。头发业已花白，一只手似乎扭坏了，转动不怎么灵便，面貌萎悴，衣服有点拖拖沓沓，背上的包袱小小的，分量也轻轻的。回到乡下来的意思，原来是想向同乡告个帮，做一个会，集五百吊钱，再打一只船，来水上和二三十岁小伙子挣饭吃。照当地习惯，大家对于这个会都乐意帮忙，正在河街上一个船总家集款时，事情被滕长顺知道了。滕长顺原来与之同样驾船吃水上饭，现在看看这个远房老宗兄铩羽回来，像是已经倦于风浪，想要歇歇的样子。人既无儿无女，无可依靠，年纪又将近六十，因此向他提议：

“老大爷，我看你做水鸭子也实在够累了，年纪不少了，一把

“……我们乐得轻轻松松吃一口酸菜汤泡饭。你只管到我那里去住，我要你去住，同自己家里一样，不会多你的。”

骨头不管放到哪里去，都不大好。倒不如歇下来，爽性到我家里去住，粗茶淡饭总有一口。世界成天还在变，我们都不中用了，水面上那些事让你侄儿他们去干好。既有了他们，我们乐得轻轻松松吃一口酸菜汤泡饭。你只管到我那里去住，我要你去住，同自己家里一样，不会多你的。”

老水手眯着小眼睛看定了长顺，摇摇那只扭坏了的臂膊，叹一口气，笑将起来。又点点头，心想“你说一样就一样”，因此承认长顺的善意提议，当天就背了那个小小包袱，和长顺回到萝卜溪的橘子园。

住下来虽说作客，乡下人照例闲不得手，遇事总帮忙。而且为人见事多，经验足，会喝杯烧酒，性情极随和，一家大小都对这个人很好，把他当亲叔叔一般看待，说来尚称相安。

过了两年，一家人已成习惯后，这个老水手却总像是不能习惯。这样寄居下去可不成，人老心不老，终得要想个办法脱身。但对于驾船事情，真如长顺所说，是年纪青气力壮的小伙子的事情，快到六十岁的人已无分了。当地姓滕宗族多，弄船的、开油坊油号的、种橘子树的，一起了家，钱无使用处时，总得把一部分花在祠堂庙宇方面去，为祖宗增光，儿孙积福，并表扬个人手足勤俭的榜样。公祠以外还有私祠。公祠照例是分支派出钱作成，规范相当宏大，还有些祠田公地，可作祭祀以外兴办义学用。私家祠堂多由个人花钱建造，作为家庙。其时恰恰有个开洪发号油坊起家的滕姓寡妇，出了一笔钱，把整个枫树坳山头空地买来，在坳上造了座祠堂。祠堂造好后要个年纪大的看守，还无相当人选。长顺为老水手说了句好话，因此这老水手就成了枫树坳上坐坳守祠堂人。

祠堂既临官道，并且濒河，来往人多，过路人和弄船人经过坳上时，必坐下来歇歇脚，吸一口烟，松松肩上负担。祠堂前本有几十株大枫木树，树下有几列青石凳子，老水手因此在树下摆个小摊子，卖点零吃东西。对于过路人，自己也就俨然是这坳上的主人，生活下来比在人家作客舒适得多。间或过河到长顺家去看看，到了那里，坐一坐，谈谈本乡闲事，或往牛栏边去看看初生小牛犊，或下厨房到灶边去烧个红薯，烧个包谷棒，喝一碗糊米茶，就又走了。也间或带个小竹箩赶赶场，在场上各处走去，牛场、米场、农具杂货场，都随便走去看看，回头再到场上卖狗肉牛杂碎摊棚边矮板凳上坐坐，听生意人谈谈各样行市，听弄船人谈谈下河新闻，以及农产

天气晚了，想起“家”了，转住处时就捎点应用东西——一块巴盐、一束烟草，或半葫芦烧酒……

物下运水脚行情，一条辰河水面上船家得失气运。遇到县里跑公事人，还可知道最近城里衙门的功令，及保安队调动消息。天气晚了，想起“家”了，转住处时就捎点应用东西——一块巴盐、一束烟草，或半葫芦烧酒，这个烧酒有时是沿路要尝尝看，尝到家照例只剩下一半的。由于生活不幸，正当生发时被恶运绊倒了脚，就爬不起来了。老年孤独，性情与一般吕家坪人比较起来，就好像稍微有点儿古怪。由于生活经验多，一部分生命力无由发泄，因此人虽衰老了，对于许多事情，好探索猜想，且居然还有点童心。混合了这古怪和好事性情，在本地人说来，竟成为一个特别人物。先前一时且有人以为他十多年来出远门在外边，若不是积了许多财富，就一定积了许多道理，因此初回来时，大家对他还抱了一些好奇心。但乡下人究竟是现实主义者，回来两年后，既不见财富，又听不出什么道理，对于这个老水手，就俨然不足为奇，把注意力转到别一方面去了。把老水手认识得清楚，且充满了亲爱感情，似乎只长顺一家人。

老水手人老心不老，自己想变变不来了，却相信《烧饼歌》上几句话，以为世界还要大变。不管是好是坏，总之不能永远“照常”。这点预期四年前被川军和中央军陆续过境，证实了一部分，因此他相信，还有许多事要陆续发生，那个“明天”必不会和“今天”相同。如今听说“新生活”要来了，实在相当兴奋，在本地真算是对新生活第一个抱有幻想的人物。事实呢，世界纵然一切不同，这个老水手的生命却早已经凝固了。这小地方本来呢，却又比老水手所梦想到的，变化得还要多。

老水手和长顺家两个姑娘过了渡，沿河坎小路向萝卜溪走去时，老水手还是对原来那件事不大放心，询问夭夭：

“夭夭，你今天和你二姊到场上去，场上人多不多？”

夭夭觉得这询问好笑，因此反问老水手：“场上人怎么不多，满满？”

“我问你，保安团多不多？”

二姑娘说：“我听镇上人说，场头上还有人在摆赌，一张桌子抽两块钱，一共摆了二十张桌子。他们还说队长佩了个盒子炮，在场上面馆里和团总喝酒。团总脸红红的，叫队长亲家长亲家短，不知说什么酒话。”

老水手像是自言自语：“还摆赌？这是什么年头，要钱不要命！”

夭夭觉得稀奇，问老水手：

“怎么不要命？又不是土匪……”

老水手皱起眉毛，去估量场上队长和团总对杯划拳情形时，夭夭就从那个神情中，记起过去一时镇上人和三黑子对水上警察印象的褒贬。因为事情不大近人情，话有点野，说不出口，说来恐犯忌讳，所以只是笑笑。

老水手说：“夭夭，你笑什么？你笑我老昏了头是不是？”

夭夭说：“我笑三黑了，不懂事，差点惹下一场大祸。”

“什么事情？”

“是个老故事，去年的事情，满满你听人说过的。”

可是水上警察却有时因为派来剿匪，或护送船帮，有些玩意儿把划船的弄得糊糊涂涂，不出钱不成，出了钱还是有问题。

老水手明白了那个事情时，也不由得笑了起来。可是笑过后却沉默了。

原来保安团防驻扎在镇上，一切开销都是照例，好在人数并不多，且有个水码头，号口生意相当大，可以从中调排，挹彼注此，摊派到村子里和船上人，所以数目都不十分大。可是水上警察却有时因为派来剿匪，或护送船帮，有些玩意儿把划船的弄得糊糊涂涂，不出钱不成，出了钱还是有问题。三黑子为人心直，有一次驾船随大帮船靠辰河一个码头，护船的队伍听说翁子洞有点不安静，就表示这大帮船上行责任太大，不好办。可是护送费业已缴齐，船上人要三黑子去办交涉，说是不能负责任，就退还这个钱，大家另想办法。交涉不得结果，三黑子就主张不用保护，把船冒险上行，到出麻烦时再商量。一帮船待要准备开头时，三黑子却被扣了下来。他们意思是要船帮另外摊点钱，作为额外，故意说河道不安静，难负责任。明知大帮船决不能久停在半路上，只要有人一转圜，再出笔钱，自然就可以上路了。如今经三黑子一说，那么一来，等于破了他们的计策。所以把他扣下来，追问他有什么理由敢冒险。且恐吓说，事情不分明，还得送到省里去，要有个水落石出，这帮船方能开行。末了还是年老的见事多，知道了这只是点破了题，使得问题成个僵局，僵下去只是船上人吃亏，才作好作歹进行另外一种交涉，方能和平了事。

想起这些事，自然使乡下人不快乐，所以老水手说："快了，快了，这些不要脸家伙到我们这里洋财也发够了，不久就会要走路的。有别的人要来了！"

夭夭依然不明白是什么意思，停在路旁，问老水手："满满，谁快要到我们这里来？你说个明白，把人闷到葫芦里不好受！"

老水手装作看待小孩子神气："说来你也不会明白，我是王半仙，捏手指算得准，说要来就要来的。前年川军来了，中央军又来了，你们逃到山里去两个月才回家。不久又要走路。不走开，人家会把你爹当王四癞子办，吊起骡子讲价钱，不管你三七二十一，伸出手来，'大爷要钱！'不把不成。一千两千不够，说不得还会把你们陪嫁的金戒子银项圈也拿去抵账！夭夭，你舍得舍不得？……该死的，发瘟的，就好了他们！"

二姑娘年纪大些，看事比较认真，见老水手说得十分俨然，就低声问他："满满，不是下头南军和北军又开了火，兵队要退上来？"

二姑娘年纪大些，看事比较认真，见老水手说得十分俨然，就低声问他：“满满，不是下头南军和北军又开了火，兵队要退上来？”

老水手说：“不打仗。不是军队。来的那个比军队还要厉害！”

“什么事情？他们上来做什么？地方保安团有枪，他们不冲突吗？”

“嗨，保安团！保安团算什么？连他们都要跑路，不赶快跑就活捉张三，把他们一个一个捉起来，结算二十年老账。”

夭夭说：“满满，你说的当真是什么？闭着个口嚼蛤蟆，弄得个人糊糊涂涂，好像闷在鼓里，耳朵又老是嗡嗡地响，响了半天，可还是咚咚咚。”

几个快要走到萝卜溪石桥边时，夭夭见父亲正在园坎边和一个税局中人谈话，手攀定一枝竹子，那么摇来晃去，神气怪自在从容。税局中人是来买橘子，预备托人带下桃源县送人的。有两个长工正拿竹箩上树摘橘子。夭夭赶忙走到父亲身边去：“爹爹，守祠堂的满满，有要紧话同你说。”

长顺已将近有半个月未见到老水手，就问他为什么多久不过河，是不是到别处去，且问他有什么事情。老水手因税局中人在身旁，想起先前一时在镇上另外那个写信师爷大模大样的神气，以为

长顺当客人面责骂女儿，语气中却充满温爱，仿佛像一个人用手拍小孩子头时一样，用责罚当作爱抚

这件事不让他们知道，率性尽他们措手不及吃点亏，也是应该有的报应。便不肯当面即说。只支支吾吾向一株大橘子树下走去。长顺明白老水手性情，所谓要紧话，终不外乎县里的新闻、沿河的保安队故事，不会什么真正要紧，就说：

“大爷，等一会儿吧。夭夭你带满满到竹园后面去，看看我们今年挖的那个大窖。”长顺回头瞬眼看到二姑娘背笼中东东西西，于是又笑着说：“二妹，你怎么又办了多少货！你真是要开杂货铺！我托你带的那个大钓钩，一定又忘记了，是不是？你这个人，要的你总不买，买的都不必要，将来不是个好媳妇。”

长顺当客人面责骂女儿，语气中却充满温爱，仿佛像一个人用手拍小孩子头时一样，用责罚当作爱抚。所以二姑娘听长顺说下去，还只是微笑。

提起钓钩时，二姑娘当真把这件事又忘了，回答他父亲：“这事我早说好，要夭夭办。夭夭今天可忘了。”

夭夭也笑着，不承认罪过。“爹，你亲自派我的事，我不会忘记，二姐告我的事，杂七杂八，说了许多，一面说，一面又拉我到场上去看卖牛，我就只记得小牛，记不得鱼了。太平溪田家人把两条小花牛牵到场上去出卖，有人出二十六块钱，还不肯放手！他要三十。我有钱，我就花三十买它来。好一对牛，长得真好看！”

长顺说：“夭夭，你就会说空话。你把牛买来有什么用。”

夭夭：“牛怎么没用？小时好看，长大了好耕田！”

“人长大了呢，夭夭？”爹爹意思在逗夭夭，因为人长大了应合老话说的“男大当婚，女大当嫁”，夭夭就得嫁出去。

夭夭领悟得这句笑话意思，有点不利于己，所以不再分辩，拾起地下一线狗尾草，衔在口中，直向竹林一方跑去。二姑娘口中叫着“夭夭，夭夭”，也笑笑地走了。老水手却留在那里看他们下橘子，不即去看那个新窑。

税局中人望定长顺两个女儿后身说：

“滕老板，你好福气，家发人兴。今年橘子结得真好，会有两千块钱进项吧，发一笔大财，真是有土斯有财！”

税局中人望定长顺两个女儿后身说：“滕老板，你好福气，家发人兴。今年橘子结得真好，会有两千块钱进项吧……”

长顺说："师爷，你哪知道我们过日子艰难！这水泡泡东西，值什么钱，有什么财发？天下不太平，清闲饭不容易吃，师爷你哪知我们乡下人的苦处。稍有几个活用钱，上头会让你埋窖？"

那税局中人笑将起来，并说笑话："滕老板，你好像是怕我开借，先说苦、苦、苦，用鸡脚黄连封住我的口，免得我开口。谁不知道你是萝卜溪的'员外'？要银子，窖里怕不埋得有上千上万大元宝！"

"我的老先生，窖里是银子，那可好了。窖里全是红薯！师爷，说好倒真是你们好，什么都不愁，不怕，天塌了有高长子顶，地陷了有大胖子填。吃喝自在，日子过得好不自在！要发财，积少成多，才真容易！"

"常言道：这山望见那山高。你哪知道我们的苦处。我们跟局长这里那里走，还不是一个'混'字，随处混！月前局长不来，坐在铜湾溪王寡妇家里养病，谁知道他是什么病？下面有人来说，总局又要换人了，一换人，还不是上下一齐换，大家卷起行李铺盖滚蛋。"

老水手听说要换人，以为这事也许和"新生活"有点关系，探询似的插嘴问道："师爷，县里这些日子怕很忙吧？"

"我说他们是无事忙。"

"师爷，我猜想一定有件大事情……我想是真的……我听人说那个，一定是……"老水手趑趑趄趄，不知究竟怎么说下去。他本不想说，可又不能长久憋在心上。

长顺以为新闻不外乎保安团调防撤人。"保安团变卦了吗？"

"不是的。我听人说，'新生活'快要来了！"

他本想把"新生活"三字分量说得重重的，引起长顺注意，可是不知为什么到出口时反而说得轻了些。税局中人和橘子园主人同声惊讶地问："什么，你说……'新生活'要来了吗？"事实上惊讶的原因，只是"新生活"这名词怎么会使老水手如此紧张，两人都不免觉

“师爷，我猜想一定有件大事情……我想是真的……我听人说那个，一定是……”老水手趑趑趄趄，不知究竟怎么说下去。

得奇怪。两人的神气，已满足了老水手的本意，因此他故意作成千真万确当神发誓的样子说：“是的，是的，那个要来了。他们都那么说！我在坳上还亲眼看见一个侦探，扮作玩猴子戏的，问我到县里还有多远路，问明白后就忙匆匆走了。那样子是个侦探，天生贼眉贼眼，好像正人君子委员的架势，我赌咒说他是假装的。”

两个人听得这话不由不笑将起来，“新生活”又不是人，来就来，派什么侦探？怕什么？值得大惊小怪！两人显然耳朵都长一点，明白下边事情多一点，知道“新生活”是什么东西的，因此并不觉得怎么吓怕的。听老水手如此说来，不免为老水手的慌张好笑。

税局中人是看老《申报》的，因此把所知道的新事情说给他听。但就所知说来说去，到后自己也不免有点“茅包”了，并不十分了解新闻的意思，就不再说了。长顺十天前从弄船人口中早听来些城里实行“新生活”运动的情形，譬如走路要向左，衣扣得扣好，不许赤脚赤背膊，凡事要快，要清洁……如此或如彼，这些事由水手说来，不觉得危险可怕，倒是麻烦可笑。请想想，这些事情若移到乡下来，将成个什么。走路必向左，乡下人怎么混在一处赶场？不许脱光一身，怎么下水拉船？凡事要争快，过渡船大家抢先，不把船踏翻吗？船上滩下滩，不碰撞打架吗？事事物物要清洁，那人家怎么做霉豆腐和豆瓣酱？浇菜用不用大粪？过日子要卫生，乡下人从哪里来卫生丸子？纽扣要扣好，天热时不闷人发痧？总而言之，就条例言来都想不通，做不到。乡下人因此转一念头：这一定是城里的事情，城外人即不在内。因为弄船人到了常德府，进城去看看，一到衙门边，的的确确有兵士和学生站在街中干涉走路、扣衣扣，不听吩咐，就要挨一两下，表示不守王法得受点处分。一出城到河边，傍吊脚楼撒尿，也就管不着了。因此一来，受处分后还是莫名其妙，只以为早上起来说了梦，气运不好罢了。如今听老水手说这事就要来乡下，先还怕是另外得到什么消息，长顺就问他跟谁听来的。老水手自然说不具体，只说“一定是千真万真”。说到末了，三个人不由得都笑了。因为常德府西门城外办不通的事，吕家坪乡下哪会办得通。真的来，会长走错了路，就得打手心了。一个村子里要预备多少板子！

其时两个上树摘橘子的已满了筐，带下树来。税局中人掏出两块钱递给长顺，请他笑纳，表个意思。长顺一定不肯接钱，手只是摇。

“师爷，你我自己人，这把钱？你要它，就挑一担去也不用把钱。橘子结在树梢上，正是要人吃的！你我不是外人，还见外！”

长顺十天前从弄船人口中早听来些城里实行“新生活”运动的情形，譬如走路要向左，衣扣得扣好，不许赤脚赤背膊，凡事要快，要清洁……

“滕老板，你不明白我。我同你们上河人一样脾气，肠子直，不会客气。这次你收了，下一次我再来好不好？”

税局中人说：“这不成，我自己要吃，拿三十五十不算什么。我这是送人的！借花献佛，不好意思。”

“送礼也是一样的。不嫌弃，你下头有什么人要送，尽管来挑几担去。这东西越吃越发。”

税局中人执意要把钱，橘园主人不肯收。“师爷，你真是见外我姓滕的不够做朋友！”

“滕老板，你不明白我。我同你们上河人一样脾气，肠子直，不会客气。这次你收了，下一次我再来好不好？”

老水手见两人都直性，转不过弯来，推来让去终不得个了结，所以从旁打圆成说：“大爷，你看师爷那么心直，就收了吧。”

长顺过意不去，因此又要长工到另外一株老树上去，再摘五十个顶大的添给师爷。这人急于回镇上，说了几句应酬话，长工便跟在他身后，为把一大箩橘子扛走了。

老水手说：“这师爷人顶好，不吃烟，不吃酒，听说他祖宗在贵州省做过督抚。”

长顺说：“人一好就不走运。”

夭夭换了毛蓝布衣服，拉了只大白狗，从家里跑来，见她父亲还在和老水手说话，就告她父亲说：“爹，满满说什么‘新生活’要来了，我们是不是又躲到齐梁桥洞里去？”

长顺神气竟像毫不在意：“来就让它来好了，夭夭，我们不躲它！”

“不怕闹吗？”

长顺忍不住笑了：“夭夭，你怕你就躲，和满满一块儿去。我不躲，一家人都不躲。我们不怕闹，它也不会闹！”

夭夭眼睛中现出一点迷惑：“怎么回事？”要老水手为答解。

老水手似乎有点害羞，小眼睛眨巴眨巴的，急嚷着说：

“我敢打赌，赌个小手指，它会要来的！夭夭，你爹懂阴阳，今年六月里涨水，坝上金鲤鱼不是跑出大河到洞庭湖去了吗？这地方今年不会太平，打十回清醮，烧二十四斤檀香，干果五供把做法事的道士胀得昏头昏脑，也不会过太平年。”

长顺笑着说：“那且不管它，得过且过。我们还是家里吃酒去吧。有麂子肉和菌子，炒辣子吃。”

老水手输心不输口，还是很固执地说：“长顺大爷，我敢同你赌四个手指，一定有事情，要变卦。算不准，我一口咬下它。”

夭夭平时很信仰她爹爹，见父亲神气泰然，不以为意，因此向

老水手似乎有点害羞，小眼睛眨巴眨巴的，急嚷着说：“我敢打赌，赌个小手指，它会要来的！……”

老水手打趣说：“满满，你好像昨天夜里挖了一缸金元宝，只怕人家拦路抢劫，心里总虚虚的。被机关打过的黄鼠狼，见了碓关也害怕！‘新生活’不会抢你金元宝的！”

老水手举起那只偏枯不灵活手臂，向对河坳上那一簇红艳艳老枫木树，用笑话回答夭夭说的笑话：“夭夭，你看，那是我的家当！人说枫香树下面有何首乌，一千年后手脚生长齐全，还留个小辫子，完全和人一样。这东西大月亮天还会到处跑，走路飞快！挖得了它煮白毛乌骨鸡吃，就可以长生不老。我哪天当真挖得了它，一定炖了鸡单单请你吃，好两人上天做神仙，仙宫里住多有个熟人，不会孤单！今天可饿了，且先到你家吃麂子肉去吧。”

另外一个长工相信传说，这时却很认真地说：“老舵把子怎不请我呢？做神仙住大花园里，种蟠桃也要人！”

“那当然。我一定请你，你等着！”

“我吃个脚拇指就得了。”

话说得憨而趣，逗引得大家都发了笑。

几个人于是一齐向家中走去。

因为老水手前一刻曾提起过当地“风水”，长顺是的确懂那个的，并不关心金鲤鱼下洞庭湖，总觉得地方不平凡，来龙去脉都有气势，树木又配置得恰到好处，真会有人材出来。只是时候还不到。可是将来应在谁身上？不免令人纳闷。

吕家坪的人事

吕家坪正街上，同和祥花纱号的后屋，商会会长住宅偏院里，小四方天井中，有个酱紫色金鱼缸，贮了满缸的清水，缸中水面上搁着个玲珑苍翠的小石山。石出上阴面长有几簇虎耳草，叶片圆圆的，毛茸茸的。会长是个五十岁左右的二号胖子，在辰溪县花纱字号做学徒出身，精于商业经营，却不甚会应酬交际。在小码头做大老板太久，因之有一点隐逸味，有点泥土气息。其时手里正捧着一只白铜镂花十样锦水烟袋，与铺中一个管事在鱼缸边玩赏金鱼，喂金鱼食料谈闲天。两人说起近两月来上下码头油盐价值的起跌以及花纱价入秋看涨，桐油价入冬新货上市看跌情形。前院来了一个伙计，肩上挂着个官青布扣花褡裢，背把雨伞，是上月由常德押货船上行，船刚泊辰溪县，还未入麻阳河，赶先走旱路来报信的。会长见了这个伙计，知道自己号上的船已快到地，异常高兴。

“周二先生，辛苦辛苦。怎么今天你才来！刚到吗？船到了吗？不坏事吗？”

且接二连三问了一大串沅水下游事情。

到把各事明白后，却笑了。因为这伙计报告下面事情时，就说到“新生活”实施情形。常德府近来大街上走路，已经一点不儿戏，

左图：

会长是个五十岁左右的二号胖子，在辰溪县花纱字号做学徒出身，精于商业经营，却不甚会应酬交际。

右图：

常德既是个水码头，整千整万的水手来来去去，照例必入城观观光，办点零用货物，到得城中后，忙得这些乡下人真不知如何是好。

每逢一定日子，街上各段都有荷枪的兵士，枪口上插一面小小红绿旗帜，写明“行人向左”，要大家向左走。一走错了就要受干涉。礼拜天各学校中的童子军也一齐出发，手持齐眉棍拦路，教育上街市民，取缔衣装不整齐的行路人。衙门机关学堂里的人要守规矩，划船的一上岸进城也要守规矩。常德既是个水码头，整千整万的水手来来去去，照例必入城观观光，办点零用货物，到得城中后，忙得这些乡下人真不知如何是好。出城后来到码头边，许多人仿佛才算得救，恢复了自由。会长原是个老《申报》读者，二十年来天下大事，都是从老《申报》上知道的。“新生活”运动的演说，早从报纸看到了，如今笑的却是想起常德地方那么一个大码头，船夫之杂而野性，已不可想象，这些弄船人一上岸，在崭新规矩中受军警宪和小学生的指挥调排，手忙脚乱会到何等程度，说不定还以为这是“革命”！

管事的又问那伙计：“二先生，你上来时，桃源县周溪木排多不多？洪江刘家的货到了不到？汉口庄油号上办货的看涨看跌？”

伙计一一报告后，又向会长轻轻地、很正经地说：

“会长，我到辰州听人说省里正要调兵，不知是什么事情。兵队都陆续向上面调，人马真不少！你们不知道吗？我们上面恐怕又要打仗了，不知打什么仗！”

会长说：“是中央军队？省中保安队？……怕是他们换防吧。”

“我弄不清楚。沿河一带可看不出什么。只辰州美孚洋行来了许多油，行里仓库放不下，借人家祠堂庙宇放，好几个祠堂全堆满了。有人说不是油，是安全炸药，同肥皂一样，放火里烧也不危险。有人说，明年五月里老蒋要带兵和日本打一仗，好好地打一仗，见个胜败。日本鬼子逼政府投降，老蒋不肯降。不降就要打起来。各省带兵的主席都赞成打！我们被日本人欺侮够了，不打一仗事情不了结。”

会长相信不过。“哪有这种事？我们要派兵打仗，怎么把兵向上调？我看报，《申报》上就不说起这件事情。影子也没有！”《申报》到地照例要十一二天，会长还是相信国家重要事总会从报上看得出。报上有的才是真事情，报上不说多半不可靠。

管事的插嘴说：“唉，会长，老《申报》好些事都不曾说！芷江县南门外平飞机场，三万人在动手挖坟刨墓，报上就不说！报上不说是有意包瞒，不让日本鬼子知道。知道了事情不好办。”

“若说飞机场，鬼子哪有不知道？报上不说，是报馆访事的不知道，衙门不让人泄露军机。鬼子鬼伶精，到处都派得有奸细！”

管事说：“那打仗调兵事情，自然更不会登报了。”

“唉，会长，老《申报》好些事都不曾说！芷江县南门外平飞机场，三万人在动手挖坟刨墓，报上就不说！……”

会长有点不服，拿出大东家神气：“我告你，你们不知道的事情可不要乱说。打什么仗？调什么兵？……君子报仇三年，小人报仇眼前。中国和日本的账目，委员长心中有数，慢慢地来，时间早咧。我想还早得很。”末了几句话竟像是对自己安慰而发，却又要从自己找寻一点同情。可是心中却有点不安定。于是便自言自语说：“世界大战要民国三十年发生，现在才二十五年，早得很！《大公报》上就说起过！”

管事的扫了兴，不便再说什么了，正想向外院柜台走去，会长忽记起一件事情，叫住了他：

“吴先生，我说，队上那个款项预备好了没有？他们今天会要来取它，你预备一下：还要一份收据。——作孽作孽，老爷老爷。”

管事说：“枪款吗？早送来了，我忘记告你。他们还有个空白收据！王乡长说，队长派人来提款时，要盖个章，手续办清楚，了一重公案。请会长费神说一声。”

会长要他到柜上去拿收据来看看。收据那么写明：

伙计说："辰溪县号上人都那么说。恐怕是福音堂牧师传的消息，他们有无线电，天下消息都知道。"

保安队第××队队长，今收到麻阳县明理乡吕家坪乡公所缴赔枪支子弹损失洋二百四十元整。

会长把这个收据过目后，轻轻地叹了一口气"作孽"，便把收据还给了管事。

走到堂屋里去，见赶路来的伙计还等待在屋檐前。

会长轻声地问："二先生，你听什么人说省里在调动军队？可真有这件事？"

伙计说："辰溪县号上人都那么说。恐怕是福音堂牧师传的消息，他们有无线电，天下消息都知道。"伙计见东家神气有点郁郁不乐，因此把话转到本地问题上来。"会长，这两个月我们吕家坪怎么样？下面都说桐油还看涨，直到明年桃花油上市，只有升起，不会下落。今年汉口柑橘起价钱，洋装货不到。一路看我们麻阳河里橘子园真旺相，一片金，一片黄金！"

会长沉默了一会："都说地方沾了橘子的光，哪知道还有别的人老要沾我们的光？这里前不多久……不讲道理，有什么办法！"

伙计说："不是说那个能干吗？"

"就是能干，才会铺排这样那样！……上次考察萝卜、白菜和水果的委员过路，会上请酒办招待，那一位就说：‘委员，这地方除了橘子树多，什么都不成，闷死人！’委员笑眯眯地说：‘橘子很补人，挤水也好吃！’好，大家都挤下去，好在橘子树多，总挤不干。可是挤来挤去也就差不多了！”

“局长可换了人？”

“怎么换人？时间不到，不会换人的。都有背脊骨。轻易不会来，来了不会动。不过这个人倒也还好，豪爽大方，很会玩。比那一位皮带带强。既是包办制度，牙齿不太长，地方倒阿弥陀佛，菩萨保佑！”

“到辰州府我去看望四老，听他说，桃源转调来的那一位，才真有手段！什么什么费，起码是半串儿，丁拐儿。谁知道他们放了多少枪，打中了猫头鹰、九头鸟？哪知强中更有强中手，邮电局长字号有个老婆，腰身小小的，眉毛长长的，看人时一对眼睛虚虚的，下江人打扮，摩登风流，唱得一口好京戏，打得一手好字牌，不久就和那个长打了亲家（是干亲家湿亲家，只有他自己知道，外人哪知道？），合手儿抬义胜和少老板轿子，一夜里就捞了‘二万’，本来约好平分……过不久，那摩登人儿，却把软的硬的一卷，坐了汽车，闪不知就溜下武昌去了。害得亲家又气又心疼。捏了鼻子吃冲菜，辣得个开口不得。现眼现报。是当真事情……我过泸溪县时，还正听人说那一位大拇指还在尤家巷一个娘舅家里养病。这几年的事情，不知是什么，人人都说老总统一了中国，国家就好了。前年追川军，在省里演说，还说要亲手枪毙几个贪官污吏。他一个人只生一双手两只眼睛，能看见多少，枪毙多少！”

会长说：“不要说老总，这个人办事倒认真，一天忙得像碾盘上石滚子，不得个休息。我看老《申报》，说他不久又要坐飞机上四川开会，是十六号报纸说的！这时一定已经到了。”

两个人正天上地下谈说国家大事和地方小事，只听得皮鞋声

队长一面划火柴吸烟，一面摇头，喷了口烟气后，用省里话说："坏透了，一连四五场总姓'输'名'到底'……"

响，原来说鬼有鬼，队长和一个朋友来了。会长一见是队长，就装成笑脸迎上前去。知道来意是提那笔款项："队长，好几天不见你了，我正想要人来告个信，你那个乡公所已经送来了。"回头就嘱咐那伙计，"你出去告吴先生，把钱拿来，请队长过手。"

一面让坐，一面叫人倒茶拿烟奉客。坐定后，会长试从队长脸上搜索，想发现一点什么。"队长，这几天手气可好？我看你印堂红红的。"

队长一面划火柴吸烟，一面摇头，喷了口烟气后，用省里话说："坏透了，一连四五场总姓'输'名'到底'。我这马上过日子的人，好像要坐轿子神气。天生是马上人，武兼文，不大好办！"他意思是

“大老爷，手气可好？你老牌张子太厉害，我们都赶不过！这是京上学来的，是不是？”

他人合作行骗，三抬一，所以结果老是输。

会长说：“队长你说笑话。谁敢请你坐轿子，不要脑壳！有几个脑壳！”

另外同来那位，看看像是吃过公务饭的长衫客，便接口说：“输牌不输理，我要是搭伙平分，当裤子也不抱怨你。”接着这个人就把另一时另一个场面，绘影绘声地铺排出来，四家张子都记得清清楚楚，手上桌上牌全都记得清清楚楚，说出来请会长评理。会长本想请教贵姓台甫，这一来倒免了。于是随意应和着说：“当真是的，这位同志说得对，输牌不输理。这不能怪人，是运气。”

队长受称赞后，有点过意不去，有点忸怩：“荷包空了谁讲个理字？这个月运气不好，我要歇歇手！”

那人说：“你只管来，我敢写包票，你要翻本！”

正说着，号上管事把三小叠法币同一纸收据拿来了，送给会长过目，面对队长笑眯眯的：“大老爷，手气可好？你老牌张子太厉害，我们都赶不过！这是京上学来的，是不是？”

队长要理不理，随随便便地做了个应酬的微笑，并不作答。会长将钞票转交给他，请过目点数。队长只略略一看，就塞到衣口袋里去了，因此再来检视那张收据。

收据被那同来朋友冷眼见到时，队长装作大不高兴神气，皱了皱那两道英雄眉：“这算什么？这个难道还要我盖个私章吗？会长，亏得是你，碍你们的面子，了一件公事。地方上莫不以为这钱是我姓宗的私人财产吧？那就错了，错了。这个东西让我带回去研究研究看。”

会长知道意思，是不落证据到人手上。乡下人问题就只是缴钱了事，收据有无本不重要，因此敲边鼓凑和说：“那不要紧，改天送来也成。他们不过是要了清一次手续，有个报销，并无别的意思。”且把话岔开说：“队长，你们弟兄上次赶场，听说在老营盘地方，打了一只野猪，有两百斤重，好大一只野猪！这畜生一出现，就搅得个庄稼人睡觉不安，这么一来，可谓为民除一大害，真是立功积德！我听人说野猪还多！”会长好像触着了忌讳，不能接口说下去。

提起野猪，队长好像才想起一件事情。“嗨，会长，你不说起它，我倒忘了，我正想送你一腿野猪肉。”又转向那同来长衫朋友说：“六哥，你还不知道我们这个会长，仁义好客，家里办的狗肉多好！泡的药酒比北京同仁堂的还有劲头。”又转向会长说：“局里今天请客，会长去不去？”

会长装作不听清楚，只连声叫人倒茶。

又坐了一会儿，队长看看手腕上的白金表，便说事情忙，还有公事要办，起身走了。那清客似的朋友，临走时又点了支烟，抓起了他那顶破呢帽，跟随队长身后走到天井中时，用一个行家神气去欣赏了一会儿金鱼缸上的石山，说：“队长，你看，你看，这是‘双峰插云’，有阴有阳，带下省里去，怕不止值三百块钱！”

队长也因之停在鱼缸边看了那么一忽儿，却说道：“会长，你这石山上虎耳草长得好大！这东西贴鸡眼睛，百灵百验。你试试看，很好的！”

真应了古人说的：贤者所见，各有不同。两个伟人走后，会长站

吕家坪镇上只一条长街，油号、盐号、花纱号，装点了这条长街的繁荣。

在天井中鱼缸旁只是干笑。心里却想起老营盘的野猪，好像那个石山就是个野猪头，倒放在鱼缸上。

吕家坪镇上只一条长街，油号、盐号、花纱号，装点了这条长街的繁荣。这三种庄号，照例生意最大，资本雄厚，其余商业相形之下，殊不足数。当地橘子园虽极广大，菜蔬杂粮产量虽相当多，却全由生产者从河码头直接装船，运往下游，不必需另外经由什么庄号上人转手。因此一来，橘子园出产虽不少，生意虽不小，却不曾加入当地商会。换言之，也就可说是不被当地人看作“商业”。庄号虽搁

商会会长的职务，照例由当地几种大庄号主人担任。商会主要的工作，说不上为商家谋福利，倒全是消极的应付……

下百八十万本钱，预备放账囤货，在橘子上市时，可从不对这种易烂不值钱货物投资，定下三五十船橘子，向下装运，与乡下人争利。税局凡是用船装来运去的，上税时经常都有个一定规则，对于橘柚便全看办事人兴致，随便估价。因为货物本不在章程上，又实在太不值钱。

商会会长的职务，照例由当地几种大庄号主人担任。商会主要的工作，说不上为商家谋福利，倒全是消极的应付：应付县里，应付省中各厅下乡过路的委员，更重要事情，就是应付保安队。商会会长平时本不需要部队，可是部队却少不了他们，公私各事都少不了。举凡军队与民间发生一切经济关系，虽照例由乡区保甲负责，却必须从商会会长转手。期票信用担保，只当地商会会长可靠。部队正当的需要如伙食杂项供应，不正当的如向省里商家拨划特货的售款，临时开借，商会会长职务所在，这样或那样，都得随事帮忙。

商会会长的重要性，既在此而不在彼，因此任何横行霸道蛮不讲理的武装人物，对会长总得客气一些。做会长的若为人心术不端，自然也可利用机会，从中博取一点分外之财。居多会长名分倒是推派到头上，辞卸不去，忍受麻烦，在应付情形下混。地方不出什么事故，部队无所借口，麻烦还不至于太多。事情繁冗，问题来临办不好时，就坐小船向下河溜，一个不负责。商人多外来户，知识照例比当地农民高一些，同是小伟人向乡下人惯使的手段，用到商号中人面前时，不能不谨慎些。因此商会会长的社会地位，比当地小乡绅似乎又高一着。

本地两年来不发生内战，无大股土匪出现，又无大军过境，所以虽驻下一连保安队，在各种小问题上向乡下人弄几个小钱，地方根基好，商务上金融又还活泼，还算是受得了，做会长的也并不十分为难。

萝卜溪大橘子园主人滕长顺，是商会会长的干亲家。因前一天守祠堂老水手谈及的事情，虽明知不重要，第二天依然到镇上去看会长，问问长沙下河情形。到时正值那保安队队长提枪款走后一忽儿，会长还在天井中和那押船管事谈说下河事情。

会长见到长顺就说："亲家，我正想要到萝卜溪来看你去。你好？几个丫头都好？"

长顺说："大家都好，亲家。天气晴朗朗的，事情不忙，怎不到我家去玩半天？"一眼望见那个伙计，认得他，知道他是刚办货回来的，"周管事，你怎么就回来了？好个神行太保。看见我家三黑子船没有？他装辰溪县大利通号上的草烟向下放，十四中午开头，算算早过桃源县了。十月边湖里水枯，有不有洋船过湖？"

那管事说："我在箱子岩下面见你家三黑子站在后梢管舵，十二个水手一路唱歌摇橹向下走，船像支箭快。我叫喊他：三哥，三哥，你这个人，算盘珠子怎么划的？怎不装你家橘子到常德府去做一笔生意？常德人正等待麻阳货，'拉屎抢头一节'，发大财，要赶快！听我那么说，他只是笑。要我告家里，月底必赶回来。二哥的船听傅家驼子说，已上洪江，也快回来了吧。"

会长说："亲家，人人都说你园里今年橘子好，下河橘子价钱又高，土里长金子，筛也不用筛，只从地下捡起来就是。"

长顺笑着，故意把眉毛皱皱："土里长金子，你说得好！可是还有人不要那一片土，也能长金子的！（他意思实有所指，会长明白）亲家我说你明白，像我那么巴家，再有一百亩地，还是一个'没奈何'，尿脬上画花，外面好看，里面是空的。就是上次团上开会那个玩意儿，乡长一开口就要派我出五十，说去说来还是出四十块钱。这半年大大小小已派了我二三十回（他将手爪一把抓拢，做个手式，表示已过五百），差不多去了个'抓老官'数目，才免带过。这个冬天

左图：

会长说："亲家，人人都说你园里今年橘子好，下河橘子价钱又高，土里长金子，筛也不用筛，只从地下捡起来就是。"

右图：

"……试想想看，巴掌大一片土地，刮去又刮来，有多少可刮的油水？亲家你倒逍遥自在……"

不知道还要有几次，他们不会让我们清清静静过一个年的。试想想看，巴掌大一片土地，刮去又刮来，有多少可刮的油水？亲家你倒逍遥自在，世界好，留到这里享福；世界不好，坐船下省去，一个不管，青红皂绿通通不管。像我们呢，同橘子树一样，生根在土里五尺，走不动路，人也摇摇，风也摇摇。好，你摇吧，我好歹得咬紧牙齿，挨下去！"

会长说："亲家，树大就经得起攀摇。中国在进步，《申报》上说得好，国家慢慢地有了中心，什么事都容易办。要改良，会慢慢改良的！"

“改良要钱的方法，钱还是要。我们还是挨下去，让这些人榨挤，一个受不了！”

会长慨乎其言地说：“我的哥，我们还不是一个样子，打肿了脸装胖？我能走，铺子字号不能走，要钱还是得拿出来。老话说：‘王把总请客，坐上筵席收份子，一是一，二是二，含糊不得。’我是个上了场面的人，哪一次逃得脱？别人不知道，你知道。”

“那枪款可拿走了？”

“刚好拿走，队长自己来取的。区里还有个收条，请他盖章，了清手续，有个报销。队长说：‘拿回去办，会长你信我吧。’我自然只好相信。他拿回去还要研究研究呢。研究到末后，你想是怎么样？”

“怪道我在街头见他很豪劲，印堂红红的，像有什么喜事。和我打招呼，还说要下萝卜溪来吃橘子！”

“这几年总算好，政府里有人负责，国家统了一，不必再打仗了，大家可吃一口太平饭，睡觉也不用担心。阿弥陀佛，罢了。出几个钱，罢了。”

周伙计插嘴说：“我们这里那一位，这一年来会不会找上五串了吧。”

会长微笑点点头：“怕不是协叶合苏？”

“那当然！”长顺说，“虽要钱，也不能不顾脸面。这其中且有好有歹。前年有个高岘满家人，带队伍驻横石滩，送他钱也不要！”

那个押船的伙计，这次上行到沅陵，正被赶上水警讹诈了一笔钱，还受了气，就说：“最不讲理是那些水上副爷，什么事都不会做，胆量又小，从不打过匪，就只会在码头上恐吓船上人。凡事都要钱。不得钱，就说你这船行迹可疑，要‘盘舱’，把货物一件一件搬出放到河岸边滩上，仔细检查。不管干的湿的都扎一铁钎子。你稍说话，他就愣住两只眼睛说：‘邪，怎么，你违抗命令，不服检查？把船给我扣了，不许动。’末了自然还是那个玩意儿一来就了事。打

“最不讲理是那些水上副爷，什么事都不会做，胆量又小，从不打过匪，就只会在码头上恐吓船上人。……”

包票，只有‘那个’事事打得通！在××××的一位，为人心直口快，老老实实，对船帮上人说：‘我们来到你这鬼地方活受罪，为什么？不是为……’可是荷包满了有什么用？还不是打几颗金戒指，镶两颗金牙齿。再不然喝半斤闷胡子，胀得头晕晕的后，就跑到尤家巷小婊子处坐双台席面，去充阔摆格，哗啦哗啦送给小婊子。家中倒不用管，自有办法。天有眼睛，自然一报还一报。”

会长说：“那些人就是这种样了，凡事一个不在乎。唱戏唱张古董借妻，他们看戏不笑，因为并不觉得好笑。总而言之，下面的人，下边的事情，和我们上河样样都不同。牙齿长，会找钱，心又狠。可是女人在家里就自由，把钱倒贴给马弁或当差的。你笑他做乌龟，他还笑我们古板，蛮力蛮气，不通达世务。”

萝卜溪橘子园主人，对这类社会人情风俗习惯问题，显然不如他对于另外一件事情发生兴趣。他问那押船伙计：“周管事，下河有些什么新闻。听说走路不许挨撞，你来我往各走一边，是不是真事情？”

伙计说：“你说‘新生活’吗？那是真事情。常德府专员已经接到了省里公事，要办‘新生活’，街上到处贴红绿纸条子，一二三四五写了好些条款，说是老总要办的。不照办，坐牢、打板子、罚款。街上有人被罚立正，大家看热闹好笑！看热闹笑别人的也罚立正。一会儿就是一大串。那个兵士自己可不好意思起来，忍不住笑，走开了。”

“你听他们说，要上来不上来？”

这事伙计可说不明白了，会长看《申报》却知道。会长以为这是全国都要办的事情，一时间可不会上来。纵上河要办，一定是大城里先办，乡下暂时不用办。就说省里，老总到了什么地方，那地方就办得认真，若人不在那边，军部党部都热闹不起劲。他的推测是根据老《申报》的小社评表示的意见。他见橘子园主人有点不放心，就说：“亲家，这你不用担心，不会派款的。报上早说过了。委员长有过命令，不许借此为名，苛索民间。演说辞也上过报，七月廿号的日子，你不看到过？话说得很有道理，这是国家一件大事！”

长顺说：“我以为这事乡下办不通。”

会长说：“自然喽，城里人想起的事情，有几件事乡下办得通？……我说，亲家，你橘子今年下了多少？听管事说常德府货俏得很，外国货到汉口不多，你赶忙装几船下去，莫让溆浦人占上风抢先！”

长顺笑了起来：“还是让溆浦人占上风，忙不了。我还要等黑子两兄弟船回来，装橘子下去，我也去看看常德府的‘新生活’，办点年货。”

“是不是今年冬腊月二姑娘要出门，到王保董家做媳妇？那我们就有酒吃了。”

“是不是今年冬腊月二姑娘要出门，到王保董家做媳妇？那我们就有酒吃了。”

“哪里哪里，事情还早咧。姑爷八月间来信说，年纪小，不结婚。是你干女儿夭夭，想要我带她下常德府看看，说隔了两年，世界全变了，不去看看，将来去走路也不懂规矩，被人笑话！”

会长说：“你家夭夭还会被人笑话吗？她精灵灵的，天上地下什么不懂？什么不会？上回我在铺子上，和烟溪人谈生意，她正在买花线，年轻人眼睛尖，老远见我就叫‘干爹！干爹！’我说：‘夭夭，一个月不见你，你又长大了。你一个夏天绣花要用几十斤丝线？为什么总不到我家里来同大毛姊玩？’她说：‘我忙咧。’‘你一个小毛丫头，家里有什么事要你忙？忙嫁妆，日子早咧。二姊姊不出门，爹爹哪舍得你！’说得她脸红红的，丝线不买就跑了。要她喝杯茶也不肯。这个小精怪，主意多端，干爹还不如她！”

长顺听会长谈起这个女儿的故事，很觉得快乐，不由得不笑将起来。“夭夭嘛，生成就是个小猴儿精，什么都要动动手。不管她的事也动动手。自己的事呢，谁也不让插手，通通动不得，要一件一件自己来。她娘也怕她，不动她的。一天当真忙到晚，忙些什么

商会会长的府上，照例是当地要人的俱乐部，一面因为预备吃喝，比较容易，一面是大家在一处消遣时，玩玩牌不犯条款，不至于受人批评。

事，谁知道。”

“亲家，你别说，她倒真是一把手。俗话说：洛阳桥是人造的，是鲁班大师傅两只手造的。夭夭那两只手，小虽小，会帮男子兴家立业的。可惜我毛毛小，无福气，不然早要他向你磕头，讨夭夭做媳妇！”

“亲家你说得她好。我正担心，将来哪里去找制服她的人，田家六喜为人忠厚老实，会更惯坏了她。”

两人止怀着一分温暖情感，谈说起长顺小女儿夭夭的一切，以为夭夭在家里耳朵会红。那保安队长，却带了个税局里的稽核、一个过路陌生军官，又进屋里来了。一见会长就开口说：“会长，我们来打牌，要他们摆桌子到后厅里吧。”且指定同来那个陌生人介绍：“这是我老同学，在明耻中学就同学，又同在军官学校毕业，现在第十三区司令部办事，是个伟人！”

这种介绍使得那个年青军官哭笑皆非，嘴角缩缩：“嗨，伢俐，个么朽，放大炮，伤脑筋！”从语气中会长知道这又是个叫雀儿。

商会会长的府上，照例是当地要人的俱乐部，一面因为预备吃喝，比较容易，一面是大家在一处消遣时，玩玩牌不犯条款，不至于受人批评。主要的或许倒是这些机关上人与普通民众商家，少不了有些事情发生，商会会长照例处于排难解纷地位。会长个人经营的商业，也少不得有仰仗军人处，得特别应酬应酬。所以商会会长照例便成了当地“小孟尝”，客来办欢迎，茶烟款待外，还预备得有扑克牌和麻雀牌，可以供来客取乐。有时炕床上且得放一套鸦片烟灯枪。吸鸦片烟在当地已不时髦，不过玩玩而已。到吃饭时，还照例有黄焖母鸡、鱿鱼炒肉丝、暴腌肉炒辣子、红烧甲鱼等等可口菜肴端上桌子来。为的是联欢，有事情时容易关照。会长自己即或事忙不上场，也从无拒绝客人道理。可是这一回却有了例外，本不打量出门，倒触景生情，借故说是要过萝卜溪去办点事情，一面口说“欢迎欢迎”，叫家中用人摆桌子，一面却指着橘子园主人说：“队长，今天我可对不起，不能奉陪！我要到他们那里看橘子去。”虽说对客人表示欢迎，可是三缺一终不成场面。主人在家刚好凑数，主人不在家，就还得另外找一角。几个客人商量了一会，税局中那个出主意，认为还是到税局方便，容易凑角色。因此三个人稍坐坐，茶也不喝，就一串鱼似的走了。

长顺见这些公务员走去后，对会长会心微笑。会长也笑笑，把头摇摇。

长顺说：“会长，那就当真到我家里喝酒去，我有肥麂子肉下酒！好在下河船还到不了，这几天你不用忙。”

长街上只见本地人一担一箩挑的背的全是橘子，到得河边时，好些橘子和萝卜都大堆大堆搁在干涸河滩上，等待上船。

会长说：“好，看看你橘子园去。我正要装船橘子下省去送人，你卖一船橘子把我吧。不过，亲家，我们先说好，要接我的钱，不许夭夭卖乖巧，把钱退来还去不好看！”

橘子园主人笑着说：“好好，一定接钱，我们公平交易做一次生意。”

不多久，两个人当真就过河下萝卜溪。

长街上只见本地人一担一箩挑的背的全是橘子，到得河边时，好些橘子和萝卜都大堆大堆搁在干涸河滩上，等待上船。会长向一

那本地人说："副爷，你尽管吃，随便把钱。你要多少就拿多少去！"

个站在橘山边的本地人询问道："大哥，你这个多少钱一百斤？"那人见会长问他，只是摇头憨笑："会长，不好卖！一块钱五十斤，十八两大秤，还卖不掉！你若要，我送些大的好的到宝号上去。我家里高村来的货，有碗口大，同蜂糖一样甜，包你好吃。"

"你这个是酸的甜的？"

"甜得很，会长你试试看。"

"萝卜呢？"

那人只是干笑。因为萝卜太不值钱了，不便回答。萝卜从水路运到四百里外的地方去，还只值一块钱一百斤，这地方不过三四毛钱一百斤罢了。

其时有几个跑远路差人，正从隔河过渡，过了河，上岸一见橘子，也走过来问橘子价钱。那本地人说："副爷，你尽管吃，随便把钱。你要多少就拿多少去！"

几个人似乎不大理会得生意人的好意，以为是怕公事上人，格外优待，就笑着蹲身拣选橘子。挑了约莫二十个顶大的，放在一旁，取出两手钱票子作为货价，送给那本地人。那人不肯接钱。谁知却引起了误会，以为不接钱是嫌钱少，受了侮辱，气愤愤地说："两毛钱你还嫌少吗？你要多少！"

那人本意是东西不值钱，让这些跑路的公事上人白吃，不必破费。见他们错怪了人，赶忙把票子捏在手上，笑脸相迎地说："副爷，不是嫌少，莫见怪！……橘子多，不值钱，我不好意思收你的钱！"

“有人送我的，会长，你们吃呀！先前上岸那几个副爷，我要他们吃，他们以为我想卖钱，不肯吃……”

就中一个样子刁狡，自以为是老军务，什么都懂，瞒不了他。又见长顺等在旁边微笑，还不大服气，就轻声地骂那个卖橘子的，存心骂给长顺、会长听。

“你妈个……把了你钱还嫌少！现钱买现货，老子还要你便宜？”这一来，本地人不知说什么好，就不再接口了。几个人将橘子用手巾帽子兜住，另外又掉换了四个顶大的橘子，扬长不顾走了。

那卖橘子的把几张脏脏的小角票拈在手上摇摇，不自然地笑着，自言自语地说：“送你吃你不吃，还怪人。好一个现钱买现货，钱从哪里来的？羊毛出在羊身上，还不是湘西人大家有份。”

长顺说：“大哥，算了吧。他不懂你好心好意，不领情。一定是刚从省里来的，你看神气看得出。这种人你还和他争是非？”

那人说：“他们那么不讲理，一开口就骂人，我才不怕他！委员长到这里来也得讲道理！保安队，沙脑壳，碰两下还不是一包水？我怕你？”

两个人看看这小生意人话说得无多意义，冬瓜葫芦一片藤，有把在当地十年来所受外边人欺压的回忆牵混在一起情形，因此不再理会，就上了渡船。

弄渡船的认得会长和长顺，不再等待别的人客，就把船撑开了。

长顺说："亲家，你到了几只船？怕不有上万货物吧。"

会长说："船还在潭湾，三四天后才到得了，大小一共六只。这回带得有好海参——大乌开、大金钩虾，过几天我派人送些来。"渡船头舱板上全是橘子，会长看见时笑笑地问那弄渡船的："大哥，你哪里来这么些橘子？"

站在船尾梢上用桨划水的老者，牙齿全脱光了，嘴瘪瘪的，一面摇船一面笑。"有人送我的，会长。你们吃呀！先前上岸那几个副爷，我要他们吃，他们以为我想卖钱，不肯吃，话听不明白，正好像逢人就想打架的样子，真好笑。"于是咕喽咕喽无机心地笑着。

会长和长顺同时记起河滩上那件事情，因此也笑着。长顺说："就是这样子，说我们乡下人横蛮无理，也是这种人。以为我们湘西人全是土匪，也是这种人。"

摘橘子

萝卜溪滕家橘子园，大清早就有十来个男男女女，爬在树椏间坐定，或用长竹梯靠树，大家摘橘子。人人各把小箩小筐悬挂在树枝上，一面谈笑一面工作。夭夭不欢喜上树，便想新主意，自出心裁找了枝长竹竿了，杆端缚了个小小捞鱼网兜，站在树下去搜寻，专拣选树尖上大个头，发现了时，把网兜贴近橘子，摇一两下，橘子便落网了，于是再把网兜中橘子倒进竹筐中去。众人都是照规矩动手，在树椏间爬来转去很费事，且大大小小都得摘。夭夭却从从容容，举

萝卜溪滕家橘子园，大清早就有十来个男男女女，爬在树枒间坐定，或用长竹梯靠树，大家摘橘子。

着那枝长竹竿子，随心所欲到处树下走去，选择中意的橘子。且间或还把竹竿子去撩拨树上的嫂嫂和姊姊，惊扰她们的工作。选取的橘子又大又完整，所以一个人见得特别高兴。有些树尖上的偏枝的果实，更非得她来办不可。因之这里那里各处走动，倒似乎比别人忙碌了些。可是一时间看见远处飞来了一只碧眼蓝身大蜻蜓，就不顾工作，拿了那个网兜如飞跑去追捕蜻蜓，又似乎闲适从容之至。

嫂嫂姊姊笑着，同声喊叫："夭姑，夭姑，不能跑，不许跑！"

夭夭一面跑一面却回答说："我不跑，蜻蜓飞了。你同我打赌，摘大的，看谁摘得最多。那些尖子货全不会飞，不会跑，等我回来收拾它！"

总之，夭夭既不上树，离开树下的机会自然就格外多。一只蚱蜢的振翅，或一只小羊的叫声，都有理由远远地跑去。她不能把工作当工作，只因为生命中储蓄了能力太多，太需要活动，单只一件固定工作羁绊不住她。她一面摘橘子还一面捡拾树根边蝉蜕。直到后来跑得脚上两只鞋都被露水湿透，裤脚鞋帮还胶上许多黄泥，走路已觉得重重的时候，才选了一株最大最高的橘子树，脱了鞋袜，光着个脚，猴儿精一般快快地爬到树顶上去，和家中人从数量上竞赛快慢。

橘子园主人长顺，手中拈着一支长长的软软的紫竹鞭烟杆，在冬青篱笆边看家中人摘橘子。有时又走到一株树下去，指点指点。见夭夭已上了树，有个竹筐放在树下，满是特号大火红一般橘子。长顺想起商会会长昨天和他说的话，仰头向树枝高处的夭夭招呼：

"夭夭，你摘橘子不能单拣大的摘，不能单拣好的摘，要一视同仁，不可稍存私心。都是树上生长的，同气连理，不许偏爱！现在不公平，将来嫁到别人家中去做媳妇，做母亲，待孩子也一定不公平。这可不大好！"

夭夭说："爹爹，我就偏要摘大的。我才不做什么人妈妈婆婆！我就做夭夭，做你的女儿。偏心不是过错！他们摘橘子卖给干爹，做生意总不免大间小，带得去的就带去。我摘的是预备送给他，再尽他带下常德府送人。送礼自然要大的、整庄的，才好看！十二月人家放到神桌前上供，金煌煌的，观音财神见它也欢喜！"

二姑娘在另外一株树上接口打趣说：

"夭夭，你原来是进贡，许下了什么愿心？我问你。"

夭夭说："我又不想做皇帝正宫娘娘，进什么贡？你才要许愿心，巴不得一个人早早回来，一件事早早圆功。"

“子树上厚皮大个头，好看不中吃。到了十二月都成绣花枕头，金镶玉，瓤子里同棉花絮差不多，干瘪瘪的，外面光，不成材。”

另外较远一株树上，一个老长工正爬下树来，搭口说：“子树上厚皮大个头，好看不中吃。到了十二月都成绣花枕头，金镶玉，瓤子里同棉花絮差不多，干瘪瘪的，外面光，不成材。”

夭夭说：“松富满满，你说的话有道理。可是我不信！我选好看的就好吃，你不信，我同你打赌试试看。”

长顺正将走过老伴那边去，听到夭夭的话语，回过头来说：“夭夭，你赶场常看人赌博，人也学坏了。近来动不动就说要赌点什么。一个姑娘家，有什么可赌的？”

夭夭被爹教训后不以为意，一时回答不出，却咕叽咕叽地笑。过一会，看爹爹走过去远了，于是轻轻地说：“辰溪县岩鹰洞有个聚宝盆，一条乌黑大蟒蛇守定洞门口，闲人免入，谁也进不去。我哪一天爬到洞里去把它偷了来，想要什么就有什么。只要我会想，就一定有万千好东西从盆里取出来。金子银元宝满箱满柜，要多少有多少，还怕和你们打赌？”

另外一个嫂嫂说：“聚宝盆又不是酱油罐，你哪能得到？作算你有本领，当真得到了它，不会念咒语，盆还是空的，宝物不会来的！”

夭夭说：“我先去齐梁桥齐梁洞，求老师父传诵咒语，给他磕一百零八个响头，拜他做师父，他会教给我念咒语。”

嫂嫂说：“好容易的事！做徒弟要蹲在炼丹炉灶边，拿芭蕉扇煽三年火，不许动，不许睐眼睛，你个猴儿精做得到？”

老长工说：“神仙可不要像夭夭这种人做徒弟。三脚猫，蹦蹦跳，翻了他的鼎灶，千年功行，化作飞灰。”

夭夭说：“邪嗨，唐三藏取经大徒弟是什么人？花果山，水帘洞，猴子王，孙悟空！”

“可是那是一只真正有本领的猴子。”

“我也会爬树，爬得很高！”

“老师父又不要你偷人参果，会爬树有什么用？”

“我敢和你打赌。只要我去，他鉴定我一番志诚心，一定会收我做徒弟。”

“一定收？他才不一定！收了你头上戴个紧箍，咒语一念，你好受？当年齐天大圣也受不了，你受得了？”

“我们赌点什么看，随你赌什么。”

父亲在另外一株树下听到几个人说笑辩嘴，仰头对夭夭说：“夭夭，你又要打赌，聚宝盆还得不到，拿什么东西输给人？我就敢和你打赌，我猜你得不到聚宝盆。且待明天得到了，带回家来看看，再和别人打赌并不迟！”

把大家都说笑了。各人都在树上高处笑着，摇动了树枝，这里那里都有赤红如火橘子从枝头下落。夭夭上到最高枝，有意摇晃得尤其厉害，掉落下的橘子也就分外多。照规矩掉下地的橘子已经受损，另外放在一处，留给家里人解渴。长顺一面捡拾树下的橘子，一面说：

“上回省里委员过路，说我们这里橘子像摇钱树。夭夭得不到聚宝盆，倒先上了摇钱树。”

各人都在树上高处笑着，摇动了树枝，这里那里都有赤红如火橘子从枝头下落。

大嫂子待公公走远后，方敢开口说笑话，取笑夭夭说：“夭妹，你六喜将来在洋学堂毕了业，回来也一定是个委员！”

夭夭说：“爹爹，这水泡泡东西值什么钱？”

长顺说：“货到地头死，这里不值钱，下河可值钱。听人说北京橘子五毛钱一个，上海一块钱两斤，真是树上长钱！若卖到这个价钱，我们今年就发大财了。”

“我们园里多的是，怎么不装两船到上海去卖？”

“夭夭，去上海有多远路，你知道不知道？两个月船还撑不到，一路上要有三百二十道税关，每道关上都有个稽查，伸手要钱。一得罪了他，就说，今天船不许开，要盘舱检查。我们有多少本钱做这种蠢事情。”

夭夭很认真的神气说：“爹爹，那你就试装一船，带我到武昌去看看也好。我看什么人买它，怎么吃它，我总不相信！”

另外一个长工，对于省城里来的委员，印象总不大好。以为这些事也是委员传述的，因此参加这个问题的讨论，说：“委员的话信不得。他都不知道！他告我们说：‘外国洋人吃的鸡不分公母，都是三斤半重；小了味道不鲜，大了肉老不中吃。’我告他：‘委员，我们村子里阉鸡十八斤重，越喂得久，越老越肥越好吃。’他说：‘天下哪有这种事！’到后把我家一只十五斤大阉鸡捉上省里研究去了。他可不知道天下书本上没有的事，我吕家坪萝卜溪就有，一件一件的放在眼里，记在心上，委员哪会知道。”

当家的长顺，想起烂泥地方人送大萝卜到县城里去请赏，一村子人人都熟知的故事，哈哈大笑，走到自己田圃里看菜秧去了。

大嫂子待公公走远后，方敢开口说笑话，取笑夭夭说：“夭姊，你六喜将来在洋学堂毕了业，回来也一定是个委员！”六喜是夭夭未婚夫的小名，现在省里第三中学读书，两家还是去年插的香。

老长工帮腔下去说：“做了委员，那可不厉害！天下事心中一本册，无所不知。可就不知道我吕家坪事情。阉鸡有十七斤重，橘子卖两块钱一挑。”

夭夭的三黑嫂子也帮腔说笑话：“为人有才学，一颗心七窍玲珑，自然凡事心中一本册！”

那大嫂子有意撩夭夭辩嘴，便说：“嗨，一颗心子七窍玲珑，不算出奇。还有人心子十四个窍，夭姊你说是不是？”她指的正是夭夭，要夭夭回答，窘那么一下。

夭夭随口回说：“我说不是！”

三黑嫂子为人忠厚老实，不明白话中意思，却老老实实询问夭夭，下省去时六喜到不到河上来看她。因为听人说上了洋学堂，人文明开通了，见面也不要紧。

夭夭对于这种询问明白是在作弄她，只装不曾听到，背过身去采摘橘子。橘子满筐后，便溜下树来倒进另外一个空箩里去。把事情做完时，在树下方很认真似的叫大嫂说：

“大嫂大嫂，我问你话！”

“我帮不了忙！夭夭。人老了，吃橘子不中用了。一吃橘子牙齿就发酸。烂甜杏子不推辞，一口气吃十来个，眼睛闭闭都不算好汉。”

大嫂子说：“什么话？”

夭夭想了想，本待说嫂嫂进门时，哥哥不在家，家中用雄鸡代替哥哥拜堂圆亲的故事，取笑取笑。因为恰恰有个长工来到身边，所以便说：“什么画，画喜鹊噪梅。”说完，自己哈哈笑着，走开了。

住对河坳上守祠堂的老水手，得到村子里人带来的口信，知道长顺家卖了一船橘子给镇上商会会长，今天下树，因此赶紧渡河过萝卜溪来帮忙。夭夭眼睛尖，大白狗眼睛更尖，老水手还刚过河，人在河坎边绿竹林外，那只狗就看准了，快乐而兴奋，远远地向老水手奔去。夭夭见大白狗飞奔而前，才注意到河坎边竹林子外的来人，因此也向那方面走去。在竹林前见老水手时，夭夭说：“满满，你快来帮我们个忙！”

这句话含义本有两种，共同工作名为帮忙，橘子太多要人吃，照例也说帮忙。乡下人客气笑话，倒常常用在第二点。所以老水手回答夭夭说：

“我帮不了忙！夭夭。人老了，吃橘子不中用了。一吃橘子牙齿就发酸。烂甜杏子不推辞，一口气吃十来个，眼睛闭闭都不算好汉。”话虽如此说，老水手到了橘园里，把头上棕叶斗笠挂到扁担上后，即刻就参加摘橘子工作，一面上树一面告给他们，年青时如何和人赌吃狗矢柑，一口气吃二十四个，好像喝一坛子酸醋，全不在乎。人老来，只要想想牙龈也会发疼。

夭夭在老水手树边，仰着个小头：“满满，我想要我爹装一船橘子到汉口去，顺便带我去，我要看看他们城里人吃橘子怎么下手。用刀子横切成两半，用个小机器挤出水来放在杯子里，再加糖加水吃，多好笑！他们怕什么？一定是怕橘子骨骨儿卡喉咙，咽下去从背上长橘子树！我不相信，要亲眼去看看。”

老水手说：“这东西带到武昌去，会赔本的。关卡太多了，一路上税，一路打麻烦，你爹发不了财的。”

夭夭说：“发什么财？不赔本就成了。我要看看他们是不是花一块钱买三四个橘子，当真是四个人合吃一个，一面吃一面还说：‘好吃，好吃，真真补人补人！’我总不大相信！”

老水手把额纹皱成一道深沟，装作严肃却忍不住要笑笑。“他们城里人吃橘子，自然是这样子，和我们一块钱买两百个吃来不同！他们舍不得皮上经络，就告人说：‘书上说这个化痰顺气。’到处是痰多气不顺的人，因此全都留下化痰顺气了。真要看，等明年六喜哥回来，带你到京城里三贝子花园去看。那里羊也吃橘子，大耳朵毛兔也吃橘子，补得精精神神。”

夭夭深怕人说到自己忌讳上去，所以有意挑眼：“满满，你大清早就放快，鹿呀马呀牛黄八宝化痰顺气呀！三辈子五倍子，我不同你说了！”话一说完，就扬长走过爸爸身边看菜秧去了。

二姑娘却向老水手分疏：“满满，你说的话犯夭夭一人忌讳，和我们不相干。”

长顺问夭夭：“怎么不好好做事，又三脚猫似的到处跑跑跳跳？”

夭夭借故说："我要回家去看看早饭烧好了没有。满满来了，炖一壶酒，煎点干鱼，满满欢喜吃酒吃鱼！等等没有吃，爹爹你又要说我。"

夭夭走后，长顺回到了河下，招呼老水手。老水手说："大爷，我听人说你卖了一船橘子给会长，今天下船，我来帮忙。"

"有新闻没有？"当家的话中实有点说笑意思，因为村子里唯有老水手爱打听消息，新闻格外多，可是事实上这些新闻，照例又是并不值得大惊小怪的。因这点好事性情，老水手在当地熟人看来，也有趣多了。

老水手昨天到芦苇溪赶场，抱着"一定有事"的期望态度，到了场上。各处都走遍后，看看还是与平时一样，到处在赌咒发誓讲生意。除在赌场上见几个新来保安队副爷，狗扑羊殴打一个米经纪，其余真是凡事照常。因为被打的是个米经纪，平时专门剥削生意人，所以大家乐得看热闹袖手旁观。老水手预期的变故既不曾发生，不免小小失望。到后往狗肉摊边一坐，一口气就吃了一斤四两肥狗肉、半斤烧酒，脚下轻飘飘的，回转枫树坳。将近祠堂边时，倒发现了一件新鲜事情。原来镇上烧瓦窑的刘聋子，不知带了什么人家的野娘儿们，在坳上树林里撒野，不提防

左图：

"我要回家去看看早饭烧好了没有。满满来了，炖一壶酒，煎点干鱼，满满欢喜吃酒吃鱼！等等没有吃，爹爹你又要说我。"

右图：

醉里的事今早上已忘怀了，不是长顺提及"新闻"，还不会想起它来。

老水手赶场回来的这样早，惊窜着跑了。

老水手正因为喝了半斤烧酒，血在大小管子里急急地流，兴致分外好。见两个人向山后拼命跑去时，就在后面大声嚷叫："烧瓦的，烧瓦的，你放下了你那瓦窑不管事，倒来到我这地方取风水。清天白日不怕羞，真正是岂有此理！你明天不到祠堂来挂个红，我一定要禀告团上，请人评评理！"可是烧瓦的刘老板，是镇上出名的聋子，老水手忘了聋子耳边响炸雷，等于不说。醉里的事今早上已忘怀了，不是长顺提及"新闻"，还不会想起它来。

老水手笑着说："大爷，没有别的新闻。我昨天赶芦苇溪的场，

一村子里人认为最重大的事情，政治方面是调换县长，军事方面是保安队移防，经济方面是下河桐油花纱价格涨落，除此以外，就俨然天下已更无要紧事情。

吃了点‘汪汪叫’，喝了点‘闷糊子’，腾云驾雾一般回来时，若带得有一面捉鹌鹑的摇网，一下子怕不捉到了一对‘梁山伯祝英台’！这一对扁毛畜生，胆敢在我屋后边平地砌窠！”

身旁几个人听来，都以为老水手说的是雀鸟，不作意笑着。因为这种灰色长尾巴鸟类，多成对同飞同息，十分亲爱，乡下人传说是故事中“梁山伯祝英台”，生前婚姻不遂死后的化身。故事说来虽极其动人，这雀鸟样子声音可都平平常常。一身灰扑扑的杂毛，叫时只会呷呷呷，一面飞一面叫，毫无动人风格。捉来养在家中竹笼里，照例老不驯服，只会碰笼。本身既不美观，又无智慧或悦耳声音，实在没有什么用处。老秀才读了些旧书，却说这就是古书上说的“鸩鸟”，赶蛇过日子，土名“蛇呷雀儿”，羽毛浸在酒中即可毒人。因此这东西本地人通不欢喜它。

老水手于是又说笑：“我还想捉来进贡，送给委员去，让委员见识见识！”

大家不明白老水手意思所在，老水手却因为这件事只有自己明白，极其得意，独自莞尔而笑。

一村子里人认为最重大的事情，政治方面是调换县长，军事方面是保安队移防，经济方面是下河桐油花纱价格涨落，除此以外，就俨然天下已更无要紧事情。老水手虽说并无新闻，一与橘子园主人谈话，总离不了上面三个题目。县长会办事，还得民心，一时不会改动。保安队有什么变故发生，多在事后方知道，事前照例不透消息。传说多，影响本地人也相当严重的，是与沿河人民生活关系密切的桐油。看老《申报》的、弄船的、号口上坐庄的、开榨油坊的、挖山的，无人不和桐油有点关连。这两个人于是把话引到桐油上来，长顺记起一件旧事来了。今年初就传说辰州府地方，快要成立一个新式油业公司，厂址设在对河，打量用机器榨油，机器熬炼油，机器装油……总而言之一切都用机器。凡是原来油坊的老板、掌捶、管榨、烧火看锅子、蒸料包料，以及一切杂项工人和拉石碾子的大黄牯牛，一律取消资格，全用机器来代替。乡下人无知识，还以为这油业公司一成立，一定是机器黄牛来做事，省城里派来办事的人，就只在旁边抱着个膀子看西洋景。

这传说初初被水上人带到吕家坪时，原来开油坊的人即不明白这对于他们事业有何不利，只觉得一切用机器，实在十分可笑。从火车轮船电光灯，虽模糊意识到“机器”是个异常厉害的东西，可是榨油种种问题，却不相信机器人和机器黄牛办得了。因为蒸料要看火

“你怎么知道办不好？有五百万本钱，省里委员、军长、局长，都有股份。又有钱，又有势，还不容易办？”

三十年前的官要面子，现在的官要面子也要一点袁头孙头。往年的官做得好，百姓出份子造德政碑万民伞送“青天”……

色，全凭二十年经验才不至于误事，决不是儿戏。机器是铁打的，凭什么经验来做？本领谁教它？总之可笑处比可怕处还多。传说难证实，从乡下人看来，倒正像是办机器油坊的委员，明知前途困难，所以搁下了的。

长顺想起了这公司“旧事重提”的消息，就告给老水手说：

“前天我听会长说，辰州地方又要办那个机器油坊了。办成功他们开张发财，我们这地方可该歪，怕不有二三十处油坊，都得关门大吉！”

老水手说："那怕什么？他们办不好的！"

"你怎么知道办不好？有五百万本钱，省里委员、军长、局长，都有股份。又有钱，又有势，还不容易办？"

"我算定他们办不好。做官的人哪会办事？管事的想捞几个钱，打杂的也想捞几个钱，捞来捞去有多少？我问你。纵勉勉强强开办得成，机器能出油，我敢写包票，油全要不得。一定又脏又臭，水色不好，沉淀又多，还搀了些米汤，洋人不肯收买它。他们要赔本，关门。大爷你不用怕，让他们去试试看，不到黄河心不死，这些人能办什么事！成块银子丢到水里去，还起个大泡。丢到油里去，不会起泡，等于白丢。"

长顺摇摇头，对这官民争利事结果可不那么乐观。"他们有关上人通融，向下运还便利，又可定官价买油收桐子，手段很厉害！自己机器不出油，还可用官价来收买别家的油，贴个牌号充数，也不会关门！"

老水手举起手来打了个响榧子："唉嗨，我的大爷，什么厉害不厉害？你不看辰溪县复兴煤矿，他们办得好办不好？他们办我们也办，一个'哀（挨）而不伤'。他们办不好的！"

"古人说：官不与民争利。有个道理。现在不同了，有利必争。"

说到这事话可长了。三十年前的官要面子，现在的官要面子也要一点袁头孙头。往年的官做得好，百姓出份子造德政碑万民伞送"青天"；现在的官做不好，还是要民众出份子登报。"登了报，不怕告"，告也不准帐。把状纸送到专员衙门时，专员会说："你这糊涂乡下人，已经出名字登报，称扬德政，怎么又来禀告父母官？怕不是受人愚弄刁唆吧！"完事。官官相卫告不了，下次派公债时，凡禀帖上有名有姓的，必点名叫姓多出一百八十。你说捐不起，拿不出，委员会说："你上回请讼棍写禀帖到专员衙门控告父母官，又出得起钱！"不认捐，反抗中央功令，押下来，吊起骡子讲价钱，不怕你不肯出。

不过长顺是个老《申报》读者，目击身经近二十年的变，虽不大相信官，可相信国家。对于官，永远怀着嫌恶敬畏之忱，对于国家不免有了一点儿“信仰”。这点信仰和他的家业性情相称，且和二十年来所得的社会经验相称。他有种单纯而诚实的信念，相信国家有了“老总”，究竟好多了。国运和家运一样，一切事得慢慢来，慢慢地会好转的。

话既由油坊而起，老水手是个老《申报》间接读者，于是推己及人忖度着：“我们那个老总，知不知道这里开油业公司的事情？我们为什么不登个报，让他从报上知道？他一定也看老《申报》，他还派人办《中央日报》，应当知道！”

长顺对于老水手想象离奇处皱了皱眉：“他坐在南京城，不是顺风耳、千里眼，哪知道我们乡下这些小事情？日本鬼子为北方特殊化，每天和他打麻烦，老《申报》就时常说起过。这是地方事件，中央管不着。”

说来话长，只好不谈。两人都向天空看了那么一眼。天上白云如新扯棉絮，在慢慢移动。河风吹来凉凉的。只听得有鹌鹑叫得很快乐，大约在河坎边茅草蓬里。

二姑娘在树上插嘴说话：“满满，明天你一早过河来，我们和夭夭上山舀鹌鹑去。夭夭大白狗好看不中用，我的小花子狗，你看它相貌看不出，身子一把柴瘦得可怜，神气萎琐琐的，在草窠里追扁毛畜生时，可风快！”

老水手说：“上什么山，花果山？你要捉鹌鹑，和夭夭跟我到三里牌河洲上去，茅草蓬蓬里要多少！又不是捉来打架，要什么舀网？只带个捕鱼的撒手网去，向草窠中一网撒开去，就会有一二十只上手！我亲眼看过高村地方人捉鹌鹑，就用这个方法，捉了两挑到吕家坪来卖。高村人见了那么多鹌鹑，问他从什么地方得来的，说笑话是家里孵养的。”

长顺说：“还有省事法子，芷江人捉鹌鹑，只把个细眼网张在草坪尽头，三四个人各点个火把，扛起个大竹枝，拍拍地打草，一面打一面叫：‘姑姑姑，咯咯咯。’上百头鹌鹑都被赶向网上碰，一捉就是百八十只，全不费事！“

二姑娘说：“爹你怎么早不说，好让我们试试看？”又说：“那好极了，我们明天就到河洲上去试试，有灵有验，会捉上一担鹌鹑！”

老水手说：“这不出奇，还有人在河里捉鹌鹑！一面打鱼一面捉那个扁毛畜生。”

天上白云如新扯棉絮，在慢慢移动。河风吹来凉凉的。只听得有鹌鹑叫得很快乐，大约在河坎边茅草蓬里。

提起打鱼，几个人不知不觉又把话题转到河下去，老水手正想说起那个蛤蟆变鹌鹑的荒唐传说，话不曾开口。

夭夭从家中跑了来，远远地站在一个土堆子上，拍手高声叫喊：“吃饭了！吃饭了！菜都摆好了，你们快快来！”

最先跑回去的是那只大白狗、几个小孩子。

老水手到得饭桌边时，看看桌上的早饭菜，不特有干鱼，还有鲜鱼烧豆腐、红虾米炒韭菜。老水手说笑话：

“夭夭，你家里临河，凡是水里生长的东西，全上了桌子，只差水爬虫不上桌子。”

站在桌边分配碗筷的夭夭，带笑说：“满满，还有咧，你等等看

到秋天来，溪水下落，堰坝中多只蓄水一半，水碾子转动慢了许多，水车声虽然还咿咿哑哑，可是也似乎疲倦了，只想休息神气。

吧。”说后就回到厨房里去了。一会儿捧出一大钵子汤菜来，热气腾腾。仔细看看，原来是一钵田螺肉煮酸白菜！夭夭很快乐地向老水手说：“满满你信不信，大水爬虫也快上桌子了？”

说得大家笑个不止。吃过饭后一家人依然去园里摘橘子，长顺却邀老水手向金沙溪走，到溪头去看新堰坝。堰坝上安了个小小鱼梁，水已下落，正有个工人蹲在岸边破篾条子修补鱼梁上的棚架。到秋天来，溪水下落，堰坝中多只蓄水一半，水碾子转动慢了许多，水车声虽然还咿咿哑哑，可是也似乎疲倦了，只想休息神气。有的已停了工，车盘上水闸上粘挂了些水苔，都已枯绵绵的，被日光漂成白色。扇把鸟还坐在水车边石堤坎上翘起扇子形尾巴唱歌，石头上留下许多干白鸟粪。在水碾坊石墙上的薜荔，叶子红红绿绿。碾坊头的葵花，已经只剩下个乌黑干子，在风中斜斜弯弯的，再不像往时斗大黄花迎阳光扭着颈子那种光鲜。一切都说明这个秋天快要去尽了，冬天行将到来。

两个人沿溪看了四座碾坊，方从堰坝上迈过对溪，抄捷径翻小山头回橘子园。

到午后，已摘了三晒谷簟橘子。老水手要到镇上去望望，长顺就托他带个口信，告会长一声，问他什么时候来过秤装运。因为照本地规矩，做买卖各有一把秤，一到分量上有争持时，各人便都说：“凭天赌咒，自己秤是官秤，很合规矩。大斗小秤不得天保佑。”若发生了纠纷，上庙去盟神明心时，还必须用一只雄鸡，在神座前咬下鸡头各吃一杯血酒，神方能作见证。这两亲家自然不会闹出这种纠葛，因此橘子园主人说笑话，嘱咐老水手说：

“大爷，你帮我去告会长，不要扛二十四两大秤来，免得上庙明心，又要捉我一只公鸡！”

老水手说：“那可免不了。谁不知道会长号上的大秤。你怕上当，上好是不卖把他！”老水手说的原同样是一句笑话。

河下二码头果然已拢了一帮船，大小共三十四只，分成好几个帮口停泊到河中。河水落了，水浅船只难靠码头，都用跳板搭上岸。

大帮船拢码头时

老水手到了吕家坪镇上，向商会会长转达橘子园主人的话语，在会长家同样听到了下面在调兵遣将的消息。这些消息和他自己先前那些古古怪怪的猜想混成一片时，他于是便好像一个“学者”，在一种纯粹抽象思考上，弄得有点神气不舒，脊梁骨被问题压得弯弯的，预备沿河边走回坳上去。在正街上看见许多扛了被盖卷的水手，知道河下必到了两帮货船，一定还可从那些船老板和水手方面，打听出一些下河新闻。他还希望听到些新闻，明天可过河到长顺家去报告。

河下二码头果然已拢了一帮船，大小共三十四只，分成好几个帮口停泊到河中。河水落了，水浅船只难靠码头，都用跳板搭上岸。有一部分船只还未完毕它的水程，明后天又得开头上行，这种船高桅上照例还悬挂一堆纤带。有些船已终毕了它行程的，多半在准备落地起货。稽查局关上办事人，多拿了个长长的铁钎子，从这只船跳过那只船，十分忙碌。这种船只必然已下了桅，推了篷，一看也可明白。还有些船得在这个码头上盘载，减少些货物，以便上行省事的。许多水手都在河滩上笑嘻嘻地和街上妇女谈天，一面剥橘子吃一面说话。或者从麂皮抱兜里掏摸礼物，一瓶雪花膏、一盒兰花粉、一颗镀金戒指，这样或那样。掏出的是这个水手的血汗，还是那颗心，接受礼物的似乎通通不曾注意到。有些水手又坐在大石头上编排草鞋，或蹲在河坎上吸旱烟，寂寞和从容平分，另是一种神情。

有些船后梢正燃起湿栗柴，水手就长流水淘米煮饭，把砂罐贮半罐子红糙米，向水中骨毒一闷。另外一些人便忙着掐葱剥蒜，准备用拢岸刀头肉炒豆腐干作晚饭菜。

搭上行船的客人，这时多换上干净衣服，上街去看市面。不上岸的却穿着短汗衫，叉手站在船尾船头，口衔纸烟，洒洒脱脱，欣赏午后江村景色。或下船在河滩上橘子堆边，把拣好的橘子摆成一小堆，要乡下人估价钱，笑眯眯地做交易。说不定正想起大码头四人同吃一枚橘子的情形，如今却俨然到了橘子园，两相对照，未免好笑。说不定想到的又只是些比这事还小的事情。

长街上许多小孩子，知道大帮船已拢岸，都提了小小篮子，来卖棒棒糖和小芝麻饼，在各个船上兜生意，从这只船跳过那只船，一面进行生意，一面和同伴骂骂野话取乐。

河下顿时显得热闹而有生气起来，好像有点乱，一种逢场过节

情形中不可免的纷乱。

老水手沿河走去，瞪着双小眼睛，一只一只船加以检查。凡是本镇上或附近不多远的船主和水手，认识的都打了个招呼，且和年青人照例说两句笑话。不是问他们这次下常德见过了几条“火龙船”，上醉仙楼吃过几碗“羊肉面”，就是逗他们在桃源县玩过了几次“三只角”，进过几回“桃源洞”！遇到一个胖胖的水手，是吕家坪镇上做裁缝李生福的大儿子，老水手于是在船跳板边停顿下来，向那小伙子打招呼。

“大肉官官，我以为你一到洞庭湖，就会把这只‘水上飘’压沉，湖中的肥江猪早吃掉了你，怎么你又回来了？好个大命！”

那小伙子和一切胖人脾气相似，原是个乐天派，天生憨憨的，

笑嘻嘻地回答说："伯伯，我们这只船结实，压不沉的！上次放船下常德府，船上除了我，还装上十二桶水银，我也以为会压到洞庭湖心里去见龙王爷，不会再回来的，所以船到桃源县时，就把几个钱全输光了。我到后江去和三个小婊子打了一夜牌，先是我一个人赢，赢到三个婊子都上不了庄。时候早，还不过半夜，不好意思下船，就借她们钱再玩下去。谁料三个小婊子把我当城隍菩萨，商量好了抬我的轿子，三轮庄把我弄得个罄、净、干。她们看我钱已输光后，就说天气早，夜深长，过夜太累了，明天恐爬不起来，还是歇歇吧。一个一个打起哈欠来了，好像当真要睡觉样子。好无心肝的婊子！干铺也不让搭，要我回船上睡。输得我只剩一根裤带、一条黄瓜，到了省里时，什么都买不成。船又好好地回来了。伯伯，你想想我好晦气！一定是不小心在妇人家晒裤子竹竿下穿过，头上招了一下那个。"

老水手笑得弯着腰。"好，好，好，你倒会快乐！你身子那么大，婊子不怕你？"

"桃源县后江娘儿们，什么大仗火不见过，还怕我！她们怕什么？水牛也不怕！"

"可是省里来的副爷，关门撒野，完事后拉开房门就跑了，她们招架不住。"

"那又当别论。伯伯，你我谁不怕？"

左图：

不是问他们这次下常德见过了几条"火龙船"，上醉仙楼吃过几碗"羊肉面"，就是逗他们在桃源县玩过了几次"三只角"，进过几回"桃源洞"！

右图：

"桃源县后江娘儿们，什么大仗火不见过，还怕我！她们怕什么？水牛也不怕！"

老水手说："凡事总有理字，三头六臂的人也得讲个道理。"老水手想起"新生活"，话转了弯："肥坨坨，我问你，可见过'新生活'？你在常德可被罚立正？"

"见过见过。不多不少罚过三回。有回还是个女学生，她说：'划船的，你走路怎么不讲规矩？这不成的！'我笑笑地问她：'先生，什么是规矩？'因为我笑，她就罚我。站在一个商货铺屋檐口，不许走动。我看了好一会铺子里腊肉腊鱼，害得我口馋心馋！"

"这有什么好处？"

这水手长得同一根竹篙子一般，名叫"长寿"。其时正和另外一个水手在河滩上估猜橘子瓣数，赌小输赢。

“将来好齐心打鬼子，打鬼子不是笑话！”

“听人说兵向上面调，打什么鬼子？鬼子难道在我们湘西？”

“那可不明白！”

既不明白，自然就再会。老水手又走过去一点，碰着一个“拦头”水手，萝卜溪住家的人。这水手长得同一根竹篙子一般，名叫“长寿”。其时正和另外一个水手在河滩上估猜橘子瓣数，赌小输赢。老水手走近身时招呼他说：

“长寿，你不是月前才下去？怎么你这根竹篙子一撇又回来了？”

长寿说：“我到辰州府就打了转身。”

“长顺家三黑子，他老子等他船回来，好装橘子下省办皮货！他到了常德不到？”

“不知道，这要问朱家冒冒，他们在辰州同一帮船，同一湾泊到上南门，一路吹哨子去上西关福音堂看耶稣，听牧师说天话。”又引了两句谚语：“耶稣爱我白白脸，我爱耶稣大洋钱。可不是！”

“洪发油号的油船？”

“我不看见。”

“榷运局的盐船？”

“也不看见。”

老水手不由得嗜了起来，做成相信不过的神气：“咄，长寿，长寿，你这个人眼眶子好大，一只下水船面对面也看不明白。你是整天看水鸭子打架，还是眼睛落了个毛毛虫，不关事？”

那水手因为手气不大好，赌输了好些钱，正想扳本，被老水手打岔，有点上火，于是也嗜了起来：“咄，伯伯，你真是，年青人眼睛，看女人才在行！要看船，满河都是船，看得了多少！又不是女人的……”

“你是拦头管事！”

“我拦头应当看水，和水里石头；抬起头来就看天，有不有

“咄，伯伯，你真是，年青人眼睛，看女人才在行！要看船，满河都是船，看得了多少！又不是女人的……”

云，刮不刮风，好转篷挂脚。谁当心看油船盐船？又不是家里婆娘等待油盐下锅炒菜！”

老水手见话不接头，于是再迈步走去。在一只三舱船前面，遇着一个老伴，一个在沅水流域驾了三十年船的船主，正在船头督促水手起货物上岸。一见老水手就大声喊叫：

“老伙计，来，来，来，到这里来！打灯笼火把也找不到你！同我来喝一杯，我炖得有个稀烂大猪头。你忙？”

老水手走近船边笑笑的：“我忙什么？我是个鹞子风筝，满天飞，无事忙。白天帮萝卜溪长顺大爷下了半天橘子，回镇上来看看会长，听说船拢了，又下河来看看船。我就那么无事忙。你这船真快，怎么老早就回来了？”

船主一面说一面就自己先笑起来。因为想起别的人曾经把这个字眼儿看得顶认真，还听说有上万学生因此把头割掉！

“回来装橘子的！赶装一船橘子下去，换鱿鱼海带赶回来过年。今年我们这里橘子好，装到汉口抢生意，有钱赚。”

“那我也跟你过汉口去。”老水手说笑话，可是却当真上了船。从船舷阳桥边走过尾梢去，为的是尾梢空阔四不当路，并且火舱中砂锅里正焖着那个猪头，热气腾腾，香味四溢，不免引人口馋。

船主跟过后梢来：“老伙计，下面近来都变了，都不同了，当真下去看看西洋景吧。街道放得宽宽的，走路再不会手拐子撞你撞我。大街上人走路都挺起胸脯，好像见人就要打架神气。学生也厉害，放学天都拿了木棍子在街上站岗，十来丈远一个，对人说：走左边，走左边——大家左边走，不是左倾了吗？”末尾一句话自然是笑话，船主一面说一面就自己先笑起来。因为想起别的人曾经把这个字眼儿看得顶认真，还听说有上万学生因此把头割掉！

“哪里的话。”

“老伙计，哪里画？壁上挂；唐伯虎画的。这事你不信，人家还亲眼见过！辫子全剪了，说要卫生，省时间梳洗，好读书。谁知读的是什么书，一讲究卫生，连裤子也不穿。都说是当真的，我不大信！”

老水手是个老《申报》间接读者，用耳朵从会长一类人口中读消息，所以比船主似乎开通一点，不大相信船主说的女学生的笑话。老水手关心“新生活”，又问了些小问题，答复还是不能使人满意。后来又谈起中国和日本开战问题，那船主却比老水手知道更少，所以省上调动保安队，船主就毫不明白是什么事情。

可是皇天不负苦心人，关心这问题的老水手，过不久，就当真比吕家坪镇上人知道的都多了。

辰河货船在沅水中行驶，照规矩各有帮口，也就各有码头，不相混杂。但船到辰河以后，因为码头小，不便停泊，就不免有点各凭机会抢先意思，谁先到谁就拣好处靠岸。本来成帮的船，虽还保留一点大河中老规矩，孤单船只和装有公事上人的船只，就不那么拘谨了。这货船旁有一只小船，拔了锚，撑到上游一点去后，空处就补上了一只小客船，船头上站了个穿灰哔叽短夹袄的中年人，看样子不是县里承审官，就是专员公署的秘书科长。小差船十来天都和这只商船泊在一处，一同开头又一同靠岸。船主已和那客人相熟，两船相靠泊定后，船主正和老水手蹲在舱板上放杯筷准备喝酒。船主见到那个人，就说：“先生，过来喝一杯，今天酒好！是我们镇上著名的红毛烧，进过贡的，来试试看。”

那人说：“老板，你船到地了。这地方橘子真好，一年有多少出息！”

“不什么好，东西多，不值钱！”旋又把筷子指定老水手鼻子，“我们这位老伙计住在这里，天上地下什么都知道。吕家坪的事情，

既有了攀谈机会，便隔船和那客人谈天，从橘子产量价值到保安队。饭菜排好时，船主重新殷勤招呼请客人过来喝两杯酒。

心中一本册，清清楚楚。”

听到这个介绍时，老水手不免有点儿忸怩。既有了攀谈机会，便隔船和那客人谈天，从橘子产量价值到保安队。饭菜排好时，船主重新殷勤招呼请客人过来喝两杯酒。客人却情不过，只得走过船来，大家蹲在后舱光溜溜的船板上，对起杯来。

原来客人是个中学教员，说起近年来地方的气运，客人因为多喝了一杯酒，话也就多了一点，客人说：

“这事是一定的！你们地方五年前归那个本地老总负责时，究竟是自己家边人，要几个钱也有限。钱要够了，自然就想做做事。可是面子不能让一个人占。省里怕他得人心，势力一大，将来管不了，主席也怕坐不稳。所以派两师人上来，逼他交出兵权，下野不问事。不肯下野就要打。如果当时真的打起来，还不知是谁的天下。本地年青军官都说要打也成，见个胜败很好。可是你们老总不怕主席怕中央，不怕人怕法，怕国法和军法。以为不应当和委员长为难，是非总有个公道，就下了野，一个人坐车子跑下省里去做委员，军队事不再过问。因此军队编的编，调的调，不久就完事了。再不久，保安队就来了。主席想把保安队拿在手里，不让它成为单独势力，想出个绝妙办法，老是把营长团长这里那里各处调，部队也这里那里各处调，上下通通不大熟习，官长对部下不熟习，部队对地方不熟习，好倒有好处，从此一来地方势力果然都消灭了，新势力决不会再起，省里做事方便了万千。只是主席方便民众未必方便。保安队变成了随时调动的东西，他们只准备上路，从不准备打匪。到任何地方驻防，事实上就只是驻防，负不了责。纵有好官长，什么都不熟习，有的连自己的兵还不熟习，如何负责？因此养成一个不大负责的习气……离开妻室儿女出远门，不为几个钱为什么？找了钱，好走路！”

老水手觉得不大可信，插嘴说：“这事情怎么没有传到南京去呢？”

那人说：“我的老伙计，委员长一天忙到晚，头发都忙白了，一天有多少公文要办，多少客要见，管得到这芝麻大事情？现在又预备打日本，事情更多了。”

船主说：“这里那人既下野了，兵也听说调过宁波奉化去了，怎么省里还调兵上来？又要大杀苗人了吗？苗人不造反，也杀够了！”

“老舵把子，这个你应当比我们外省人知道得多一些！”客人似乎有了点醉意，话说得更亲昵放肆了些。这人民国十八年在长沙过了一阵热闹日子，昏头昏脑地做了些糊涂事。忽然又冷下来，不声不响教了六年中学。谁也不知道他过去是什么人，把日子过下来，看了

“我的老伙计，委员长一天忙到晚，头发都忙白了，一天有多少公文要办，多少客要见，管得到这芝麻大事情？……”

六七年省城的报，听了六七年本地的故事。这时节被吕家坪的烧酒把一点积压全挤出来了。“老伙计，你不知道吧？我倒知道啊！你只知道划船、掌舵、拉纤，到常德府去找花姑娘打炮，把板带里几个钱掏空，就完事了。哪知道世界上玩意儿多咧……”

（被国民党中央宣传部删去一大段）

到老水手仿佛把事情弄明白，点头微笑时，那客人业已被烧酒醉得糊糊涂涂快要唱歌了。

老水手轻轻地对船主说：“掌舵的，真是这样子，我们这地方会要遭殃，不久又要乱起来的，又有枪，又有人，又有后面撑腰的，怎么不乱？”

船主不作声，把头乱摇，他不大相信。事实上他也有点醉了。

天已垂暮，邻近各船上到处是炒菜落锅的声音，和辣子大蒜气味。且有在船上猜拳，八马五魁大叫大喊的。晚来停靠的船，在河中用有倒钩的竹篙抓住别的船尾靠拢时，篙声水声人语声混成一片。河面光景十分热闹。夜云已成一片紫色，映在水面上，渡船口前人船都笼罩在那个紫光中。平静宽阔的河面，有翠鸟水鸡接翅掠水向微茫烟浦里飞去。老水手看看身边客人和舵把子，已经完全被烧酒降伏。天夜了，忙匆匆地扒了一大碗红米饭，吃了几片肥烂烂的猪头肉，上了岸鲇鱼似的溜了。

他带了点轻微酒意，重新上正街，向会长家中走去。

会长正来客人，刚点上那盏老虎牌汽油灯，照得一屋子亮堂堂的。但见香烟笼罩中，长衣短衣坐了十来位，不是要开会就是要打牌。老水手明白自己身分，不惯和要人说话，因此转身又向茶馆走去。

货船到得多，水手有的回了家，和家中人围在矮桌边说笑吃喝去了。

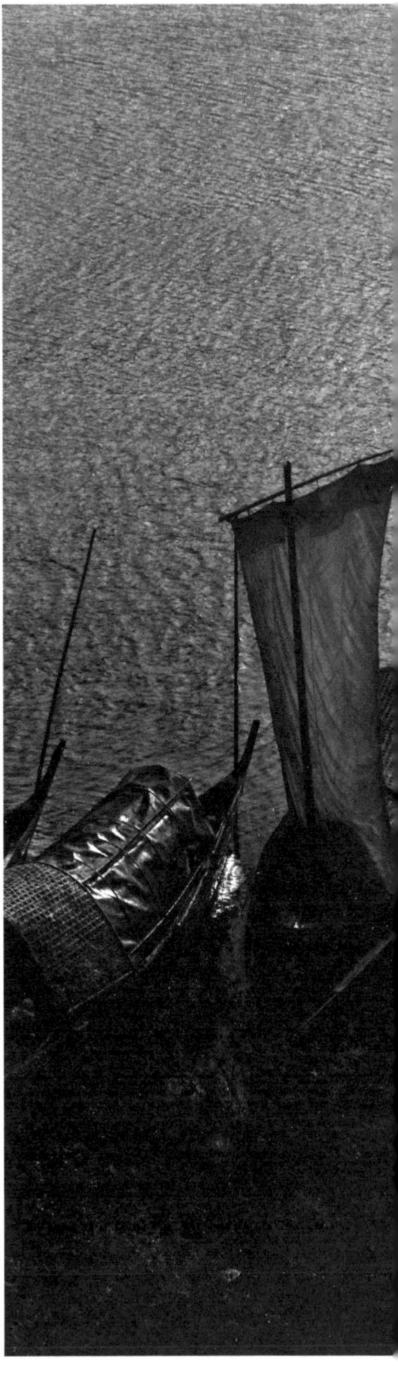

晚来停靠的船，在河中用有倒钩的竹篙抓住别的船尾靠拢时，篙声水声人语声混成一片。河面光景十分热闹。

有的是麻阳县的船，还不曾完毕长途，明天又得赶路，却照老规矩，“船到吕家坪可以和个妇人口对口做点糊涂事”，就上岸找对手消消火气。有的又因为在船上赌天九，手气好，弄了几个，抱兜中洋钱钞票胀鼓鼓的，非上岸活动活动不可，也得上岸取乐，请同伙水手吃面，再到一个妇人家去烧荤烟吃。既有两三百水手一大堆钱在松动，河下一条长街到了晚上，自然更见得活泼热闹起来。到处感情都在发酵，笑语和嚷骂混成一片。茶馆中更嘈杂万状。有退伍兵士和水手，

既有两三百水手一大堆钱在松动，河下一条长街到了晚上，自然更见得活泼热闹起来。

坐在临街长条凳上玩月琴，用竹拨子弄得四条弦绷琮绷琮响。还风流自赏提高喉咙学女人嗓子唱小曲，花月逢春，四季相思，万喜良孟姜女长城边会面，一面唱曲子，一面便将眼角瞟觑对街黑腰门（门里正有个大黑眼长辫子船主黄花女儿），妄想凤求凰，从琴声入手。

小船主好客喜应酬，还特意拉了船上的客人，和押货管事上馆子吃肉饺饵，在“满堂红”灯光下从麂皮抱兜掏出大把钞票来争着会钞，再上茶馆喝茶，听渔鼓道情。客人兴致豪，必还得陪往野娘儿们住的边街吊脚楼上，找两个眉眼利落点的年青妇人，来陪客靠灯，烧两盒烟，逗逗小婊子取乐。船主必在小婊子面前，随便给客人加个官衔，参谋或营长，司令或处长，再不然就是大经理、大管事；且照例说是家里无人照应，正要挑选一房亲事，不必摩登，只要人“忠厚富态”就成，借此扇起小妇人一点妄念和痴心，从手脚上占点便宜。再坐坐，留下一块八毛钱，却笑着一股烟走了。副爷们见船帮拢了岸，记起尽保安职务，特别多派了几个弟兄查夜，点验小客店巡环簿，盘问不相干住客姓名来去。更重要的是另外一些不在其位非军非警亦军亦警的人物，在巡查过后，来公平交易，一张桌子收取五元放赌桌子钱。

至于本地妇人，或事实上在经营最古职业，或兴趣上和水上人有点交亲缘分，在这个夜里自然更话多事多，见得十分忙碌，还债收账一类事情，必包含了物质和精神两方面。眼泪与悦乐杂糅，也有唱，也有笑，且有恩怨纠缚，在鼻涕眼泪中盟神发誓，参加这个小小世界的活动。

老水手在一个相熟的本地舵把子茶桌边坐下来，一面喝茶一面观察情形。见凡事照常，如历来大帮船到码头时一样。即坐在上首那几个副爷，也都很静心似的听着那浪荡子弹月琴，梦想万喜良和孟姜女在白骨如麻长城边相会唱歌光景，脸样都似乎痴痴的，别无征兆，显示出对这地方明日情形变化的忧心，简直是毫无所思，毫无

“不许走，那我从下边河滩上绕路走，人家要回家睡觉的！”“怎么不打个灯？”“天上有星子，有万千个灯！”

所虑。老水手因之代为心中打算，即如何捞几个小小横财，打颗金戒指，镶颗金牙齿。

老水手心中有点不平，坐了一会儿，和那船主谈了些闲天，就拔脚走了。他也并不走远，只转到隔壁一个相熟人家去，看船上人打跑付子字牌，且看悬在牌桌正中屋梁下那个火苗长长的油灯，上面虫蛾飞来飞去，站在人家身后，不知不觉看了半天。吕家坪市镇到坳上，虽有将近三里路，老水手同匹老马一样，腿边生眼睛，天上一抹黑，摸夜路回家也不会摔到河里去。九月中天上星子多，明河在空中画一道长长的白线，自然更不碍事了。因此回去时火把也不拿，洒脚洒手的。回坳上出街口得走保安队驻防处伏波宫前面经过，一个身大胆量小的守哨弟兄在黑暗中大声喊道："口令！"

老水手猛不防有这一着洋玩意儿，于是干声嚷着："老百姓。"

"什么老百姓？半夜三更到哪里去！不许动。"

"枫树坳坐坳守祠堂的老百姓，我回家里去！"

"不许通过。"

"不许走，那我从下边河滩上绕路走。人家要回家睡觉的！"

"怎么不打个灯？"

"天上有星子，有万千个灯！"

那哨兵直到这时节似乎方抬头仔细看看，果然蓝穹中挂上一天星子。且从老水手口音中，辨明白是个老伙计，不值得认真了。可是自己转不过口来，还是不成，说说官话：

"你得拿个火把，不然深更半夜，谁知道你是豺狼虎豹，正人君子？"

"我的副爷，住了这地方三十年，什么还不熟习？我到会长那边去有点事情，所以回来就晚了。包涵包涵！"

话说来说去，口气上已表示不妨通融了，老水手于是依然一直向前走去。老水手从口音上知道这副爷是家边人，好说话，因此走近身时就问他：

"副爷，今天戒严吗？还不到三更天，早哩。"

"船来得多，队长怕有歹人，下命令戒严。"

"官长不是在会长家里吃酒吗？三山五岳，客人很多！"

"在上码头税关王局长那边打牌！"

"打牌吃酒好在是一样的。我还以为在会长家里！天杀黑时我看见好些人在那边，简直是群英大会……”

“吃过酒，就到王局长那边打牌去了。”

“局长他们倒成天有酒喝，有牌打。”

“命里八字好，做官！”口中虽那么说，却并无羡慕意思，语气中好像还带着一点诅咒。“娘个东西，升官发财，做舅子！”

又好像这个不满意情绪，已被老水手察觉，便认清了自己责任，陡地大吼一声：“走，赶快走！不走我把你当奸细。”似乎把老水手嗾开后，自己也就安全了。

老水手觉得这个弟兄的意见，竟比在河下船上听那中学教员表示的意见明白多了。他心里想：“慢慢地来吧，慢慢地看吧，舅子。‘豆子豆子，和尚是我舅子；枣子枣子，我是和尚老子。’你们等着吧。有一天你看老子的厉害！”他好像已预先看到了些什么事情，即属于这地方明日的命运。可是究竟是些什么，他可说不出，也并不真正明白。

到得坳上时，看看对河萝卜溪一带，半包裹在夜雾中，如已沉睡，只剩下几点儿摇曳不定灯光在丛树薄林间。河下也有几点灯光微微闪动。滩水在静夜里很响。更远处大山，有一片野烧，延展移动，忽明忽灭。老水手站在祠堂阶砌上，自言自语地说：“好风水，龙脉走了！要来的你尽管来，我姓滕的什么都不怕！”

买橘子

保安队队长带了一个尖鼻小眼烟容满面的师爷，到萝卜溪来找橘子园主人滕长顺，办交涉打商量买一船橘子。长顺把客人欢迎到

“大老板，无事不登三宝殿，我是有点小事特意来这里的。我想和你办个小交涉。我听人说你家橘子园今年橘子格外好，又大又甜……”

正厅堂屋坐定后，赶忙拿烟倒茶。队长自以为是个军人，凡事豪爽直率，开门见山就说：

“大老板，无事不登三宝殿，我是有点小事特意来这里的。我想和你办个小交涉。我听人说你家橘子园今年橘子格外好，又大又甜，我来买橘子。”

长顺听说还以为是一句笑话，就笑起来。

“队长要吃橘子，我叫人挑几担去解渴，哪用钱买！”

“喔，那不成。我听会长说，买了你一船橘子，庄头又大，味道又好，比什么‘三七四’外国货还好。带下省去送人，顶刮刮。我也要买一船带下省去送礼。我们先小人后君子，得说个明白，橘子不白要你的，值多少钱我出多少。你只留心选好的、大的，同会长那橘子一样的。”

长顺明白来意后，有点犯难起来，答应拒绝都不好启齿。只搓着两只有毛大手微笑。因为这事似乎有点蹊跷，像个机关布景，不大近情理。过了一会儿才说：

“队长要橘子送礼吗？要一船装下去送礼吗？”

“是的。货要好的，我把你钱，不白要你的！”

“很好，很好，我就要他们摘一船——要多大一船？”

“同会长那船一样大，一样多。要好的、甜的、整庄的，我好

同来师爷是个"智多星"，这一着棋本是师爷指点队长走的。以为长官自己下乡买橘子，长顺必不好意思接钱。

带到省里去送人。送军长、厅长，有好多人要送，这是面子上事情……"

长顺这一来可哽住了。不免有点滞滞疑疑，微笑虽依然还挂在脸上，但笑中那种乡下人吃闷盆不干心的憨气，也现出来了。

同来师爷是个"智多星"，这一着棋本是师爷指点队长走的。以为长官自己下乡买橘子，长顺必不好意思接钱。得到了橘子，再借名义封一只船向下运，办件公文说是"差船"，派个特务长押运，作为送省主席的礼物，沿路就不用上税。到了常德码头时，带三两挑过长沙送礼，剩下百分之九十，都可就地找主顾脱手，如此一来，怕不可以净捞个千把块钱，哪有这样上算的事不做？如今办交涉时，见橘

长顺也作成“听明白了”神气，随口而问：“卖，卖，卖，是要大船？小船？”

子园主人一起始似乎就已看穿他们的来意，不大好办。因此当作长顺听不懂队长话语，语言有隔阂，他来从旁解释：“滕大老板，你照会长那个装一船，就好了。你橘子不卖难道留在家里吃？你想想。”

可是会长是干亲家，半送半买，还拿了两百块钱。而且真的是带下省去送亲戚，这礼物也就等于有一半是自己做人情。队长可非亲非故，并且照平时派头说来，不是肯拿两百块钱买橘子送礼物的人，要一船橘子有什么用处？因此长顺口上虽说很好很好，心中终不免踌躇，猜详不出是什么意思来。也是合当出事，有心无意，这个乡下人不知不觉又把话说回了头：

“队长你要橘子送人，我叫人明天挑十担去。”

队长从话中已听出支吾处，有点不乐意，声音重重地说：“我要买你一船橘子，好带下去送礼！你究竟卖不卖？”

长顺也作成“听明白了”神气，随口而问：“卖，卖，卖，是要大船？小船？”

“要会长那么大一船，货也要一样的。”

“好的，好的，好的。”

在一连三个“好的”之中，队长从橘子园主人口气里，探出了惑疑神气，好像把惑疑已完全证实后，便用“碰鬼，拿一船橘子下省里去发财吧”那么态度答应下来的。队长要一船橘子的本意，原是借故送礼，好发一笔小财，如今以为橘子园主人业已完全猜中机关，光棍心多，不免因羞成恼，有点气愤。只是俗话说，“伸手不打笑脸人”，主人既答应了下来，很显然，纵非出自心愿，也得上套。因此一时不便发作，只加强语调说：

“大老板，我是出钱买你的橘子！你要多少钱我出多少，不是白要你橘子的！”

同来那个师爷鬼伶精，恐怕交涉办不成，自己好处也没有了。就此在旁边打圆成，提点长顺，语气中也不免有一点儿带哄带吓。“滕老板，你听我说，你橘子是树上长的，熟了好坏要卖给人，是不是？队长出钱买，你难道不卖？预备卖，那不用说了，明天找人下树就是。别的话语全是多余的。我们还有公事，不能在这里和你磨牙巴骨！”

长顺忙赔笑脸说：“不是那么说，师爷你是个明白人，有人出钱买我的橘子，我能说不卖？我意思是本地橘子不值钱，队长要送礼，可不用买，不必破费，我叫人挑十担去。今年橘子结得多，队长带弟兄到我们这小地方来保卫治安，千辛万苦，吃几个橘子，还好意思接钱？这点小意思也要钱，我姓滕的还像个人吗？只看什么时候要，告我个日子，我一定照办。”

因为说的还是“几挑”，和那个“一船”距离太远，队长怪不舒服，装成大不高兴毫不领情神气，眼不瞧长顺，对着堂屋外大院坝一对白公鸡说：“哪一个白要你乡下人的橘子？现钱买现货，你要多少我出多少。只帮我赶快从树上摘下来。我要一船，和会长一样……会长花多少我也照出，一是一,二是二……”话说完，队长站起身来，把眉毛皱皱，意思像要说：“我是个军人，作风简单痛快。我要的你得照办。不许疑心，不许说办不了。不照办，你小心，可莫后悔不迭！”斜眼知会了一下同来的师爷，就昂着个头顾自扬长走了。到

因为说的还是“几挑”，和那个“一船”距离太远，队长怪不舒服，装成大不高兴毫不领情神气，眼不瞧长顺……

院子心踏中一泡鸡屎，赶上去踢了那白鸡一脚：“你个畜生，不识好歹，害我！”

长顺觉得简直是被骂了，气得许久开口不得。因为二十年来内战，这人在水上，在地面，看见过多少稀奇古怪的事情，可是总还不像今天这个人那么神气活灵活现，而且不大讲道理。

那丑角一般师爷有意留在后边一点，唯恐事情弄僵，回过头来向长顺说：

“滕老板，你这人，真是个在石板一跌两节的人，吃生米饭长大，生硬硬的，太不懂事！队长爱面子，兴兴头头跑到你乡下来买橘子，你倒拿羊起来了；‘有钱难买不卖货’，怎么不卖？我问你，是个什么主意？”

“……你惹他生了气，他是个武人，说得出，做得到，真派人来砍了你的橘子树，你难道还到南京大理院去告他？”

长顺说：“我的哥，我怎么好说不卖？他要一船橘子，一千八百担，算是一船，三百两百挑，也是一船。装一船橘子送人，可送得了？”

师爷愣着那双鼠眼说：“嗨，你这个人。你管他送得了送不了？送不了让它烂去，生蛆发霉，也不用你操心。他出钱你卖货，不是就了事？他送人也好，让它烂掉也好，你管不着。你只为他装满一只‘水上飘’，还问什么？你惹他生了气，他是个武人，说得出，做得到，真派人来砍了你的橘子树，你难道还到南京大理院去告他？”

这师爷以为如此一说，长顺自会央求他转弯，因此站着不动。却见长顺不作声，好像在玩味他的辞令，并无结果，自觉没趣，因此学戏文上丑角毛延寿神气，三尾子似的甩甩后衣角，表示“这事从此不再相干”，跟着队长身后走了。

两人本来一股豪劲下萝卜溪，以为事情不费力即可成功。现在僵了，大话已说出口，收不回来，十分生气。出了滕家大门，走到橘子园边，想沿河走回去，看看河边景致，散散闷气。侧屋空坪子里，正遇着橘子园主人女儿夭夭，在太阳下晒刺莓果，头上搭了一块扣花首帕，辫子头扎一朵红茶花。其时正低着头一面随意唱唱，一面用竹扒子翻扒那晒簟上的带刺小果子。身边两只狗见了生人就狂吠起来。夭夭抬起头时，见是两个军官，忙喝住狗，举起竹扒在狗头上打了一下，把狗打走了。还以为两人是从橘园穿过，要到河边玩的，故不理会，依然做自己的事情。

队长平时就常听人提起长顺两个女儿，小的黑而俏。在场头上虽见过几回，印象中不过是一朵平常野花罢了。队长是省里中学念过书的人，见过场面，和烫了头发手指甲涂红胶的交际花恋爱时，写情书必用“红叶笺”“爬客”自来水笔。凡事浸透了时髦精神，所以对乡下女子便有点瞧不上眼。这次倒因为气愤，心中存着三分好奇、三分恶意，想逗逗这女子开开心，因此故意走过去和夭夭攀话，问夭夭簟子里晒的是什么东西。且随手刁起一枚刺莓来放在鼻边闻闻。“好香！这是什么东西？奇怪得很！”

夭夭头也不抬，轻声地说：“刺莓。”

“刺莓有什么用？”

“泡药酒消痰化气。”

“你一个姑娘家，有什么痰和气要消化？”

“上年纪的人吃它！”

“这东西吃得？我不相信。恐怕是毒药吧。我不信。”

“不信就不要相信。”

“一定是放蛊的毒药。你们湘西人都会放蛊，我知道的！一吃下肚里去，就会生虫中蛊，把肠子咬断，好厉害！”

其时那个师爷正弯下身去拾起一个顶大的半红的刺莓，作成要生吃下去的神气，却并不当真就吃。队长好像很为他同伴冒险而担心：“师爷，小心点，不要中毒，回去打麻烦。中了毒要灌粪清才会吐出来的！说不得还派人来讨大便讲人情，多费事！”

师爷也作成差点儿上当神气：“啊呀危险！”

夭夭为两个外乡人的言行可笑，抿嘴笑笑，很天真地转过身抬起头来，看了看两个外乡人。“你们城里人什么都不知道。不相信，要你信。”随手拾起一个透熟过了黄中带红的果子，咬去了蒂和尖刺，往口里一送，就嚼起来了。果汁吮尽后，唷地一下把渣滓远远吐去，对着两个军人：“甜蜜蜜的，好吃的，不会毒死你！”

那师爷装作先不明白，一经指点方了然觉悟样子，就同样把一个生涩小果子抛入口里，嚼了两下，却皱起眉把个小头不住地摇。

“好涩口，好酸！队长，你吃试试看。这是什么玩意儿——人参果吧？”

那队长也故意吃了一枚，吃过后同样不住摇头：“啊呀，这人参果，要福气消受！”

两人都赶忙把口中的东西吐出。

这种做作的剧情，虽出于做作，却不十分讨人厌。夭夭见到时，得意极了，取笑两人说：“城里人只会吃芝麻饼和连环酥。怕毒死千万不要吃，留下来明天做真命天子。”

师爷手指面前一片橘子树林，口气装得极其温和，询问夭夭：“这是你家橘子园不是？”

“是我家的，怎么样？”

“橘子卖不卖？”

夭夭说：“怎么不卖？”

“我怕你家里人要留下自己吃。”

“留下自己吃，一家人吃得多少！”

“正是的，一家人能吃多少！可是我们买你卖不卖？”

“在这里可不卖。”

“这是什么意思？”

“你们想吃就吃！口渴了自己爬上树去摘，能吃多少吃多少，不用把钱。你看（夭夭把手由左到右画了个半圆圈），多大一片橘子

夭夭见到时，得意极了，取笑两人说："城里人只会吃芝麻饼和连环酥。怕毒死千万不要吃，留下来明天做真命天子。"

师爷在衣口袋中掏了一阵，似乎找一把刀子，末后还是用手来剥，两手弄得湿油油的，向裤子上只是擦，不爱干净处引得夭夭好笑。

园，全是我家的。今年结了好多好多！我的狗不咬人。"

说时那只白狗已回到了夭夭身边，一双眼睛对两个陌生客人盯着，还俨然取的是一种监视态度。喉中低低哝着，表示对于陌生客人毫不欢迎。夭夭抚摩狗头，安慰它也骂骂它："大白，你是怎么的？看你那样子，装得凶神恶煞，小气。我打你。"且顺着狗两个耳朵极温柔地拍了几下，"到那边去！不许闹。"

夭夭又向两个军人说："它很正经，不乱咬人。有人心，懂事得很。好人它不咬，坏人放不过。"远远的一株橘子树上飞走了一只乌鸦，掉落了一个橘子，落在泥地上钝钝的一声响，这只狗不必吩咐，就奔窜过去，一会儿便把橘子衔回来了。夭夭将橘子送给客人："吃吃看，这是老树橘子，不酸的！"

师爷在衣口袋中掏了一阵，似乎找一把刀子，末后还是用手来剥，两手弄得湿油油的，向裤子上只是擦，不爱干净处引得夭夭好笑。

队长一面吃橘子一面说："好吃，好吃，真好吃。"又说："我先不久到你家里，和你爹爹商量买橘子，他好像深怕我不给钱，白要他的。不肯卖把我。"

夭夭说："那不会的。你要买多少？"

师爷抢口说："队长要买一船。"

"一船橘子你们怎么吃得了？"

"队长预备带下省里去送人。"

"你们有多少人要送礼？"

夭夭语气中和爹爹的一样，有点不相信。师爷以为夭夭年纪小可欺，就为上司捧场说大话："我们队长交游遍天下，南京北京到处有朋友，莫说一船橘子，真的送礼，就是十船橘子也不够！"

"一个人送多少？"

"一个人送二十三十个尝尝。让他们知道湘西橘子原来那么好，将来到湘西采办去进贡。"

夭夭笑将起来："二十三十，好。做官的，我问你，一船有多少橘子，你知道不知道？"

师爷这一下可给夭夭问住了，话问得闷头，一时回答不来，只是憨笑。对队长皱了皱眉毛，解嘲似的反问夭夭：

"我不知道一船有多少，你说说看对不对。"

"你不明白，我说来还是不明白。"

"九九八十一，我算得出。"

"那你算把我听听，一石橘子有多少。"

队长知道师爷咬字眼儿不是夭夭敌手，想为师爷解围，转话头问夭夭："商会会长前几天到你家买一船橘子，出多少钱？"

夭夭不明白这话用意，老老实实回答说："我爹不要他的钱，他一定要送两百块钱来。"

队长听了一惊："怎么，两百块钱？"

天天不明白这话用意，老老实实回答说："我爹不要他的钱，他一定要送两百块钱来。"

"你说是不止——不值？"

队长本意以为"不值"，但在夭夭面前要装大方，不好说不值，就说："值得，值得，一千也值得。"又说："我也花两百块钱，买一船橘子，要一般大，一般多，你卖不卖？"

"你可问我爹爹去！"

"你爹爹说不卖。"

"那一定不卖。"

"怎么不卖？怎么别人就卖，我要就不卖？难道是……"

"嗨，你这个人！会长是我爹的亲家，我的干爹，顶大橘子是我送他的。要买，八宝精，花钱无处买！"

队长方了然长顺对于卖橘子谈判不感兴趣的原因。更明白那一船橘子的真正代价，是多少钱，多少交情。可是本来说买橘子，也早料到结果必半买半送，随便给个五六十元了事，既然是地方长官，孝敬还来不及，巴不上，岂有出钱买还不能买的道理？谁知长顺不识相，话不接头，引起了队长的火，弄得个不欢而散。话既说出了口，不卖吧，派弟兄来把橘子树全给砍了！真的到底不卖，还不是一个

“队长，你老人家也不要生气，值不得。这是一点小误会。谁不知道你爱民如子？……”

僵局？答应卖了呢，就得照数出钱，两百元，四百元，拿那么一笔钱办橘子，就算运到常德府，赚两个钱，费多少事！倒不如办两百块钱特货，稳当简便多了。

队长觉得，先前在气头上话说出了口，不能收场，现在正好和夭夭把话说开，留个转圜余地。于是说：“我先不久几几乎同你那个爹爹吵起来了。财主员外真不大讲道理。我来跟他办交涉，买一船橘子，他好像有点舍不得，又担心我倚仗官势，不肯把钱，白要你家橘子。他说宁愿意让橘子在树上地下烂掉，也不卖把我。惹我生气上火，不卖吗？我派人来把你这些橘子树全给砍了，其奈我何？你等等告你爹，我买橘子，人家把多少我同样把多少！我们保安队的军誉，到这里来谁不知道。凡事有个理，有个法……”

说到这里时，对师爷挤了一挤眼睛，那师爷就接下去说：“真是的，凡事公正，公买公卖，沅陵县报上就说起过！”又故意对队长说，意思却在给夭夭听到：“队长，你老人家也不要生气，值不得。

这是一点小误会。谁不知道你爱民如子？滕老板是个明白人，他先不体会你意思，到后亏我一说，他就懂了。限他五天办好，他一定会照办。这事有我，不要怄气，值不得！”说到末了，拍了拍那个瘦胸膛，意思是像只要有他，天下什么事都办得妥当。

夭夭这一来，才知道这两个人，原来先不久还刚从家中与爹爹吵了嘴。夭夭再看看两人，便把先前那点天真好意收藏起来了，低下头去翻扒刺莓，随口回答说：

“好好的买卖，公平交易，哪有不卖的道理。”

队长还涎着脸说：“我要买那顶大的，长在树尖子上霜打得红红的，要多少钱我出多少。”

师爷依然带着为上司捧场神气，尽说鬼话：“那当然，要多少出多少，只要肯，一千八百队长出得起。送礼图个面子，贵点算什么。”

队长鼻头嗡嗡的：“师爷，你还不明白，我这人就是这种脾气，凡事图个面子，图个新鲜。要钱吗？有的是。”这话又像是说给自己听取乐，又像是话中本意并非橘子，却指的是玩女人出得起钱，让夭夭知道他为人如何豪爽大方。“南京沈万三的聚宝盆，见过多少稀罕的好东西！”

师爷了解上司意思所指，因此凑和着说下去：“那还待说？别人不知道你，队长，我总知道。为人只要个痛快，花钱不算回事……长沙那个……我知道的！”

师爷正想宣传他上司过去在辰州花三百块钱为一个小婊子点大蜡烛的挥霍故事。话上了喉咙，方记起夭夭是个黄花女，话不中听，必得罪队长。因此装作错喉干呃了一阵，过后才继续为队长知识人品作说明。

夭夭听听两人说的话，似乎渐渐离开了本题，话外有话。语气中还带点鼻音，显得轻浮而亵渎。尤其是那位师爷，话越说越粗野，夭夭脸忽然发起烧来了，想赶快走开，拿不定主意回家去还是

“……你摔到河里淹死了，我还得悬赏打捞你，买棺木装殓你，请和尚道士超度你，这一来得花多少钱！”

向河边走。

两人都因为夭夭先一时的天真坦白，现在见她低下头不作理会，还以为女孩子心窍开了，已懂了人事，有点意思。所以还不知趣说下去。话越说越不像话，夭夭感到了侮辱，倒拖竹扒拔脚向后屋竹园一方跑了。

队长待跳篱笆过去看看时，冷不防那只大白狗却猛扑过来，对两人大声狂吠。那边大院子里听到狗叫，有个男工走出来赶狗，两个人方忙匆匆地穿过那片橘子园，向河边小路走去。

两人离开了橘园，沿河坎向吕家坪渡口走。

师爷见队长不说话，引逗前事说："队长，好一只肥狗，怕不止四十斤吧。打来炖豆腐干吃，一定补人！"

队长带笑带骂："师爷，你又想什么坏心事？一见狗就想吃，自己简直也像个饿狗。"

"我怎么又想？从前并未想过！实在好，实在肥，队长，你说不是吗？"

"我可不想吃狗肉，不到十月，火气大，吃了会上火，要流鼻血的。"

队长走在前面一点，不再说什么，他正想到另外一件事情。橘子园主人小女儿，眼睛亮闪闪的，嘴唇小小的，一看就知道是个香喷喷的黄花女。心中正提出一个问题："好一块肥羊肉，什么人有福气讨到家里去？"就由于这点朦胧暧昧欲望，这点私心，使他对于橘子园发生了兴趣，橘子园主人对他的不好态度，也觉得可宽容了。

同行的师爷是个饕餮家，只想象到肥狗肉焖在沙锅里时的色香味种种，眼睛不看路，打了个岔，一脚踏进路旁一个土拨鼠穴里去，身向前摔了一跤，做了个"狗吃屎"姿式，还亏得两手捞住了路旁一把芭茅草，不至于摔下河坎掉到水里去。到爬起身时，两手都被茅草割破了，虎口边血只是流。

队长说："师爷，你又发了瘾？鬼蒙你眼睛，走路怎不小心？你摔到河里淹死了，我还得悬赏打捞你，买棺木装殓你，请和尚道士超度你，这一来得花多少钱！"

师爷气愤愤地说："都是因为那只狗。"

队长笑着调弄师爷："你说狗，是你想咬它，还是怕它要咬你？"

"它敢咬我？咬我个鸡公。队长，你不信你看，我明天带个小棒棒来，逗它近身，鼻子上邦的一棒，还不是请这畜生回老家去！”

“师爷，小心走路，不要自己先回老家去！”

“队长，你放心，纵掉下河里去，我一个鹞子翻身就起来了。我学过武艺，不要小看我！”

“你样子倒有点像欧阳德。他舞旱烟杆，你舞老枪。”

“可是我永远不缴枪！禁烟督办来也不缴枪！”

且说夭夭走回家去，见爹爹正在院子里用竹篙子打墙头狗尾草，神气郁郁不舒。知道是为买橘子事和军官斗气，吵了两句，心不快乐，因此做个笑脸迎上去。

“爹爹，你怎么光着个头在太阳底下做这种事。我这样，你一定又要骂起我来了。那些野生的东西不要管它，不久就会死的！”

长顺不知夭夭在外边已同两个军人说了好久话，就告夭夭说：

“夭夭，越来越没有道理了。先前保安队队长同个师爷，到我们这里来，说要买一船橘子，装下省里去送礼。什么主席厅长委员全都要送。真有多少人要送礼？还不是看人发财红了眼睛，想装一船橘子下去做生意？我先想不明白，以为他是要吃橘子，还答应送他十担八担，不必花钱。他倒以为我是看穿了他的计策，恼羞成怒，说是现钱买现货。若不卖，派兵来把橘子树全给砍了再说。保安队原来就是砍人家橘子树的。”

夭夭想使爹爹开心，于是笑将起来：“这算什么？他们要买，肯出钱，就卖一船把他，管他送礼不送礼！”

“他存心买那才真怪！我很怄气。”

“不存心买难道存心来砍橘子树？”

“存心马扁儿，见我不答应，才说砍橘子树！”

“大哥船来了，三哥船来了，把橘子落了树，一下子装运到常德府去，卖了它完事。人不犯法，他们总得讲个道理，不会胡来乱为的！”

“他存心买那才真怪！我很怄气。”“不存心买难道存心来砍橘子树？”“存心马扁儿，见我不答应，才说砍橘子树！”

长顺扣手指计算时日，以及家下两只船回到吕家坪的时日。想起老《申报》的时事，和当地情形对照起来，不免感慨系之。

夭夭因见爹爹不快乐，就不敢把在屋外遇见两个军人一番事情告给长顺。只听到侧屋磨石隆隆地响，知道嫂嫂在推荞麦粉预备做荞粑。正打量过侧屋里去帮帮忙，仓屋下母鸡刚下个蛋，为自己行为吃惊似的大声咯咯叫着，飞上了墙头。夭夭赶忙去找鸡蛋，母亲在里屋却知会夭夭：

“夭夭，夭夭。你又忘记了？姑娘家不许捡热鸡蛋，容易红脸。你不要动它，等等再取不要紧！你刺莓晒好了？”

“那笋壳鸡又生蛋了。”

“是的！不用你管。做你事情去。”

“好，我不管。等等耗子吃了我也不管。”虽那么答应母亲，可是她依然到仓屋脚一个角落间草堆中发现了那个热巴巴的鸡蛋，悄悄地用手摸了一会后，方放心走开。

一有事总不免麻烦

会长所有几只货船全拢了吕家坪码头，忙坏了这个当地能人。先是听说邻县风声不大好，已在遣将调兵，唯恐影响到本地。他便派先前押船回来的那个庄伙，沿河下行，看看船过不过了辰溪县。若还不进麻阳河，在沅水里停泊，暂时就不要动，或者把货起去，屯集到县里同发利货栈上去，赶快把自己那一条船放空来吕家坪，好把镇上店中收屯的六百桶桐油，和一些杂货，一船橘子，装船下运。上行货搁到辰溪县货栈中，上下起落虽得花一笔钱，究竟比运来本镇稳当。船装货下行，赶到常德，就不会被地方队伍封船的。可是这管事动身不久，走向下游四十里，就碰见了本号第一只船。问问水手，才知道船拢辰溪县，谣言多不敢上行，等了两天。问问同发利栈上人，会长并无来信指示。公路局正在沿河岸做码头，拉船夫服务，挑土打石头，用的人很多。只怕一停下来又耽搁事情，所以还是向上开。所有船只都来了，正在后面一点上滩。管事庄伙得到这个消息后，又即刻赶回吕家坪报告。

船既到了地，若把几船货物留在镇上，换装屯集的油类下行，万一有事，还依然是得彼失此，实不大经济。会长想：地方小，队伍一开拔，无人镇压，会出麻烦。县城到底是大地方，又有个石头城，城中住了个县长，省里保安队当不至于轻易放弃。并且一有了事，河上运输中断了，城里庄号上必特别需要货物，不如乘此把这几船货物一直向上拖，到了上游二百五十里的麻阳县城里去，这里另外找船装桐油下常德。因此货船一拢码头时，会长就亲自去河边看船。

几个船上舵把子过辰溪县时，业已听说风声不大好，现在又听说货物不起卸，另外还有办法，心中正自狐疑不定。

几个船上舵把子过辰溪县时，业已听说风声不大好，现在又听说货物不起卸，另外还有办法，心中正自狐疑不定。会长到得河下时，看看货船很好，河水还不曾大落，船货若上运，至多到高村地方提提驳，减轻一点载重，就可一直到麻阳县。

六七个弄船的正在河滩上谈下河新闻，一见会长都连声叫喊。

会长也带着友情向那边打招呼。“辛苦辛苦！我上前天还要周管事沿河去看你们的。还以为船不进小河，等等看也好。如今都来了，更好！”

一个老船主说：“辰溪县热闹得很，我看风向不大对。大家赶回家去吧，好，你老信不来，我们就上来了。”

会长说：“难为你，难为你。船老板，我看河里水还好，不怎么枯，是不是？”

那舵把子说：“会长，水好，今年不比去年。九月初边境上有雨，小河水发大河水也发。洪江大河里，有好些木排往下放。洪江汉庄五舱子鳅鱼头船，也装满了桐油下常德府。天凑和人！”

会长咬耳朵问那老船主：“老伙计，我听说时局不大好，你们到辰溪一定看得出来。你们怎么打算？”

那老舵把子笑着说：“会长，一切有命，不要紧。他们要打打他们的，我还是要好好弄这条船。我们吃水上饭的人，到处是吃饭，不管什么地方我都去。”他以为会长是要把本地收买的桐子油山货向下运，怕得不到船，因此又说：“会长，我们水上漂和水中摆尾子一样，有水地方都要去，我不怕的。要赶日子下常德府，我们在辰河里放夜船，两天包你到辰溪县。”

会长说：“我想这几船货都不要起岸，大家辛苦辛苦，索性帮我运到麻阳县去吧，趁水好，明天验关，后天就上路。到了那里再看，来得及，就放空船下来，这里还有几船货要运常德府；来不及，下面真有了事情，你们就把船撑到高村小河里去，在岩门石羊哨避避风浪。你们等等商量看，再到我铺子上来告我。愿意去，明后天开头，不愿意去，也告我一声，我好另外找船补缺，盘货过驳。”

另外一个萝卜溪弄船的说：“会长，你老人家的事，莫说有钱把我们，不把钱我也去，大家不会不去的。”

有人插口说："恐怕有人早说定了，船到了这里卸货，要装橘子下辰河。上县里再放空船来，日子赶不及。"

会长说："你们自己看吧，不勉强你们。能去的就去，不肯去不勉强，我不会难为你们，都是家边人，事情好商量。你们等等到我号上来回个信。"会长又对一个同行庄伙说："五先生，他们辛苦了，你一条船办十斤神符，廿碗酒，派人就送来，请船上弟兄喝一杯，你记着，赶快！"吩咐过后，就和几个船主分了手。会长想起亲家长顺委托的事情，转到下河街伏波宫保安队去拜会队长。

那队长正同本部特务长清算一笔古怪账目，骂特务长"瞒心昧己，人容天不容"。只听到那个保民官说："特务长，你明白，不要装痴！这六百块钱可不是肉丸子，吃下去恐怕梗在胸脯上不受用。你说不知道，那不成。这归你负责，不能说不知道。好汉做事好汉当，得弄个水落石出！"

另外一个萝卜溪弄船的说："会长，你老人家的事，莫说有钱把我们，不把钱我也去，大家不会不去的。"

特务长不服气。虽不敢争辩，心实在气恼不过。因为账目并不是他特务上应负责任的，队长却以为这是特务长不小心的过失。幸亏得会长一来，特务长困难的地位，方得到解围。

队长老不高兴神气，口中喃喃骂着，见来客是会长，气即刻便平了。

“会长，你这个忙人，忙得真紧，我昨天请你吃狗肉也不来！我们一共六个人，一人喝了十二两汾酒，见底干。到后局长唱起《滑油山》来了，回关上时差点滚到河里去。还嚷一定要‘打十六圈牌，不许下桌子，谁离开桌子，谁就认输，罚请三桌海菜席’。金副官说：‘谁下桌子谁是狗 × 的。’幸好不醉死，醉了有人抓把狗毛塞到裤裆边，莫不有人当真以为他是狗 × 死的。”队长一面形容一面说，不由得为过去事捧起腹来。

会长虽别有心事，却装作满有兴致的神气，随声附和打哈哈。

队长又说：“会长，我听说你买了一船橘子，是不是预备运到武汉去发财？橘子在这里不值钱，到了武汉可就是宝贝！”

会长笑着说：“哪里发什么财？我看今年我们这里乡下橘子格外好，跟萝卜溪姓滕的打商量，匀了半船，趁顺水船带下去送亲戚朋友湿湿口！这东西吕家坪要多少有多少，不值钱的，带下去恐怕也不值钱吧。”

队长说：“可不是！橘子这东西值多少钱，有多少赚头？有件事我正要同你说说，萝卜溪姓滕的，听说是你干亲家，有几个钱，颈板硬硬的，像个水牛一样。人太不识相，惹我生气！我上回也想送点礼给下河朋友，想不出送什么好。连上师爷说萝卜溪橘子好，因此特意到那里去看看，办个交涉，要他卖一船橘子把我。现钱买现货，公平交易，谁知老家伙要理不理，好像我是要抢他橘子神气。先问我要多少，告他一船，又说大船小船得明白，不明白不好下橘子。告他大船小船总之要一船。一百石三百石价钱照算。又说不用买，我派人送十挑来吧。还当我姓宋的是划干龙船的，只图打发我出门了事。惹得我生了气，就告他：‘姓滕的，放清楚些！你不卖橘子吧，好，我明天派人来砍了你的树，你到南京告我去。’会长，你是个明白人，为我评评理，天下哪有这种不讲理的人，人都说军队欺人，想不到我

"……萝卜溪姓滕的，听说是你干亲家，有几个钱，颈板硬硬的，像个水牛一样……"

"队长，这是乡愚无知，你不要多心，不必在意！我这干亲家上了年纪，耳朵有点背，吃生米饭长大的，话说得生硬，得罪了队长，自己还不明白！……"

这个老军务还得受土老老的气。"

队长说的正是会长要说的，既自己先提起这问题，就顺猫毛理了一理："队长，这是乡愚无知，你不要多心，不必在意！我这干亲家上了年纪，耳朵有点背，吃生米饭长大的，话说得生硬，得罪了队长，自己还不明白！这人真像你说的颈板硬硬的，人可是个好人。肠子笔直，不会转弯。"

队长说："不相信，你们这地方人都差不多——会长，除你在外——剩下这些人，找了几个钱，有点小势力，成了土豪，动不动就说凡事有个理字，用理压人。可是对我们武装同志，就真不大讲理了。以为我们是外来人，不敢怎么样。这种土豪劣绅，也是在这个小地方能够听他称王作霸，若到……不打倒才怪！什么理？蚌壳李，珍珠李，酸得多久！……"

会长听过这种不三不四的议论后，依然和颜悦色："大人不见小人过，我知道你说的是笑话。乡下人懂什么理不理？哪有资格做土豪，来让队长打倒他？姓滕的已明白他的过错了，话说得不大接榫，得罪了队长，所以特意要我来这里说句好话。他怕队长一时气恼，当真派人去砍橘子树。那地方把橘子树一砍，可不当真就只好种萝卜了吗？我和他说：‘亲家，这是你的不是。可是不用急，不用怕，队长是受过高等教育的革命军人，（说到这里时两人都笑笑，笑的意思却不大相同。）气量大，宰相肚中好撑船，决不会这样子摧残我们地方风水的！我去说一声看，队长不看金面看佛面，会一笑置之。’队长，你不知道，大家都说萝卜溪的风水，就全靠那一片橘子树撑住，川军前年过路，不放火烧房子，也亏得是风水好！”

会长见队长不作声，先还是装模作样地听下去，神气正好像是“你说你的，我预定要做的革命行为，你个苏秦张仪说客说来说去也是无用的！”可是会长提起风水，末后一句话却触动了他一点心事，想起夭夭那个黑而俏的后影子，不禁微笑起来。会长不明白就里，还说：

“队长看我巴掌大的脸，体恤这个乡下人，饶了他吧。”

队长说：“是的，是的，就看会长的面子，这事不用提了。”等等又说：“会长，我且问你，那姓滕的有几个女儿？”

问话比较轻，会长虽听得分明，却装作不曾听到，还继续谈原来那件事情。因为“得罪官长”事虽不用提，橘子是要一船还是要几担，终得讲个清楚。委实说，队长自从打听明白一只小船两个舱装橘子送下常德去，得花个四百块钱左右时，就对于这种事不大发生兴趣，以为师爷出的计策并不十分高明了。只因为和长顺闹僵了，话转不过口，如今会长一来，做好做歹，总说乡下人不敢有意得罪官长，错处出于无心。队长也乐得借此收帆转舵，以为这事既由会长来解释，就算过去了。

会长因队长说买橘子只是送礼，就说长顺已摘下十挑老树“大开刀”，要队长肯赏脸收下，才敢送来。

队长说："是的，是的，就看会长的面子，这事不用提了。"等等又说："会长，我且问你，那姓滕的有几个女儿？"

这么一来，队长倒有点不好意思起来了，聊以解嘲地说："他不肯卖把我，我们革命军人自然不能强买民间东西。卖十挑把我也成，要多少钱开个数目来，我一定照价付款。"

会长说："我的哥，你真是……这值几个钱？"并说曾将干亲家骂了一回，以为不懂是非好坏。且在这件事上把队长身分品性绰掇得高高的，等于用言语当成一把梳子，在这个长官心头上痒处一一梳去，使他无话可说。

谈到末了，队长不能不承认十担橘子送礼已足够用。会长见交涉

会长转回号上不多一会，船上舵把子一窝蜂到了，在会长家厅子里坐的坐站的站，商谈上行事情。

办成功，就说号上来了几只船，要去照看照看，预备抽身走路。队长这时节却拉住了会长，眯笑眯笑，像有什么话待说，却有点碍于习惯，不便开口。许久方迟迟疑疑地问："会长，我有句话问你，萝卜溪那滕家小姑娘，有了对手没有？"

会长体会得出这个问话的意思，却把问题岔开，故意相左："队长，是不是你有什么好朋友看中了那个小毛丫头？可惜早有了人，在省里第三中学读书！"

队长心有所恧，不大好意思，便随口说：“喔，那真可惜。我有个好朋友，军校老同学，是你们湘西人，父亲做过三任知事，家道富有，人材出众，托我做个媒，看一房亲事。我那天无意中看到你亲家那个女儿，心想和那朋友配在一处，真是郎才女貌……”

会长明白这不过是谈白话，信口乱说，就对队长应酬了几句不相干的闲话，不再耽延，走出了伏波宫。这一来总算解决了一件事情，心里觉得还痛快。到正街上碰着了号上一个小伙计，就要那人下萝卜溪，传语给长顺亲家，砍橘子树破风水事情，调停结果已解决了，不用再担心。明天一早送十担橘子到伏波宫来，一切了当。又说今天河下到了几只船，有事情忙，改天下萝卜溪来看他。

会长转回号上不多一会，船上舵把子一窝蜂到了，在会长家厅子里坐的坐站的站，商谈上行事情。大家都乐意上麻阳县，趁水发不提驳原船上行。只有一个人因事先已答应了溪口人装萝卜白菜下辰河，不便毁约，恰好这只船上行时装棉纱，会长心里划算，县里存纱多，吕家坪镇上和附近村里寨里，十月来正是买棉纱织布时节，不如留下这一船花纱，一个月卖完它。边境时局虽有点紧，看情形一个月内还不会闹到这地方来。因此把话说妥当，来船明天歇一天，后天开头上麻阳县。装花纱那只船，在本地起货。

这一天就那么过去了。

第二天早饭后，萝卜溪橘子园主人，赶来看会长，给会长道谢。因为事情全得会长出面调停，逢凶化吉。又听闻船上的货物多，想办点年货，穿的吃的，看有什么可买。镇上的习惯，大庄号办货，不外花纱布匹、海带鱿鱼、黄花木耳、香烟炮竹，都是日常用品。较精贵的东西，办的本不多，间或带了点来，消息一传开，便照例被几个当地阔人瓜分了。尤其是十冬腊月的年货，和上好贵重香烟、山西汾酒、古北口的口蘑、南京杭州缎子宁绸、广东的荔枝干药品，来的稀少，要它的必占先一着，不落人后，方有机会到手。

有些货物上去无销路，就盘舱把它移出来，留在吕家坪。鹅卵石河滩上，到处是巨大的包裹……

长顺到了镇上，就看见会长正在码头边手持单据，忙着指挥水手搬运货物。有些卸下，有些又装上。问问才知道所有船只都不起货，准备上行。有些货物上去无销路，就盘舱把它移出来，留在吕家坪。鹅卵石河滩上，到处是巨大的包裹，用粗布装包外用铁皮约束的，成箱的，蒲席包的，竹篓装就的，无不应有尽有。还有好几十个

水手，一面谈话一面工作。

长顺说：“亲家，费你的口舌，把那事情办好了，真难为你！”

会长说：“亲家，这点小事算什么。你我多一事不如少一事。橘子送去就得了。我正想下半天到萝卜溪去看你，另外告你一件事情。”

“你来了多少货？”

一个管事的岔拢来和会长谈税关上事情。会长说：“你就看到办吧，三哥。这事总少不了的。局长是面子上人，好说话。下边人要拿拿腔，少不了还是那个(做手势一把抓表示个数目)。这也差不多了，抓老官好，不能再多！”

长顺看看别的号上有几只船正在起货，会长的船向上行理由使人不明白，就问会长：“你这些货怎么回事？”

会长摇了摇头，两手一摊，依然笑着。“亲家，麻烦透了！这几船货物我打量要他们装上县城里去，不在这里起货。”

另外又走来个庄伙，手中拿了一扎单据，问会长办法，把话岔开了。会长向长顺说：“亲家你等等，我这里事一会儿就办完的。到我家里去喝杯茶，我还有话和你商量。你有不有别的事要办？预备上街看人，还是就在这河边走走？”

长顺说：“会长你有事只管去做，我没什么要紧事。我听说你和张三益号上货船到齐了，看看有什么要用的，买一点点。”长顺鼻孔开张，一个老水手的章法，在会长神气辞色间，和起运货物匆忙情形上，好像嗅出了一点特殊气味。他于是拉了会长一把，离开船上人稍远一点，轻轻地问：

“会长怎么回事，下面打起来了吗？湖北？湖南？”

会长笑着说：“不是，不是。等等我们再说好了。我正想告给你，事情不大要紧。”

“会长你有事你忙你的。办完了事我们俩亲家再慢慢地谈。我只是来看看你，看看河边。你不用管我。”

会长见长顺有走去的意思：“亲家，亲家，你不要走！我事完了就和你回号上去。我还有话要告你。”

长顺说：“会长我不忙！你尽管做你的事情，完了再回家。等等我到你号上来，一会儿就来，我到那边看看去。”

枫木坳

萝卜溪橘子园主人滕长顺，过吕家坪去看商会会长，道谢他调解和保安队长官那场小小纠纷。到得会长号上时，见会长还在和管事商量事情，闲谈了一会儿，又下河边去看船。其时河滩上有只五舱四橹旧油船，斜斜搁在一片石子间待修理，用许多大小木梁柱撑住。有个老船匠正在用油灰麻头填塞到船身各部分缝罅中去。另外还有个工人，藏身在船胁下，锤子钻子敲打得船身蓬蓬作响。长顺背着手走过去看他们修船。老船匠认识萝卜溪的头脑，见了便打招呼：“滕老板，你好！”

长顺说：“好啊！吃得喝得，样样来得，怎么不好？可是你才真好！一年到头有工做，有酒喝，天坍下来有高个子顶，地陷落时有大胖子填，什么事都不用担心……”

老船匠似笑似真地回答说：“一年事情做到头，做不完，两根老骨头也拉松了，好命。这碗衣禄饭人家不要的。”

“大哥你说得你自己这样苦。好像王三箍桶，这地方少不了你，你是个工程师！”

王三箍桶是戏文上的故事，老船匠明白，可不明白“工程师”是什么，不过体会得出这称呼必与专业有关，如像开机器油坊管理机器黄牛一般，于是皱缩个瘪嘴咕咕地笑，放下了锤子，装了袋草烟，敬奉给长顺。

有个老船匠正在用油灰麻头填塞到船身各部分缝罅中去。另外还有个工人，藏身在船胁下，锤子钻子敲打得船身蓬蓬作响。

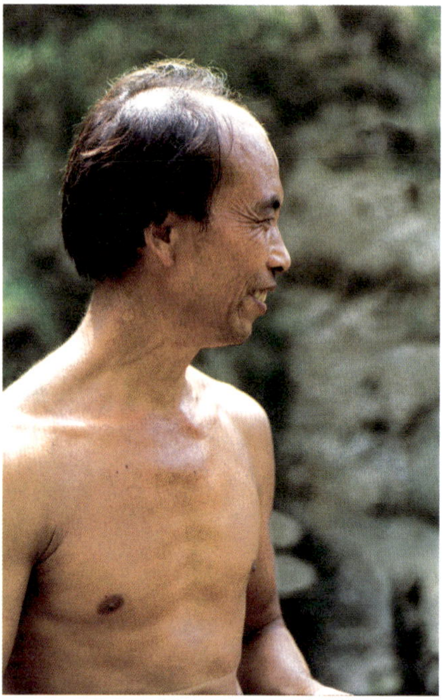

“……滕老板，我说，你家发人发橘子多，应当唱三大本戏谢神，明年包你得个肥团团的孙子。”

另外那个年事较轻的船匠，也停了敲打工作，从船缝中钻出，向长顺说：

“老板，我听浦市人说，你们萝卜溪村子里要唱戏，已约好戏班子，你做头行人。滕老板，我说，你家发人发橘子多，应当唱三大本戏谢神，明年包你得个肥团团的孙子。”

长顺说：“大哥你说得好。这年头过日子谁不是混！你们都赶我叫员外，哪知道十月天萝卜，外面好看中心空。今年省里委员来了七次，什么都被弄光了，只剩个空架子，十多口人吃饭，这就叫做家发人口旺！前不久溪头开碾坊的王氏对我说：‘今年雨水好，太阳好，霜好。雨水好，谷米杂粮有收成，碾子出米多，我要唱本戏敬神。霜好就派归你头上，你那橘子树亏得好霜，颜色一片火，一片金。你做头行人，邀份子请浦市戏班子来唱几天戏，好不好？’事情推脱不得，只好答应了。其实阿弥陀佛，自己这台戏就唱不了！”

年青船匠是个唱愿戏时的张骨董，最会无中生有，因此笑着说：

“喔，大老板，你像怕我们，一来就要开借，先就嚷穷。什么人不知道你是萝卜溪的滕员外？钱是长河水，流去又流来，到处流；

三十年河东，三十年河西。你们村子里正旺相，远远看树尖子也看得出。你家夭夭长得端正乖巧，是个一品夫人相。黑子的相五岳朝天，将来走运会做督抚。民国来督抚改了都督，又改主席，他会做主席。做了主席用飞机迎接你去上任，十二个盒子炮在前后护卫，好不威风！”

这修船匠冬瓜葫芦一片藤，牵来扯去，把个长顺笑得要不得，一肚子闷气都散了。长顺说：“大哥，过年还早咧，你这个张骨董就唱起来了，民国只有一品锅，哪有一品夫人？三黑子做了都督，只怕是水擒杨么，你扮岳云，他扮牛皋，做洞庭湖的水师营都督，为的是你们都会划船！”

船匠说：“百丈高楼从地起，怎么做不到？凤凰厅人田兴恕，原本卖马草过日子，时来运转，就做了总督。桑植人贺龙，二十年前是王正雅的马夫，现在做军长。八面山高三十里，还要从山脚下爬上去。人若运气不来，麻绳棕绳缚不住，运气一来，门板铺板挡不住。（说到这里，那船匠向长顺拍了个掌）滕老板，你不信，我们看吧。”

长顺笑着说：“好，大哥你说的准账。我家三黑子做了官，我要他拜你做军师。你正好穿起八卦衣，拿个鹅毛扇子，做诸葛卧龙先生，下常德府到德山去唱《定军山》！”

老船匠搭口说笑话：“到常德府唱《空城计》，派我去扫城也好。”

今天恰好是长顺三儿子的生日，话虽说得十分荒谬，依然使得萝卜溪橘子园主人感到喜悦。于是他向那两个船匠提议，邀他们上边街去喝杯酒。本地习惯，攀交亲话说得投机，就相邀吃白烧酒，用砂炒的包谷花下酒，名“包谷子酒”。两个船匠都欣然放下活计，随同长顺上了河街。

萝卜溪橘子园主人，正同两个修船匠，在吕家坪河街上长条案边喝酒时，家里一方面，却发生了一点事情。

本地习惯，攀交亲话说得投机，就相邀吃白烧酒，用砂炒的包谷花下酒，名“包谷子酒”。

先是长顺上街去时，两个女儿都背好竹笼，说要去赶青溪坪的场，买点麻，买点花线，并打量把银首饰带去，好交把城里来的花银匠洗洗。长顺因为前几天地方风声不大好，有点心虚，恐怕两女儿带了银器到场上招摇，不许两人去。二姑娘为人忠厚老实，肯听话，经长顺一说，愿心就打消了。三姑娘夭夭另外还有点心事，她听人说上一场太平溪场上有木傀儡戏，看过的人都说一个人躲在布幕里，敲锣打鼓文武唱做全是一手办理，又热闹，又有趣。玩傀儡的飘乡做生意，这场算来一定在青溪坪。她想看看这种古里古怪的木偶戏。花银匠是城里人，手艺特别好，生意也特别兴旺，两三个月才能够来一次，洗首饰必须这一场，机会一错过，就得等到冬腊月去了。夭夭

天天自己转不过口气来，因此似笑非笑地说："爹，你不许我去，我就要哭的！"

平时本来为人乖顺，不敢自作主张，凡是爹爹的话，无不遵守。这次愿心大，自己有点压伏不住自己了，便向爹爹评理。夭夭说：

"爹，二姐不去我要去。我掐手指算准了日子，今天出门，大吉大利。不相信你翻翻历书看，是不是个黄道吉日，驿马星动，宜出行！我镯子、戒指、围裙上的银链子，全都乌漆墨黑，真不好看，趁花银匠到场上来，送去洗洗光彩点。十月中村子里张家人嫁女吃戴花酒，我要去做客！"

爹爹当真把挂在板壁上的历书翻了一下，说理不过，但是依然不许去。并说天大事情也不许去。

夭夭自己转不过口气来，因此似笑非笑地说："爹，你不许我去，我就要哭的！"

长顺知道小题大做认真不来，于是逗着夭夭说："你要哭，一个人走到橘子园当上河坎边去哭好了。河边地方空旷，不会有人听到笑你，不会有人拦你。你哭够了再回家。夭夭，我说，你怎么只选好日子出行，不记得今天是什么人的生日？你三哥这几天船会赶到家的，河边看看去！我到镇上望望干爹，称点肉回来。"

夭夭不由得笑了起来，无话可说，放下了背笼，赶场事再不提一个字。

长顺走后，夭夭看天气很好，把昨天未晒干的一坛子葛粉抱出去，倒在大簸箕中去晒。又随同大嫂子簸了一阵榛子壳。本来既存心到青溪坪赶场，不能去，愿心难了，好像这一天天气就特别长起来，怎么使用总用不完。照当地习惯，做媳妇不比做女儿，媳妇成天有一定家务事，即非农事当忙的日子，也得喂猪放鸡，推浆打草。或守在锅灶边用稻草灰漂棉布，下河边去洗做腌菜的青菜。照例事情多，终日忙个不息。再加上属于个人财富积蓄的工作，如绩麻织布，自然更见日子易过。有时也赶赶场，多出于事务上必需，很少用它做游戏取乐性质。至于在家中做姑娘，虽家务事出气力的照样参加，却无何等专责，有点打杂性质，学习玩票性质。所以平时做媳妇的常嫌日子短，做女儿的却嫌日子长，赶场就成为姑娘家的最好娱乐。家中需要什么时，女儿办得了，照例由女儿去办，办不了，得由家中

所以平时做媳妇的常嫌日子短，做女儿的却嫌日子长，赶场就成为姑娘家的最好娱乐。

大人做，女儿也常常背了个细篾背笼，跟随到场上去玩玩，看看热闹，就便买点自己要用的东西。有时姊妹两人竟仅为上场买点零用东西，来回走三十里路。

嫂嫂到碾坊去了，娘在仓屋后绕棉纱。夭夭场上去不成，竟好像无事可做神气。大清早屋后枫木树上两只喜鹊喳喳叫个不息，叫了一阵便向北飞去。夭夭晒好葛粉，坐在屋门前一个倒覆箩筐上想心事。

有什么心事可想？“爹爹说笑话，不许去赶场，要哭往河边哭去。好，我就当真到河边去！”她并不受什么委屈，毫无哭泣的理由，河边去为的是看看上行船，逍遥逍遥。自己家中三黑子弄的船纵不来，还有许多铜仁船、高村船、江口船，和别个村庄镇上的大船小船，上滩下滩，一一可以看见。

到了河坎上眺望对河，虽相隔将近一里路，夭夭眼睛好，却看得出枫树坳上祠堂前边小旗杆下，有几个过路人坐在石条凳上歇憩。几天来枫树叶子被霜熟透了，落去了好些，坳上便见得疏朗朗的。夭夭看不真老水手人在何处，猜详他必然在那里和过路人谈天。她想叫一叫，看老水手是否听得到，因此锐声叫“满满”。叫了五六声，还得不到回答，夭夭心想：“满满一定在和人挖何首乌，过神仙瘾，耳朵只听地下不听水面了。”

平常时节夭夭不大好意思高声唱歌，今天特别兴致好，放满喉咙唱了一个歌。唱过后，坳上便有人连声吆喝，表示欢迎。且吹卷桐木皮做成的哨子，作为回响，夭夭于是又接口唱道：

你歌莫有我歌多，
我歌共有三只牛毛多，
唱了三年六个月，
刚刚唱完一只牛耳朵。

但事极明显，老水手还不曾注意到河边唱歌的人就是夭夭。夭夭心不悦，又把喉咙拖长，叫了四五声“满满”，这一来，果然被坳上枫木树下的老水手听到了，踉踉跄跄从小路走下河边来，站在一个乌黑大石墩子上，招呼夭夭。人隔一条河，不到半里路宽，水面传送声音远，两边大声说话听得清清楚楚。

老水手嘶着个喉咙大叫夭夭。夭夭说：

“满满，我叫了你半天，你怎么老不理我？”

“我还以为河边扇把鸟雀儿叫！你爹呢？”

“到镇上去了。”

“你怎不上青溪坪赶场？不说是趁花银匠来场上洗洗首饰，好吃酒吗？我以为你早走了。”

“早走了？爹不让我去。我说：‘不让我去我要哭的！’爹爹说：‘你要哭，好，一个人到河坎边去哭，好哭个尽兴。’我就到河边来了。”

“真哭够了吗？”

“蒸的不够煮的够。为什么我要哭？我说来玩的。满满，你怎么不钓鱼？”

“天气冷，大河里水冷了，鱼都躲到岩眼里过冬了，不上钩的。夭夭，我也还在钓鱼，我坐在祠堂前枫树下，钓过坳人，扯住他们一只脚，闲话一说半天。你多久不到我这里来了，过河来玩玩吧。我这里枫木叶又大又红，比你屋后那个还好看，你来，我编顶帽子给你戴。太平溪老爷杨金亭，送了我两大口袋油板栗，一个一个有鸡蛋大，挂在屋檐口边风干了半个月，味道又香又甜，快来帮我个忙，把它吃掉。一人吃不了，邀你二姊也过河来吧。”

夭夭说：“那好极了，我来帮你忙吃掉它。待一会儿我就来。”

夭夭回转家里，想邀二姑娘一起过河，并告给她：“满满有鸡蛋大栗子，要人帮忙吃完它。”

二姑娘正在院坝中太阳下篦头，笑着说："我有事情做，不能去。夭夭你想去，答应了满满，你就去吧。"

二姑娘正在院坝中太阳下篦头，笑着说："我有事情做，不能去。夭夭你想去，答应了满满，你就去吧。"帮二姑娘梳头大嫂了，也逗夭夭说："夭夭，满满为人偏心，格外欢喜你。栗子鸡蛋大，鸭蛋大，回来时带点吃剩下来的，放在衣兜里，让我们也尝尝吧。"

夭夭不说什么，返身就走。母亲从侧屋扛着个大棉纱篗子走出来，却叫住了她。"夭夭，带点橘子送满满吧。外人要，十挑八挑派人送去，还怕人家不领情。自己家里人倒忘记了。堂屋里有大半箩顶好的，你自己背去送满满。"

夭夭当真就用她那个细篾背笼捡了一背笼顶大的橘子，预备过河。河边本有自己家里一只小船，夭夭不坐它，反而走到下游一点金沙溪溪口边去。其时村子里正有个年青小伙子在装菜蔬上船，预备到镇上去出卖。夭夭说："大哥，我要渡河到坳上去，你船开头时，我坐你船过河，好不好？你是不是到镇上去？"

一村子人都认识夭夭，年青汉子更乐于攀话献殷勤，小船上行又照例从对河容口走，并不费事，当然就答应了这件小差事。夭夭又说："大哥，我不忙，你把菜装满船，要开头时再顺便送我过河。我

是到坳上去玩的。我一点不忙！”

夭夭放下了背笼，坐在一堆南瓜上，来悠悠闲闲地看河上景致。河边水杨柳叶子黄布龙东，已快脱光了，小小枝干红赤赤光溜溜的，十分好看。夭夭借刀削砍了一大把水杨柳细枝，预备编篮子和鸟笼。溪口流水比往日分外清，水底沙子全是细碎金屑，在阳光下灼灼放光。玛瑙石和蚌壳，在水中沙土上尤其好看。有几个村中小孩子，在水中搬鹅卵石砌堤坝堵水玩，夭夭见猎心喜，也脱了袜子下溪里去踹水，和小孩子一样，从沙砾中挑选石子蚌壳。那卖菜的青年，曾经帮夭夭家哥哥弄船下过常德府，想和夭夭谈谈话，因此问夭夭：“夭夭，你家三黑子多久回来？”夭夭说：“一两天就要拢岸了。今天喜鹊叫，天气好，我猜他船一定歇铜湾溪。”

“你三哥能干，一年总是上上下下，忙个不停。你爹福气好。”

“什么好福气？雨水太阳到头上，村子里大家不是一样？”

“你爹儿女满堂，又好又得力，和别人家不一样。”

夭夭明白面前一个人话中不仅仅是称羡爹爹，还着实在恭维她。可是话不会说，所以说得那么素朴老实。夭夭因此微微笑着，看那年青人搬菜，好像在表示：“我明白你的意思，再说说看。”然而那汉子却似乎秘密已给夭夭看穿，有点害羞，不好意思再说什么，只顾做事去了。

菜蔬装够后，夭夭上了船，坐得端端正正，让那人渡她过河。船抵岸边时，夭夭说：“大哥，真难为你！”从背笼里取出十个大橘子放置船头上，“大哥，吃橘子打口干吧。你到镇上去碰见我爹，就请告他一声，我在枫木坳上看船。”说完时，用手和膝部为把船头用力一送，推离了岸边，自己便健步如猿，直向枫木坳祠堂走去。

将近坳上时，只见老水手正躬着腰，用个长竹箬帚打扫祠堂前面的落叶。夭夭人未到身边声音先到：“满满，满满，我来了！”

老水手带笑说：“夭夭，你平日是个

左图：

溪口流水比往日分外清，水底沙子全是细碎金屑，在阳光下灼灼放光。玛瑙石和蚌壳，在水中沙土上尤其好看。

右图：

说完时，用手和膝部为把船头用力一送，推离了岸边，自己便健步如猿，直向枫木坳祠堂走去。

小猴儿精，手脚溜快，今天怎么好像八仙飘海，过了半天的渡，还不济事。神通到哪里去了？”

“我在溪口捡宝贝。满满，你看看，多少好东西！”她把围裙口袋里水湿未干的石子蚌壳全掏出来，塞到老水手掌心里，“全都把你！”

“嗨，把我！我又不是神仙，拿这个当饭吃？好礼物。”

夭夭自然也觉得好笑。“满满，这枫木叶子好，你帮我做顶大帽子，把这些石子儿嵌上去。福音堂洋人和委员见到，一定也称赞。”她指了指背笼里的橘子，“这是娘要我带来送你的。”

老水手说：“唉呀，那么多，我吃得了？姐姐呢？怎不邀她来玩玩。”

夭夭还是笑着：“姐姐说，满满栗子多，当真要人帮忙才吃得完，怎不送我们一口袋，让我们背回家慢慢地嚼。”

老水手也笑将起来：“那好的，那好的。你有背笼，回家时就背一口袋去，请大家帮忙。你们不帮忙，搁到祠堂里，就只有请松鼠帮忙了。”

“满满，是不是松鼠帮不了你的忙，你才要我们帮忙？”

“哪里，哪里，我是好心好意给你留下的。若不为你，早给过路人吃光了。你知道，成天有上百两只脚的大耗子翻过这个山坳，大方肯把他们吃，什么不吃个精光？生毛的除了蓑衣，有脚的除了板凳，他们都想吃！都能吃！”

两人一面说笑一面向祠堂走去。到了里边侧屋，老水手把背笼接过手，将橘子倒进一个大簸箕里：“夭夭，这橘子真大，我要用松毛盖好留下，托你大哥带到武昌黄鹤楼下头去卖，换一件西口大毛皮统子回来。这里橘子不值钱，下面值钱。你家园里的橘子树，如果生在鹦鹉洲，会发万千洋财，一家人都不用担心，住在租界上大洋楼里，冬暖夏凉，天不愁地不怕过太平日子。哪里还会受什么连长

“……成天有上百两只脚的大耗子翻过这个山坳，大方肯把他们吃，什么不吃个精光？生毛的除了蓑衣，有脚的除了板凳，他们都想吃！都能吃！”

排长欺压。”

夭夭说：“那有什么意思？我要在乡下住。”

老水手说：“你舍不得什么？”

“我舍不得橘子树。”

“我才说把橘子树搬过鹦鹉洲！”

“那么我们的牛，我们的羊？我们的鸡和鸭子？我知道，它们都不愿意去那个生地方。路又不熟习，还听人说长年水是黄浑浑的，不见底，不见边，好宽一道河。满满，你说，鱼在浑水里怎么看得见路，不是乱撞？地方不熟习我就有点怕。”

“怕什么？一到那里自然会熟习的。当真到那里去，就不用养牛养猪了。”

“我赌咒也不去。我不高兴去。”

“你不去那可不成！说好了大家去，连家中小花子狗也得去，你一个人不能住下来的。”

两人把话说来，竟俨然像是一切已安排就绪，只差等待上船神气，争持得极其可笑。到后两人察觉园里那一片橘子树，纵有天大本领也绝无办法搬过鹦鹉洲时，方各在微笑中叹了一口气，结束了这种充满孩子气的讨论。

老水手为把一大棕衣口袋栗子，从廊子前横梁上叉下来，放到夭夭背笼中去。夭夭一时不回家，祠堂里房子阴沉沉的，觉得很冷，两人就到屋外边去晒太阳。夭夭抢了个笤帚，来扫除大坪子里五色斑斓的枫木叶子。半个月以来，树叶子已落掉了一半，只要一点点微风，总有些离枝的木叶，同红紫雀儿一般，在高空里翻飞。太阳光温和中微带寒意，景物越发清疏而爽朗，一切光景静美到不可形容。夭夭一面打扫祠堂前木叶，一面抬头望半空中飘落的木叶，用手去承接捕捉。老水手坐在石条上打火镰吸旱烟，耳朵里听得远村里锣鼓声响。

“夭夭，你听，什么地方打锣打鼓。过年还愿早咧。镇上人说：萝卜溪要唱愿戏，一共七天，派人下浦市赶戏班子，要那伙行头齐全角色齐全顶好的班子，你爹是首事人。若让我点戏，正戏一定点《薛仁贵考武状元》，杂戏点《王婆骂鸡》。浦市人迎祥戏班子，好角色都上了洪江，剩下的两个角色，一个薛仁贵，天生的；一个王婆，也是天生的！”

夭夭说：“桃子李子，红的绿的，螺蛳蚌壳，扁的圆的，谁不是天生的？我不欢喜看戏。坐高台凳看戏，真是受罪。满满，你那天说

只要一点点微风，总有些离枝的木叶，同红紫雀儿一般，在高空里翻飞。太阳光温和中微带寒意，景物越发清疏而爽朗，一切光景静美到不可形容。

到三角洲去捉鹌鹑，若有撒手网，我们今天去，你说好不好？我想今天去玩玩。”

老水手把头摇了摇，手指点河下游那个荒洲：“夭夭，今天不去，过几天再去好。你看，对河整天有人烧山，好一片火！已经烧过六天了。烧来烧去，芭茅草里的鹌鹑，都下了河，搬到洲上住家来了。我们过些日子去舀它不迟。到了洲上的鹌鹑，再飞无处飞，不会向别处飞去的。”

“为什么它不飞？”

老水手便取笑夭夭，说出个稀奇理由：“为的是和你一样，见这里什么都好，是个洞天福地，再也舍不得离开。”

夭夭说："既舍不得离开，我们捉它做什么？这小东西一身不过四两重，还不如一个鸡膊腿。不捉它，让它玩玩，从这一蓬草里飞到那一蓬草里，倒有意思。"

"说真话，这小东西可不会像你那么玩！河洲上野食多，水又方便，十来天就长得一身肥腯腯的，小翅膀儿举不起自己身子。发了福，同个伟人官官一样，自然就只好在河洲上养老了。"

"十冬腊月它到哪儿去？"

老水手故意装作严重神气，来回答这个问题："到哪里去了？十冬腊月就躲在风雪不及的草窝里，暖暖和和过一个年。过了年，到了时候，跳下水里去变蛤蟆，三月清明落春雨，在水塘里洗浴玩，呱呱呱整天整夜叫，吵得你睡不着觉！"

夭夭看着老水手，神气虽认真语气可不大认真。"人人都那么说，我可不相信。蛤蟆是鹌鹑变的，蝌蚪鱼有什么用？"

"唉，世界上有多少东西，都是无用的。譬如说，你问那些东西，为什么活下来？它照规矩是不理会你的。它就这么活下来了！这事信不信由你。我往年有一次捉到一只癞蛤蟆，还有个鹌鹑尾巴未变掉，我一拉那个尾巴，就把它捉住了。它早知道这样，一定先把尾巴咬掉了。九尾狐狸精被人认识，不也正是那条尾巴？变不去，无意中被人看见，原形就出现。"

老水手说的全是笑话，哪瞒得了夭夭。夭夭一面笑一面说："满满，我听人说县里河务局要请你做局长，因为你会认水道，信口开合（河）！"

老水手舞着个烟杆说："好，委任状一来，我就走马上任。民国以来，有的官从局长改督办，有的官从督办改局长，有人说，这就是革命！夭夭你说这可像革命？"

枫木叶子扫了一大堆时，夭夭放下了筲帚，专心一志去挑选大红和明黄色两种叶子，预备请老水手编斗笠。老水手却用那一把水杨柳枝，先为夭夭编成一个篮子、一个鸟笼。这件事做得那么精巧而敏捷，等到夭夭把木叶子拣好时，小篮子业已完成，小鸟笼也快编好了。

夭夭一见就笑了起来："满满，你好本事！黄鹤楼一共十八层，你一定到过那里搬砖抬木头。"夭夭援引传说，意思是说老水手过去必跟鲁班做过徒弟。这是本地方夸奖有手艺的一句玩笑话。

老水手回答说："黄鹤楼十八层，什么人亲眼看见？我有一年做木排上桡手，放排到鹦鹉洲后，手脚空了，就上黄鹤楼去。到了那里，不见楼，不见吕洞宾，却在那个火烧过的空坪子里被一个看相的拉住我袖子，不肯放手。我以为欠了他钱，他却说和我有缘。他名叫'赛洞宾'。说我人好心好，遇好人，一辈子不愁吃不愁穿。到过了五十六岁，还会做大事情。我问他大事情是带兵的督抚，还是出门有人喝道的知县？那看相的把个头冬冬鼓一般只是摇，说，都不是，都不是。并说，你送我二两银子，我仔细为你推算，保你到时灵验，不灵验你来撕我这块招牌。我看看那招牌，原是一片雨淋日晒走了色的破布，三十年后知道变成什么样子？只送了他三个响榧子。那时我二十五岁，如今整三十年了，这个神仙大腿骨一定可当打鼓棒了。说我一辈子遇好人，倒不差多少。说我要做大事，夭夭你想想看，有什么大事等我老了来做？怕不是两脚一伸，那个'当大事'吧？"

夭夭说："人人都说黄鹤楼上看翻船。没有楼，站在江边有什么可看的。"

老水手说："好看的倒多咧。汉口水码头泊的火龙船，有四层楼，放号筒时比老水牛叫声还响，开动机器一天走八百里路，坐万千人，真好看！"

夭夭笑了起来："哈哈，我说黄鹤楼，你有四层楼。我说看翻船，你有火龙船。满满，我且问你，火龙船会不会翻？一共有几条龙？"

乡下习惯称轮船为龙船，老水手被封住了嘴，一时间回答不

“……说我一辈子遇好人，倒不差多少。说我要做大事，天天你想想看，有什么大事等我老了来做？怕不是两脚一伸，那个‘当大事’吧？”

其时由下水来了三个挑油篓子的年青人，到得坳上都放下了担子，坐下来歇憩。

来，也不免好笑。因为他想起本地的“旱龙船”，条案大小一个木架子，敬奉有红黑人头的傩公傩母，一个人扛起来三山五岳游去，上面还悬系百十个命大孩子的记名符，照传说拜寄傩公傩母做干儿子，方能长命富贵。这旱龙船才真是一条龙！

其时由下水来了三个挑油篓子的年青人，到得坳上都放下了担子，坐下来歇憩。老水手守坳已多年，人来人往多，虽不认识这几个人，人可认识他。见老水手编制的玩意儿，都觉得十分灵巧。其中之一就说：

“老伙计，你这篮子做得真好，省里委员见到时，会有奖赏的！”

老水手常听人说“委员”，委员在他印象中可不大好。就像是个又多事又无知识的城里人，下乡来虽使得一般乡下人有些敬畏，事实上一切所作所为都十分可笑。坐了三丁拐轿子各处乡村里串去，搅得个鸡犬不宁。闹够了，想回省去时，就把人家母鸡、腊肉带去做路菜。告乡下人说什么东西都有奖赏，金牌银牌，还不是一句空话！如今听年青油商说他编的篮子会有奖赏，就说：

“大哥，什么奖赏？省里委员到我们镇上来，只会捉肥母鸡吃，懂得什么天地玄黄、宇宙洪荒？”

另一个油商信口打哇哇说：“怎么不奖赏？烂泥人送了个二十六斤大萝卜到委员处请赏，委员当场就赏了他饭碗大一面银牌，称来有十二两重，上面还刻得有字，和丹书铁券一般，一辈子不上粮，不派捐，不拉伕，改朝换代才取消！”

“你可亲眼看见过那块银牌？”

“有人看过摸过，字清清楚楚，分分明明。”

夭夭听到这种怪传说，不由得不咕喽咕喽笑将起来。

油商伙里却有个人翻案说：“哪里有什么银牌？我只听说烂泥乡约邀人出份子，一同贺喜那个去请赏的，一人五百钱，酒已喝过了，才知道奖牌要由县长请专员，专员请委员，委员请主席，主席请督办——一路请报上去，再一路批驳公文下来，比派人上云南省买金丝猴还慢得多！”

原先那个油商，当生人面前输心不输口：“哪会有这种事，我不信。有人亲眼看过那块大银牌，和召岳飞那块金字牌一个式样，是何绍基字体，笔画肥肥的。”

“你不信，倒相信那奖牌和戏上金字牌一样。奖牌如果当真发下来，烂泥人还要出份子搭牌坊唱三天大戏，你好看三天白戏。”

“你知道个什么，狗矢柑，腌大蒜，又酸又臭。”

那伙计喜说笑话，见油商发了急，索性逗他说：

几个人正用省里来的委员为题目，各就所见所闻和猜详到的种种作根据，胡乱说下去。夭夭从旁听来，只抿着个小嘴好笑。

“我还听人说戏班子也请定了，戏码也排好了，第一天正戏《卖油郎独占花魁》，请你个不走运的卖油郎坐首席。你可预备包封赏号？莫到时丢面子，要花魁下台来问你！”

老水手插嘴说：“一个萝卜能放多久？我问你。委员把它带进县里去，老早就切碎了它，焖牛肉吃了。你不信才真怪！”

几个人正用省里来的委员为题目，各就所见所闻和猜详到的种种作根据，胡乱说下去。夭夭从旁听来，只抿着个小嘴好笑。

坳前有马项下串铃声响，繁密而快乐，越响越近，推测得出正有人骑马上坳。当地歌谣中有“郎骑白马来”一首四句头歌，夭夭心中狐疑：

“什么人骑了马来？莫非是……”

巧而不巧

夭夭心中正纳闷，且似乎有点不吉预感。

坳下马项铃声响，越响越近，可以想象得出骑马上坳的人和那匹马，都年青而健康。

不一会，就见三个佩枪的保安队兵士上了坳，异口齐声地说：

“好个地方！”

都站在枫树下如有所等待。一会儿，骑马的长官就来了，看见几个兵士有要歇憩的样子，就说：“不要停耽，尽管走。”瞥眼却见到了夭夭，一身蓝，葱绿布围裙上扣了朵三角形小小黄花，“喜鹊噪梅”，正坐在祠堂前石坎子上，整理枫木叶。眼珠子光亮清洁，神气比前些日子看来更活泼更美好。一张小脸黑黑的，黑得又娇又俏。队长便故意停下马来，牵马系在一株枫木树下，摸出大司令纸烟，向老水手接火。一面吸烟一面不住望夭夭。

夭夭见是上回买橘子和爹爹闹翻脸的军官，把头低下捡拾枫木叶，不作声，不理会，心下却打量：“走了好还是不动好？”主意拿不定。

队长记起在橘子园谈话情节，想撩她开口：“你这叶子真好看！卖不卖？这是红叶！”

老水手认识保民官，明白这个保民官有点风流自赏，怕夭夭受窘，因此从旁答话：“队长，你到哪里去？是不是下辰溪县开会？你忙！”语气中有点应酬，有点奉承，可是却不卑屈。因为他自觉不犯王法，什么都不怕，队长在吕家坪有势力，可不能无故处罚一个正经老百姓。

队长眼睛依然盯住夭夭，随口回答老水手说：“有事去！”

老水手说：“队长，萝卜溪滕大爷送你十挑橘子，你见到了没有？”

天天见是上回买橘子和爹爹闹翻脸的军官，把头低下捡拾枫木叶，不作声，不理会，心下却打量：“走了好还是不动好？”

队长见人多眼睛多，不便放肆，因此搭搭讪讪向几个挑油担的乡下人问了一些闲话。

队长说："橘子倒送去了，我还不曾道谢。你们这地方真是人杰地灵……这姑娘是萝卜溪的人吧？"说到这里，又装作忽然有所发现的神气，"嗨，我认识你！你是那大院子里的，我认识你。小姑娘，你不认识我吗？"

夭夭想起那天情形，还是不作声，只点点头，好像是说："我也认识你。"又好像说："我记不起了。"共通给队长一个印象：是要理不理，一个女孩儿家照例的卖弄。

队长见人多眼睛多，不便放肆，因此搭搭讪讪向几个挑油担的乡下人问了一些闲话。几个商人对于这个当地要人，不免见得畏畏缩缩，不知如何是好。到后看队长转了方向，把话向老水手谈叙，就挑起担子，轻脚轻手赶路去了。队长待他们走下坳后，就向老水手夸赞夭夭，以为真像朵牡丹花，生长在乡下，受委屈。又说了些这一类不文不武不城不乡的话语。夭夭虽低着头用枫木叶子编帽子，一句一句话都听得清清楚楚。只觉得这个人很讨厌，不是规矩人。但又走不开，仿佛不能不听下去。心中发慌，脸上发烧。

老水手人老成精，一眼就看明白了。可是还只以为这“要人”过路，偶然在这里和夭夭碰头，有点留情，下马来开开心，一会儿便要赶路去的。因此明知夭夭在这种情形下，不免受点窘，却不给她想法解围。夭夭呢，虽讨厌这个人，可并不十分讨厌人家对于她的赞美。说的话虽全不是乡下人耳朵熟习的，可是还有趣受用。

队长因有机会可乘，不免多说了几句白话。听的虽不觉得如何动心刺耳，说的却已为自己带做作性话语所催眠，好像是情真意挚，对于这个乡下女孩子已发生了“爱情”。见到夭夭式样整齐的手脚，渐渐心中不大自在。故意看看时间，炫耀了一下手腕上那个白金表，似乎明白“天气还早，不忙赶路”，即坐在石条凳上，向老水手攀谈起来了。到后且唱了一个歌，唱的是“桃花江上美人多”。见老水手和夭夭都抿着嘴巴笑，好像在仔细欣赏，又好像不过是心不在乎，总之是隔了一层。这保民官居然有点害羞，因此聊以解嘲地向老水手说：

“老舵把子，你到不到过益阳县？那个地方出好新妇娘，上了书，登过报。上海人还照过电影戏，百代公司机器戏就有王人美明星唱歌！比起你们湘西桃源县女人，白蒙蒙松沓沓像个粉冬瓜，好看得多了。比麻阳县大脚婆娘，一个抵三个，又美又能干！”

老水手不作声，因为说的话他只有一半明白，所明白那一半，使他想起自己生活上摔的跟头，有一小部分就是益阳县小婊子作成的。夭夭是个姑娘家，近在身边，不好当着夭夭面前说什么，所以依然只是笑笑。笑中对于这个保民官便失去了应有尊敬。神气之间就把面前一个看成个小毛伙，装模作样，活灵活现，其实一点不中用，只知道要几个钱，找了钱，不是吃赌花尽，就是让老婊子和小婊子作成的圈套骗去。凡是找了造孽钱的，将来不报应到自己头上，也会报应到儿女头上。

夭夭呢，只觉得面前一个唱的说的都不大高明，有点傻相，所以也从旁笑着。意思恰恰像是事不干己，乐得看水鸭子打架。本乡人都怕这个保民官，她却不大怕他。人纵威风，老百姓不犯王法，管不着，没理由惧怕。

队长误会了两人的笑意，还以为话有了边，冬瓜葫芦一片藤，总牵得上篱笆，因此又向老水手说了些长沙女学生的故事，话好像是对老水手说，用意倒在调戏夭夭，点到夭夭小心子上，引起她对于都市的歆羡憧憬，和对于个人的崇拜。

末后话说忘了形，便问夭夭，将来要不要下省里去“文明结婚自由结婚”？夭夭觉得话不习惯听，只当作不曾听到，走向滨河一株老枫木树下去了。

恰好远处有些船只上滩，一群拉船人打呼号巴船上行，快要到了坳下。夭夭走过去一点，便看见了一个船桅上的特别标志，眼睛尖利，一瞥即认识得出那是萝卜溪宋家人的船。这只船平时和自己家里船常在一处装货物，估想哥哥弄的船也一定到了滩脚，因此异常兴奋，直向坳下奔去。走不多远，迎面即已同一肩上挂个纤板的船夫碰了头，事情巧不过，来的正是她家三哥！原来哥哥的船尚在三里外，只是急于回家，因此先跟随宋家船上滩，照规矩船上人歇不得手，搭便船也必遇事帮忙，为宋家船拉第二纤。纤路在河西，萝卜溪在河南，船上了三里牌滩，打量上坳歇歇憩，看看老水手再过河。不意上坳时却最先碰到了夭夭。

夭夭看着哥哥晒得焦黑的肩背手臂，又爱又怜。

“三哥，你看你，晒得真像一个乌牛精！我们算得你船今天会拢岸，一看到宋鸭保那个船桅子，我就准知道要见你！早上屋后喜鹊叫了大半天！”

三黑子一面扯衣襟抹汗水，一面对夭夭笑，同样是又爱又怜。“夭夭，你好个诸葛亮神机妙算，算到我会回来！我不搭宋家人的船，还不会到的！”

“当真的！我算得定你会来！”

“唉，女诸葛，怎不当真？我问你，爸爸呢？”

“镇上看干爹去了。”

“娘呢？”

“做了三次观音斋，纺完了五斤棉花，在家里晒葛粉。”

恰好远处有些船只上滩，一群拉船人打呼号巴船上行，快要到了坳下。

“哪个捉我这样老实人？我又不犯王法。满满，你以为谁会捉我？除了福音堂洋人看见我乌漆墨黑，待捉我去熬膏药，你说谁？”

“嫂嫂呢？”

“大嫂三嫂都好，前不久下橘子忙呀忙。”

“满满呢？”

“他正在坳上等你，有拳头大干栗子请你吃。”

“你好不好？”

“……”夭夭不说了，只咬着小嘴唇露出一排白牙齿，对哥哥笑。神气却像要说“你猜看”。

于是两兄妹上了坳，老水手一见到，喔喔嗨嗨地叫唤起来，一把揪住了三黑子肩上的纤板，捏拳头打了两下那个年青人的胸脯，眼睛眯得小小的：

“说曹操，就是曹操。三老虎，你这个人，好厉害呀！不到四十天，又是一个回转。我还以为你这一次到辰州府，一准会被人捉住，直到过年还不放你走路的！”

那年青船夫只是笑，笑着分辩说：“哪个捉我这样老实人？我又不犯王法。满满，你以为谁会捉我？除了福音堂洋人看见我乌漆墨黑，待捉我去熬膏药，你说谁？”

“谁？你当我不知道？辰州府中南门尤家巷小婊子，成天在中南门码头边看船，就单单捉拿像你这样老实人。我不知道？满满什么事都知道。我还知道她名字叫荷花，今年十九岁，属鼠，五月二十四生日，脸白生生的，细眉细眼，荷包嘴，糯米牙……年青人的玩意儿，我闭上眼睛也猜得出！”

“满满，他们哪会要我的？洪江码头上坐庄的、放木排的，才会看得上眼，我是个空老官！”

老水手装作相信不过的神气：“空老官，我又不是跟你开借，装穷做什么？荷包空，心子实在，就成了。她们还要送你花荷包，装满了香瓜子，都是夜里在床上磕好了的。瓜子中下了闹药，吃了还怕你不迷心？我敢同你打个赌，输什么都行……”老水手拍了个巴掌，一面轻声咬住三黑子耳朵说：“你不吃小婊子洗脚水，那才是怪事！”

三黑子笑着分辩说：“满满，你真是老不正经，总说这些事。你年青时一定吃过，才知道有这种事情。这是二十年前老规矩，现在下面可不同了。现在是……”

两个人说的自然都是笑话。神情亲密处，俨然见外了身旁那个保民官。队长有点不舒服，因此拿出做官的身分来，引起刚上坳的水手对他应有的尊敬。队长把马鞭子敲着地面，挑拨脚前树叶子，眼光凝定在三黑子脸上：“划船的，我问你，今天上来多少船？你们一帮船昨天湾泊什么地方？”

直到此时那哥哥方注意及队长，赶忙照水上人见大官礼数，恭敬诚实回答这个询问。夭夭有点不惬意，就说：

“三哥，三哥，到满满祠堂里去吧，有饭碗大的橘子，拳头大的栗子，等你帮忙！”

队长从神气之间，即已看出水手是夭夭的亲戚，且看出夭夭因为哥哥来到了身边，已不再把官长放在眼里心上，不仅先前一时所说所唱见得毫无意义，即自己一表人材加上身分和金表，也完全失去了意义。感觉到这种轻视或忽视，有一星一米还是上次买橘子留下的强横霸道印象所起反感，因此不免有点恼羞成怒。还正想等待两人

事不凑巧，河边恰好走来七八个一身晒得乌黑精强力壮的青年水手，都上了坳，来到祠堂前歇憩……

出来，在划船的身上找点小岔子，显显威风，做点颜色给夭夭看。事不凑巧，河边恰好走来七八个一身晒得乌黑精强力壮的青年水手，都上了坳，来到祠堂前歇憩，有几个且向祠堂走去，神气之间都如和老水手是一家人。队长知道这一伙儿全是守祠堂的熟人，便变更了计划，牵马骑上，打了那菊花青草马两鞭子，身子一颠一颠地跑下坳去了。

老水手在祠堂中正和三黑子说笑，见来了许多小伙子，赶忙去张罗凉水，提了大桶凉水到枫木树下，一面向大家问长问短。船夫都坐在枫木下石条凳上和祠堂前青石阶砌上打火镰吸烟，谈下河新闻。这些人长年光身在河水里，十冬腊月也不以为意，却对于城里女学生穿衣服无袖子，长袍子里边好像不穿裤子，认为奇迹，当成笑话来讨论，谈笑中自不免得到一点错综快乐。到夭夭兄妹从祠堂里走出来时，转移话题，谈起常德府的“新生活”。一个扁脸水手说：

“上回我从辰州下桃源，弄滕五先生的船，船上有个美国福音堂洋人对我说：日本人要拿你们地方，把地下煤炭、铁矿、朱砂、水银一起挖去。南京负责的大官不肯答应。两面派人办交涉，交涉办不好，日本会派兵来，你们中国明年一定要和他们打仗。打起仗来大家当兵去，中国有万千兵打日本鬼子，只要你们能齐心，日本鬼子会吃败仗的。他们人少，你们人多，打下去上算，吃点苦，到后来扳本！洋人说的有道理，要打鬼子大家去！”

“鬼子要煤炭有什么用？我们辰溪县出煤，用船运到辰州府，三毛钱一百斤还卖不掉。烧起来油烟子呛心闷人，怪不好受。煮饭也不香。火苗绿阴阴的，像个鬼火。煤炭有什么用？我不信！”

“他们机器要烧煤才会动！”

一个憨憨的小水手插嘴说：“打起仗来，我们都去当兵，哪来多少枪？”

原来那个扁脸水手，飘过洞庭湖，到过武汉，就说：“汉阳兵工厂有十多里路宽，有上千个大机器，造枪造炮，还会造机关枪！高射炮！”

另外一个又说：“怎么没有枪？辰溪县那个新办兵工厂，就会造机关枪，叭打叭打一发就是两百响子弹。我明天当兵去打仗，一定要抬机关枪。对准鬼子光头，打个落花流水！”

“大家都当兵，当保安队？当了保安队，派谁出饷出伙食？”

“那自然有办法，军需官会想办法！”

“有什么办法？还不是就地……忙坏了商会会长！”

“哪里，中央政府总会有办法的！有学问有良心的官长，就不会苛刻乡下人。官长好，弟兄自然就也好，不敢胡来乱为的。”

“我们驻洪江就好，要什么有什么。下河街花姑娘是扬州来的，脸白白的，喉咙窄窄的，唱起好戏来，把你三魂七魄都唱上天！吹打弹唱，样样在行，另外还会说京话，骂人‘炖蛋’，可不敢得罪同志。”

大家说着笑着，都觉得若做了保安队，生活一定比当前好得多。一切天真的愿望，都反映另外一种现实，即一个乡下人对于“保安队”的印象，如何不可解。总似乎又威风，又有点讨人嫌，可是职务若派到自己头上时，也一定可以做许多非法事情，使平常百姓奈何不得，实在不是坏差事！

“我们这里保安队队长——刚骑马走去那一位，前几天还正倚势霸蛮要长顺大爷卖一船橘子，说要带下省城去送礼，什么主席军长都有交情，一人送几挑。不肯卖，就派弟兄下萝卜溪把他家橘子园里的橘子树全给砍了，破坏了吕家坪风水。幸亏会长打圆全解围，说好做歹，要夭夭家爹爹送十挑橘子了事。你们明天都做了保

“……我明天当兵去打仗，一定要抬机关枪，对准鬼子光头，打个落花流水！”

夭夭跟在哥哥身后赶去，一面走一面向三黑子辩理：“不成的，不成的，青天白日，清平世界，可不能打抢人的。”

安队，可是都想倚势压人？云南省出金子，别向人说，要个大金饭碗，装个金蛤蟆，送枫木坳看祠堂的大叔，因为和大叔有交情！纵有只金蛤蟆我也无用处，倒是顺便托人带个乌铜嵌银烟嘴子，一个细篾斗笠，三月间我好戴了斗笠下河边钓杨条鱼，一面吸烟一面看鱼上钩！”

一个水手拍拍胸脯说：“好，这算我的事。我当真做了保安队长，一定派个人上云南去办来。”

“可是要记好，不许倚势压人，欺老百姓。要现钱买现货，公平交易，不派官价我才要！”

大家都觉得好笑，一齐笑将起来。至于当地要人强买橘子，滕长顺如何吃闷菜，话说不出，请商会会长说好话，送了十挑橘子方能了事，正和另外一回因逃兵拐枪潜逃，逼地方缴赔枪款，事情相差不多，由本地人说来，实在并不出奇，不过近于俗话说的“一堆田螺中间多加个田螺”罢了，所以大家反而轻轻地就放过去了，就中只三黑子听到这件新闻，因为关乎他的家中的利益和面子，有点气愤不过，想明白经过情形。

三黑子向夭夭说：“夭夭，这里没有什么事，我们过河回家去吧。等等船来了，我还得赶到镇上去办交代。我船上装的是大吉昌的货物，海带、鱿鱼一大堆，我要去和他们号上管事算账。”

夭夭说：“好，我们就走。满满，我们要回去了。”

老水手为把那装满栗子的细篾背笼，和枫木叶编成的篮子鸟笼，一齐交给了夭夭。夭夭接过手来时，笑着说：“满满，哎哟，我今天真发了洋财！”三黑子见背笼分量相当重，便伸手拎起来试了一试，“我看看有多重”，把背笼一提，不顾夭夭，先自走了。夭夭跟在哥哥身后赶去，一面走一面向三黑子辩理：“不成的，不成的，青天白日，清平世界，可不能打抢人的。”话中本意倒是“三哥，三哥，你太累了，不用你拿，我自己背回去好！”可是三黑子已大踏步走下了枫木坳，剩个背影在枫木树后消失了。夭夭只好拿着那个枫木叶子编成的玩意儿，跟着走去。老水手在后面连声叫唤：

“夭夭，夭夭，过两天带你花子狗来，我们到三里牌河洲上捉鹌鹑去！”

夭夭停到一个大石头边回答说：“好的，好的，满满。过三天我们一定去！今天你过河到我家里吃夜饭去吧。我忘记告你，三黑子今天生日，一定要杀鸡！杀那只七斤半重的肥母鸡。你等等就来！我留鸡肫肝给你下酒！”

老水手说：“道谢你，夭夭。我等一会儿还要到镇上去，看三黑子的船，吃他从常德府带来的冰糖红枣！杀了鸡，留个翅膀明天我来吃，吃不了你还是帮我个忙吃掉就是！”

夭夭说：“满满，你还是来吃饭好！先到镇上看船，和三黑子一起回来。夜里我撑船送你过河。你千万要来！”

社戏

萝卜溪邀约的浦市戏班子，赶到了吕家坪，是九月二十二。一行十四个人，八个笨大衣箱，坐了只辰溪县装石灰的空船，到地时，便把船靠泊在码头边。唱大花面的掌班，依照老规矩，携带了个八寸大的朱红拜帖，来拜会本村首事滕长顺，接洽一切。商量看是在什么地方搭台，哪一天起始开锣，等待吩咐就好动手。

半月来省里向上调兵开拔的事情，已传遍了吕家坪。不过商会会长却拿定了主意，照原来计划装了五船货物向下游放去。长顺因为儿子三黑子的船已到地卸货，听会长亲家出主意，也预备装一船橘子

两只空船停泊在河边，篷已推开，船头搭一个跳板，随时有人把黄澄澄的橘子挑上船，倒进舱里去……

下常德府。且因浦市方面办货的人未到，本地空船多，听说下河橘子起价钱，还打量另雇一只三舱船，同时装橘子下行。为摘橘子下树，几天来真忙得一家人手脚不停。住对河祠堂里的老水手，每天都必过河来帮忙，参加工作，一面说一面笑，增加了每个人不少兴趣。摘下树的橘子，都大堆大堆搁在河坝边，用晒谷簟盖上，等待下船落舱。两只空船停泊在河边，篷已推开，船头搭一个跳板，随时有人把黄澄澄的橘子挑上船，倒进舱里去，戏班子乘坐那只大空船，就停靠在橘子园边不多远。

两个唱丑角的浦市人，扳着船篷和三黑子说笑话，以为古来仙人坐在斗大橘子中下棋，如今仙人坐在碗口大橘子堆上吸烟，世界既变了，什么都得变。可是三黑子却想起保安队队长向家中讹诈事情，因此一面听下去，一面只向那个做丑角的戏子苦笑。

三黑子说："人人都说橘子树是摇钱树，不出本钱，从地上长起来，十冬腊月上树摇，就可摇出钱来。哪知道摇下来的东西，衣兜兜不住，倒入了别人的皮包里去了。人无横财不富，马无夜草不肥，这些人发了横财，有什么用，买三炮台烟吸，好了英美烟公司！"

一个丑角说："哥，你还不知道我们浦市，地方出胖猪肥人，几年来油水都刮光了，刮到什么地方去？天晓得。信口打哇哇，说句话吧，好，光天化日之下，治你个诬告父母官的罪。先把你这刁顽在脚踝骨上打一百个洛阳棒再说。再不然，枪毙你个反动分子！都说天有眼睛，什么眼睛，张三李四脚上长的鸡眼睛！"

"葫芦黄瓜一样长，有什么好说！"

"沙脑壳，沙脑壳，我总有天要用斧头砍一两个！"

另外一个丑角插嘴说："砍你个癞鼋头！"

长顺因演戏事约集本村人在伏波宫开会，商量看这戏演不演出。时局既不大好，集众唱戏是不是影响治安？这事既是大家有份，所以要大家商量决定。末了依照多数主张，班子既然接来了，酬神戏还是在伏波宫前空坪中举行。凡事依照往年成例，出公份子演戏六天，定二十五开锣。

戏既决定演出，所以那船上八个大衣箱和一些行头家什，当天就由十多个年青乡下人告奋勇，吆吆喝喝打上了岸，搁到伏波宫去。起衣箱时还照规矩烧了些香纸，放一封五百响小鞭炮。衣箱上岸后，当天即传遍了萝卜溪，知道两三天后就有戏看了。发起演戏的本村首事人，推出了几个负责人来分头办事，或指挥搭台，或采办杂项物事。并由本村出名，具全红帖子请了吕家坪的商会会长，和其他庄口上的有名人物，并保安队队长、排长、师爷、税局主任、督察等等，到时前来看戏。还每天特别备办两桌四盘四碗酒席，款待这些人物。又另外请队长派一班保安队士兵，来维持场上秩序，每天折缴二十块茶钱。事实上弟兄们可不在乎这个钱，小地痞在场上摆了十张桌子，按规矩每张桌子缴纳五元，每天有额外收入五十元。赌桌上既抽了税，因此不再有叫朋友和部队中伙夫押白注，在桌边胡闹欺侮乡下人。即发生小小纠纷，也可立刻解决。

到开锣那天，本村子里和附近村子里的人，都换了浆洗过的新衣服，荷包中板带中装满零用钱，赶到萝卜溪伏波宫看大戏，一面

到开锣那天，本村子里和附近村子里的人，都换了浆洗过的新衣服，荷包中板带中装满零用钱，赶到萝卜溪伏波宫看大戏，一面看戏一面就掏钱买各种零食吃。

家中每天必为镇上和其他村子里来的客人，办一顿过午面饭。又另外烧了几缸热茶，供给普通乡下人。

看戏一面就掏钱买各种零食吃。因为一有戏，照习惯吕家坪镇上卖大面的，卖豆糕米粉的、油炸饼和其他干湿甜酸熟食冷食的、焖狗肉和牛杂碎的，无不挑了锅罐家私来在庙前庙后搭棚子，竞争招揽买卖。妇女们且多戴上满头新洗过的首饰，或镀金首饰，发蓝点翠首饰，打一条高脚长板凳，成群结伴远远地跑来看戏。必到把入晚最后一幕杂戏看完，把荷包中零用钱花完，方又扛起那条凳子回家。有的来时还带了饭箩和针线，有的又带了香烛纸张顺便敬神还愿。小孩子和老妇人，尤其把这几天当成一个大节日，穿上新衣赶来赴会。平时单纯沉静的萝卜溪，于是忽然显得空前活泼热闹起来。

长顺一家正忙着把橘子下树上船，为的是款待远处来看戏亲友，准备茶饭，因此更见得热闹而忙乱。家中每天必为镇上和其他村子里来的客人，办一顿过午面饭。又另外烧了几缸热茶，供给普通乡下人。唱戏事既是一乡中公众庄严集会，包含了虔诚与快乐，因此长顺自己且换了件大船主穿的大袖短摆蓝宁绸长衫，罩一件玄青羽绫马褂，舞着那个挂有镶银老虎爪的紫竹马鞭长烟杆，到处走动拜客。见远来客人必邀约过家中便饭或喝茶。家中在戏台前选定地方，另外摆上几张高台凳，一家大小每天都轮流去看戏，也和别的人一样，从绣花荷包中掏零用钱买东西吃。

第一天开锣时，由长顺和其他三个上年纪的首事人，在伏波爷爷神像前磕头焚香，杀了一只白羊、一只雄鸡，烧了个申神黄表。把黄表焚化后，由戏子扮的王灵官，把那只活生公鸡头一口咬下，把带血鸡毛粘在台前台后，台上方放炮仗打闹台锣鼓。戏未开场，空坪中即已填满了观众，吕家坪的官商要人，都已就坐，座位前条桌上还放了盖碗茶，和嘉湖细点、黑白瓜子。会长且自己带了整听的炮台烟，当众来把盖子旋开，敬奉同座贵客。开锣后即照例“打加官”，由一个套白面具的判官，舞着个肮脏的红缎披巾，台上打小锣的检场人叫一声：“某大老爷禄位高升！”那判官即将披巾展开，露出字面。被尊敬颂祝的，即照例赏个红包封。有的把包封派人送去，有的表示豪爽，便把那个赏金用力直向台上掼去，惹得在场群众喝彩。且随即就由戏班中掌班用红纸写明官衔姓名钱数，贴到戏台边，用意在对于这种当地要人示敬和致谢，一面向班中表示大公无私。当天第一个叫保安队队长。第一出戏象征吉祥性质，对神示敬，对人颂祷。第二出戏与劝忠敬孝有关。到中午休息，匀出时间大吃大喝。休息时间一些戏子头上都罩着发网子，脸上颜料油腻也未去净，争到台边熟食棚子去喝酒，引起观众另外一种兴趣，包围了棚子看热闹。顽皮

队长点《武松打虎》，因为武人点英雄，短而热闹，且合身分；会长却点《王大娘补缸》，戏是趣剧，用意在与民同乐。

孩子且乘隙爬上戏台，争夺马鞭子玩，或到台后去看下装的旦角，说两句无伤大雅的笑话。多数观众都在消化食物，或就田坎边排泄已消化过的东西。妇女们把扣双凤桃梅大花鞋的两脚，搁在高台子踏板上，口中嘘嘘地吃辣子羊肉面，或一面剥葵花子，一面谈论做梦绩麻琐碎事情。下午开锣重唱，戏文转趋热闹活泼。

掌班的耳根还留下一片油渍和粉彩，穿着扮天官时的青鹅绒朝靴，换了件不长不短的干净衣服，带了个油腻腻的戏折子，走到坐正席几位要人身边，谦虚而愉快地来请求赏脸，在排定戏目外额外点戏。点戏的花个一百八十，就可出点小风头，引起观众注意。

大家都客气谦让，不肯开口。经过一阵撺掇，队长和税局主任是远客，少不了各点一出，会长也被迫点一出；队长点《武松打虎》，因为武人点英雄，短而热闹，且合身分；会长却点《王大娘补缸》，戏是趣剧，用意在与民同乐。戏文经点定后，照例也在台柱边水牌上写明白，给看戏人知道。开锣后正角上场，又是包封赏号。这个包封，却照例早由萝卜溪办会的预备好，不用贵客另外破钞。客人一面看戏也一面看人，看戏台两旁的眉毛长眼睛光的年青女人。

方头平底大渡船，装满了从戏场回家的人，慢慢在平静河水中移动。两岸小山都成一片紫色……

最末一出杂戏多是短打，三个穿红裤子的小花脸，在台上不住翻跟斗，说浑话。

收锣时已天近黄昏，天上一片霞，照得人特别好看。自作风流的船家子、保安队兵士，都装作有意无心，各在渡船口岔路边逗留不前，等待看看那些穿花围裙扛板凳回家的年青妇女。一切人影子都在地平线上被斜阳拉得长长的，脸庞被夕照炙得红红的。到处是笑语嘈杂，为前一时戏文中的打趣处引起调谑和争论。过吕家坪去的渡头，尤其热闹，人多齐集在那里候船过渡，虽临时加了两只船，还不够用。方头平底大渡船，装满了从戏场回家的人，慢慢在平静河水

“戏有什么可看的？还不是红花脸杀进，黑花脸杀出，横蛮强霸的就占上风！”

中移动。两岸小山都成一片紫色，天上云影也逐渐在由黄而变红，由红而变紫。太空无云处但见一片深青，秋天来特有的澄清。在淡青色天末，一颗长庚星白金似的放着煜煜光亮，慢慢地向上升起。远山野烧，因逼近薄暮，背景既转成深蓝色，已由一片白烟变成点点红火……一切光景无不神奇而动人。可是，人人都融和在这种光景中，带点快乐和疲倦的心情，等待还家，无一个人能远离这个社会的快乐和疲倦、声音与颜色，来领会赞赏这耳目官觉所感受的新奇。

这一天，夭夭自然也到场参加了这种人神和悦的热闹，戴了全副银首饰，坐在高台凳上，看到许多人，也让许多人看到她。可是上午太沉闷，看不完两本，就走回橘子园工作去了。下午本想代替嫂嫂看厨房，预备待客菜饭，可不成功，依然随同家中人过伏波宫去，去到那个高台凳上坐定。台上演王三姐抛打绣球时，老觉得被官座上那个军官眼光盯着。那军官意思正像是在向她说："自古美人识英雄，你是中华民国王三姐！"感受这种眼光的压迫，觉得心中很不自在。又知道家里三哥在赶装橘子下船，一个人独在河边忙做事，想看看哥哥，因此趁空就回了家。回家后在厨房中张罗了一下，于是就到橘园尽头河坎边去看船，只见三黑子正坐在河边大橘子堆上歇憩，面对河水，像是想什么心事。

"哥哥，哥哥，你怎么不看戏？大家都在看戏，你何必忙？"

"戏有什么可看的？还不是红花脸杀进，黑花脸杀出，横蛮强霸的就占上风！"

三黑子正对汤汤流水，想起家里被那个有势力的人欺压讹诈故事，有点火气上心。夭夭像是看透了他的心事，因此说：

"横蛮强霸的占上风，天有眼睛，不会长久的！戏上总是一报还一报，躲闪不得！"

"一报还一报，躲闪不得！戏上这样说，真事情可不是这样。"

三黑子看看夭夭，不再说话，走到装浦市人戏班子来的那条广舶子边上去。有个小妇人正在船后梢烧夜火煮饭。三黑子像哄夭夭似的，把不看戏的理由转到工作上来，微笑说："夭夭，我要赶快把橘子装满舱，好赶下常德府。常德府有的是好戏，不在会馆唱，有戏园子，日夜都开锣，夜间唱到三更天才收场。那地方不关城门，半夜里散了戏，我们打个火把出城上船，兵士见到时间也不问一声！"

夭夭说："常德府兵士难道不是保安队？"

三黑子说："怎么不是？大地方规矩得多，什么都有个'理'字，不像到我们乡下来的人，欺善怕恶……什么事都做得出。还总说湘西

三黑子也听到树边响声，却看见是老水手，因此快乐地呼唤起来："满满，是你？我还以为是一个——"

人全是土匪，欺压我们乡下人。下面兵士同学生一样，斯文老实得多，从不敢欺侮老百姓！……"

夭夭一瞥看到橘子园树丛边有个人影子晃荡，以为是保安队上的人，因此制止住了哥哥："你们莫乱说，'新生活'快来了，凡事都会慢慢地变，慢慢地转好的！"三黑子也听到树边响声，却看见是老水手，因此快乐地呼唤起来："满满，是你？我还以为是一个——"

老水手正向兄妹处走来，一面走一面笑："三黑子，你一定以为又是副爷来捉鸡，是不是？"且向夭夭说："夭夭，夭夭，你不去看王三姐抛打绣球招亲，倒来河边守橘子。姑娘家那么小气。咦，金子宝贝，谁要你这橘子！"

“我猜得着，这是什么事。”天天头偏着问：“你试猜猜看，猜着什么事？”

天天知道老水手说的是笑话，因此也用笑话作答：“满满，你怎么也来了？我看你叉手坐在台下边那张凳子上，真像个赵玄坛财神样子。今天打加官时他们不叫你，我猜你一定生了气。你不生气我替你生气，难道满满这点面子都没有！”

老水手说：“生什么气？这也生气，我早成个气包子，两脚一伸回老家了。你问我怎么也来这里，如果我问你，你一定会说：‘我来陪你。’好个乖巧三姑娘。说真话我倒想不起你会在这里。我是来陪三哥的，他不久又要下常德府去，板凳还坐不热，就要赶路。三哥呀，三哥，你真是——”说时把大拇指翘起，“萝卜溪这一位。”

三黑子受了老水手恭维，觉得有点忸怩，不便说什么，只是干笑。

远远地听见伏波宫前锣鼓响声，三黑子说：“菩萨保佑今年过一个太平年，不要出事情就好。夭夭，你看爹爹这场戏，忙得饭也不能吃，不知他许下有什么愿心！”

老水手莞尔而笑，把短旱烟斗剥啄着地面：“你爹当然盼望出门的平安，一路吉星高照。在家的平安，不要眼痛牙痛。上树上山入水入土的平安。鸡呀狗呀牛呀羊呀不发瘟，田里的鱼不干死，园里的橘子树不冻死！”

夭夭说：“我就从不指望这些事情。可是我也许愿看戏。”

三黑子就说：“你欢喜看戏。”

夭夭故意争辩着：“我并不想看戏！”

老水手装作默想了一会儿，于是忽然若有所悟似的：“我猜得着，这是什么事。”

夭夭头偏着问：“你试猜猜看，猜着什么事？”

老水手说：“我猜你为六喜哥许了愿。他今年暑假不回来了，要发愤勤学，将来做洋博士，补萝卜溪的风水。你许的愿是……”

夭夭因为老水手说到这件事，照例像装作没有听到，却向河边船上走去。到船边时上了跳板，看见下面溪口还停了几只小船，有的

“夭夭，夭夭，你看山上那个火，烧上十天了，还不止息，好像永远不会熄。”

是装橘子准备下行，有的又是三里牌滩头人家为看戏放来的，另外还有本村特意为对河枫木坳附近村子里人预备的一只小渡船，守船的正是上次送夭夭过河的那个年青汉子。人住在对河三里牌滩下村子里的，因为路较远，来不及看完杂戏，就已离开了戏场，向溪头走趁船过渡。另外有坐自己船来的，恐怕天气晚不好漂滩，这时节也装满了人，装满了船上人的笑语，把船只缓缓向下游划去。这一切从夭夭所站立的河坎边看来，与吕家坪渡口所见相比，自然又另外是一番动人景象。

红紫色的远山野烧，被风吹动，燃得越加热烈起来。

老水手跟随夭夭身后到了河坎边，也上了那只橘子船："夭夭，夭夭，你看山上那个火，烧上十天了，还不止息，好像永远不会熄。"

夭夭依随老水手烟杆所指望去，笑着说："满满，你的烟管上的小火，不是烧了几十年还不熄吗？日头烧红了那半个天，还不知烧过了千千万万年，好看的都应当长远存在。"

老水手俨然追问似的说："怎么，好看的应当长远存在，这事是归谁派定的？"

夭夭说："我派定的——只可惜我这一双手，编个小篮子也不及你在行，还是让你来编排吧。天下归你管，一定公平得多！"

老水手有所感触，叹了一口气："却又来！夭夭，依我想，好看的总不会长久。好碗容易打破，好花容易冻死——好人不会长寿。好人不长寿，恶汉活千年，天下事难说！哪一天当真由你来做主，那就好了。可是，夭夭你等着吧，总有一天有些事会要你来做主的。天下事难说的，我年青时哪料到会守祠堂养老！我只打算在辰沅永靖兵备道绿营里当个管带，扛一杆单响猪槽枪，穿件双盘云大袖号褂，头上包缠一丈二尺青绉绸首巾，腰肩横斜围上一长串铅头子弹，去天津大沽口和直脚干绿眼睛洋人打仗立功名，像唱戏时那黑

“……总有一天有些事会要你来做主的。天下事难说的，我年青时哪料到会守祠堂养老！……”

胡子说的名在青史，流芳百世。可是人有十算天只一算，革命一来，我的愿心全打破了。绿营管带当不成，水师营管带更加无分，只好在麻阳河里划只水上漂。漂来又漂去，船在青浪滩一翻身，三百个桐油篓子在急水里浮沉，这一下，就只好来看祠堂了。明天呢？凡事只有天知道，人不会知道的。你家三哥这时节只想装一船橘子下常德府，说不定将来会做省主席。你看他那个官样子！”老水手指着坐在橘子堆上看水面景致的二黑了说：“要是归我做主，我就会派他当土

天天向三黑子说："三哥，你做了主席，可记着，河务局长要派归满满！"

席。"两人为这句话都笑将起来。

三黑子不知船上两人说什么，笑什么，也走到河坎边来。"满满，不要回去，就住到我家里，我带得有金堂叶子烟，又黄又软和，吸来香喷喷的，比大炮台烟还好，你试试看！"

老水手挥舞着那个短烟杆："夭夭，你说说看，我还不曾派他当主席，他倒赏给我金堂烟叶来了。好福气！"

三黑子正想起队上小官仗势凌人处，不明白老水手说的是什么意思，也跟着笑。“我当了主席，一定要枪毙好多好多人！做官的不好，也得枪毙。”

夭夭笑着：“三哥，得了，轮到你做村子里龙船会主席，还要三十年！”

老水手也笑着，眼看河上的水鸭子成排掠水向三里牌洲上飞，于是一面走一面说：“回家吃饭去，水鸭子都回窠了。明天不看戏，我们到三里牌洲上捡野鸭蛋去，带上贵州云南省，向那些有钱的人说是仙鹅蛋，吃了补虚生血，长命百岁，他们还信以为真！世界上找了钱不会用钱的人很多，看相算命卖药卖字画，骗个千八百不是罪过，只要脸皮厚就成！”

夭夭向三黑子说：“三哥，你做了主席，可记着，河务局长要派归满满！”

（第一卷完，全书未完）

一九四五年七月二十六日重校毕

后记

湘西自古以来都是令诗人失魂落魄的地方。生于斯长于斯的沈从文先生一直深深地眷恋着这片土地。他说："我的作品稍稍异于同时代作家处，在一开始写作时，取材的侧重在写我的家乡"，"我虽离开了那条河流，我所写的故事，却多数是水边的故事。故事中我所满意的文章，常用船上水上作为背景。我故事中人物的性格，全为我在水边船上所见到的人物性格。"……先生给我们留下了一个谜一样的湘西世界，这世界是美的典范和极致。

可以说，湘西世界就是沈从文先生心灵的世界。他把他的思想与情感，他的爱憎和忧伤，都糅进了湘西的那几条河流中。他所呈现的湘西世界，深深地震撼着我们，感动着一代又一代，并将继续感动和震撼下去。

20 世纪 80 年代的一天，我脑子里迸出一个想法——用摄影的形式来展现沈从文先生笔底的湘西。从那时开始，我便争取各种机会，无数次走进湘西的山山水水，感受着湘西的风土人情，与翻天覆地的时代变迁抢速度，与日新月异的居民生存方式抢时间，将一幅幅正在消逝的地理人文图景定格在底片上。

时光倏忽，二十余年过去。行囊中除了沉甸甸的胶卷，还装满了许许多多的故事。这些故事就像撷自千里长河中的一粒粒珍珠，时时温润我心。

2001 年，我与珠海一女记者去了酉水河，这是沈从文先生最爱、着墨最多的河流之一。我们从保靖县城上船，沿途风景奇秀，青山如黛，绝壁如削，长水如玉，篙桨下处，水草青青，历历可数。一路上，同伴的惊诧赞叹声落满一河，连连惊起蓬刺中的水鸟，我得意极了："没骗你吧？"傍晚，我们在迷人的隆头镇上岸，住进河边五元钱一天的旅店。待我收拾好房间，整理完相机，上厕所的同伴却仍未出来。糟糕！该不是掉厕所里了吧？这里的"厕所"是搭块跳板伸到水中间的，城里人哪能习惯？我冲过去把门一推，却见她痴痴地贴在"水上茅厕"窗前，早已忘了身在何处，被这河岸风景惊呆了。原来，这里是酉水与一条小支流汇合之地，三面青山夹着两线河水，晚霞中的山水、村落、渡船、炊烟，构成了一幅难以言说的绝美画图，不发呆倒怪了！摄人魂魄的美是让凡人发不出声音来的，耳边恍若沈从文先生轻声在说："早晚相对，令人想象其中必有帝子天神，驾螭乘蜺，驰骤其间……"

里耶的黄昏是那么温柔美丽。清清的酉水河顺着山势蜿蜒，这一边，满河的汉子们在洗澡游泳；转过水湾，则是姑娘媳妇们沐浴的天地。褐色的大石头上，这里那里摊满了各色衣裳，夕阳将一具具古铜色的身体镀上金光，水波撩起处串串碎银撒落……满河灿烂。多么生动，多么醉人，这不正是沈从文先生笔下的场景吗？谁能相信这与他当年所经历的已相隔八十余年了呢？

仍是那位女记者："我想靠近去拍，他们会打人不？""湘西人是不会那么做的，你倒是别吓着他们了。"我回答。她像是领到特别通行证般，兴奋地边走边拍起来，一时竟收不住脚步，忘情的快门声惊动了水里赤条条的汉子。有女人闯入"禁区"！还举着相机！这或许是他们从不曾遇到过的事。岸上的赶紧跃入水里，水中的急忙蹲下身子。她仍在步步逼近。见无处藏身，汉子们笑着嚷着只得往大礁石那边躲。更大的动静飞起来了，想想看，一群赤裸的汉子突然闯入岩石后面女人们的天地，那喧哗与骚动真是非凡……一个小女子竟搅乱了一条河，真“伟大”得让你没法去责怪。

在这片乡土上，恍若隔世的感觉你常常会有，一不经心就会掉进沈从文先生描绘的岁月中去。

2002年，我和我先生又来到酉水，在河边却再也找不到上行的船。一位在小船上补渔网的老艄公张着缺牙的嘴笑着说：“没船了，哪个还坐船？中巴车每个弯角都到，一两个小时几块钱，你想哪个还会去坐一天的船？耽误工夫。”

面对汤汤流水，我不由得回想起1997年的那次旅程。时值秋日水枯，船只上滩仍需背纤。到滩头时，老人小孩逐一下船上岸，沿着河滩小路走去，弯弯的队伍拉得长长。年轻人则不声不响背起纤绳，该蹚水时就蹚水，该爬岩时就伏在石头上爬去，协力齐心将船拉上滩。没人要求，没人指挥，甚至连大声说话的人都没有，那么自然，那么默契，过滩后将老人小孩接上船，又行至下一个滩口，周而复始。我先生也背起纤绳，默默走进拉纤的行列；我则前前后后追赶着拍摄。那一份感动，至今回想起来都温暖得很。我知道，那份美丽永远不会回来了。

“你们是来耍的吧？想坐船就租一条去呀！”老艄公为我们出了个主意。好办法！谁知道这条古老的河上会不会有再也见不到船的那一天呢？我与先生赶紧租船而上，留住这最后的“孤帆远影”。

2003年，碗米坡水电站快要蓄水了，我和朋友们想看看最后的风景，仍是租条船顺流而下，没想到这么快，沿途景致已荡然无存，梦绕魂牵的吊脚楼只剩几根木桩，白墙黛瓦的村居空留断垣残壁，嵌入水中的巨石被炸成碎块，碧玉般的河水成了黄汤……我不敢取出相机，痴痴地站在桥头，不用眼泪哭！再见了，里耶。再见了，隆头。再见了，拔茅……

真要用一条河的美丽去换取那“电”吗？还有没有别的办法？我不懂。几年前，听黄永玉先生讲过一个故事：在森林里伐木，锯一棵大松树时，不单这棵松树会发抖，周围的松树都在发抖——没人注意而已……我相信，万物有灵啊！将一条条河流腰斩、改道、拦截，河流们又会怎样呢？大概不会一路欢歌吧？

人非山川草木，孰知山川草木无情？

我尽力而为的是，也只能是，将不可复制、不能再生的原貌，呈现在今人以及后人面前，让人们去感受、思考、掂量、判断，以此为沈从文先生的文字作证。

长长的码头，湿湿的河街，湍急的青浪滩，美丽的酉水河，满江浮动的橹歌和白帆，两岸去水三十丈的吊脚楼，无数的水手柏子和水手柏子的情妇们，都永远逝去了。这一切，不会再来。但湘西的很多地方，天还是蓝，水仍是绿，在一些乡僻边城，寻寻觅觅，你或许会见到一座长满荒草的碾坊、一架不再转动的水车、一泓清澈见底的溪水。倾斜了的吊脚楼依然风情万种，废弃了的油榨房仍充满庄严……

泪眼迷蒙中，我仿佛看见沈从文先生笔底的人物正一个个向我走来。感谢为此辛勤付出的“群众演员”们。这一刻，没有惊喜，没有叹息，只有一种声音在心底：让天证明地久，让地证明天长！

卓雅

2009 年 8 月 18 日